MIGHTY ORIGIN LITERATURE

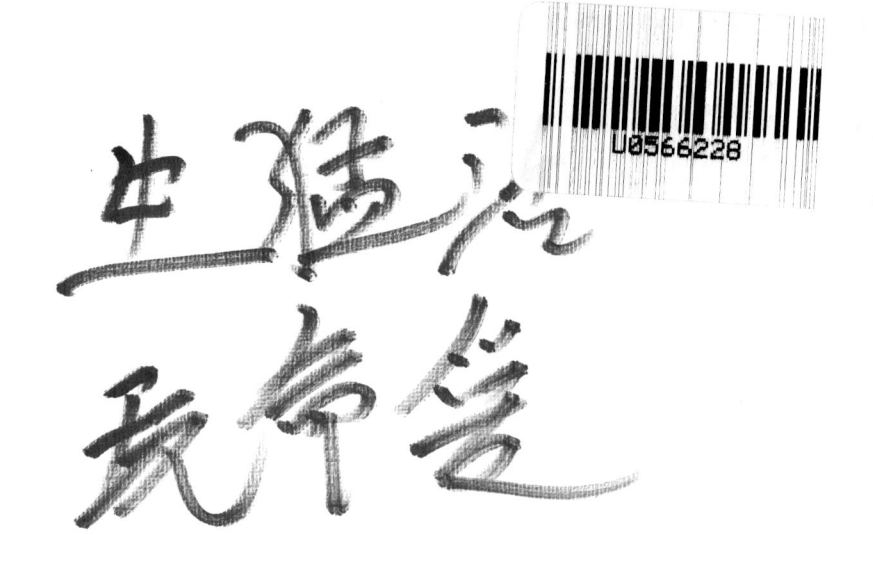

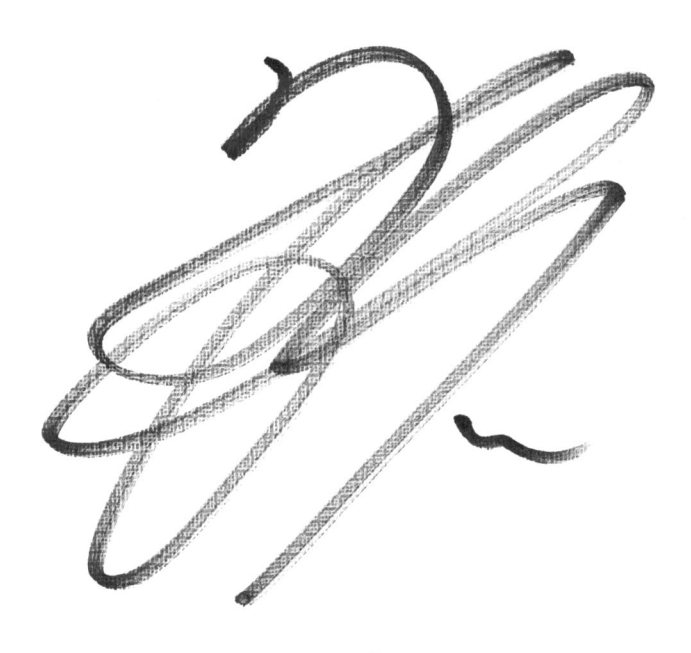

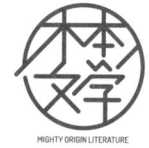

拼命爱一个姑娘

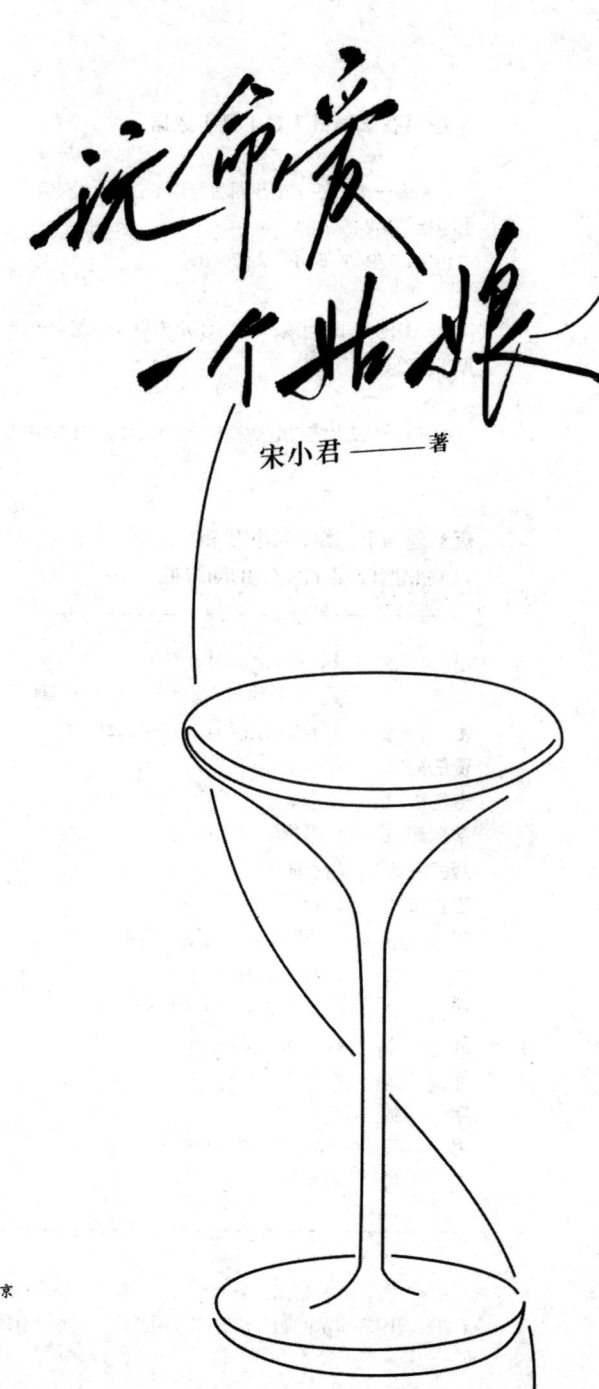

宋小君 —— 著

中国致公出版社·北京

图书在版编目（CIP）数据

玩命爱一个姑娘 / 宋小君著 . — 北京：中国致公出版社，2024.5
ISBN 978-7-5145-2248-8

Ⅰ.①玩… Ⅱ.①宋… Ⅲ.①小说集 – 中国 – 当代 Ⅳ.①I247

中国国家版本馆 CIP 数据核字 (2024) 第 055629 号

玩命爱一个姑娘 / 宋小君 著
WANMING AI YIGE GUNIANG

出　　版	中国致公出版社 （北京市朝阳区八里庄西里 100 号住邦 2000 大厦 1 号楼西区 21 层）
发　　行	中国致公出版社 (010-66121708)
责任编辑	程　英
责任校对	魏志军
策划编辑	仪雪燕
版式设计	唐小迪
责任印制	田春雨
印　　刷	天津明都商贸有限公司
版　　次	2024 年 5 月第 1 版
印　　次	2024 年 5 月第 1 次印刷
开　　本	880mm×1230mm　1/32
印　　张	8.5
字　　数	250 千字
书　　号	ISBN 978-7-5145-2248-8
定　　价	45.00 元

（版权所有，盗版必究，举报电话：010-82259658）
（如发现印装质量问题，请寄本公司调换，电话：010-82259658）

生猛地活着，玩命地爱

序 — Preface

再版序：复杂现世的一小会儿重逢　　001
原版序：遇上你，我就管不了那么多了　　003

辑一 — Part 1

玩命爱一个姑娘　　006
前任的婚礼　　014
领跑员　　024
吃货传奇　　035
分手清单　　045

辑二 — Part 2

当面说分手　　058
我奇怪的男朋友　　068
最佳老爸　　078
我先爱为敬　　085
喝醉了才敢想起来的前女友　　094

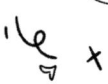

目录
Contents

Part 3 — 辑三

- 开锁的人　　　　　104
- 配角传奇　　　　　117
- 鱼不怕冷　　　　　129
- 情窦晚开　　　　　138
- 二姑娘的三家酒馆　151

Part 4 — 辑四

- 初恋教会我们爱　　160
- 食爱少女　　　　　173
- 爱吃辣的人有故事　183
- 人人都缺爱　　　　193
- 猎杀渣男计划　　　202
- 报复前任计划　　　213

News 新增故事

- 真心玩笑话　　　　226
- 下雪我们就重新相认　245

后记

- 玩命爱吧　　　　　261

再版序

复杂现世的一小会儿重逢

这本集子里的大部分故事写于2015年前后，当你看到这些文字，时间已经过去了九年，时间总是在我们觉得余生漫长的时候一下子就溜过去了。

这次修订的时候，再读当年的文字，心里还挺感慨，人年轻的时候，果然不知道节制，容易说出许多中二的话，现在再读，甚至有点难为情。脸皮变薄，可能就是人开始变老的一个重要标志吧。

不过，我还是尽可能保留了原来那些文字的感觉，可能过火，可能词不达意，可能不知所云，但的的确确都是当年的真情实感，虽然傻呵呵，但贵在真挚。

人的情绪触角，总是随着年纪的增长变得更加敏感，但我们都学会了内敛，心里话很少轻易说出来了。

现在说出来的话，写出来的文字，或多或少都要经过自我修饰，但在这本故事集里，当年那个我的所思所想，毫无保留，一切都是原生态的，一股脑的，泥沙俱下的，就这么洋洋洒洒地倾泻出来，这不能不说是一种"难得"，可能也是一种"不可再得"，就像这本书里的那些爱情故事一样：幼稚，年轻，不讲道理，甚至惹人发笑，但这些故事也在我们人生的单行车道上一去不复返了。

我曾经带着这本书走过许多城市，翻相册的时候，看到了许多签售现场读者们年轻的脸。

现在，当年的读者也已经进入了人生中的下一个阶段，许多故事里的原型人物也继续接受生活的磨砺，有的人我还有联络，但有的人已经彻底失去了消息。人有双脚，总是越走越远的。我们都慢慢学会了平静地接受分别这件事情。

但在这本书里,时间线还留在当年,每一个人都很年轻,每一句话都很热忱,每一个拥抱都很热烈,每一个吻都毫不犹豫,这不能不说是一种永恒。

这次修订,新增了一些故事,风格已有所不同,我想我的读者应该轻易就能分辨出来哪几个故事是后来写的。

这本书取得了一些小小的成绩,我想最主要的原因,还是我们都在不断地致敬当年那个"玩命爱"的自己吧。

根据故事集中《领跑员》改编的电影《陪你很久很久》2021年9月9日已经上映,票房近亿元。

根据《玩命爱一个姑娘》改编的话剧,从2016年全国巡演至今,已经突破了700场,从南方到北方,走过的城市更多,现在仍在继续。

同名电影也很快要和观众见面了。

这些都是我写这些故事时始料未及的。

我想,故事写出来,就有了自己的生命,故事里的人物,就切切实实地活了过来,他们经历着自己的悲喜,仍旧会继续鲜活地生活下去。

而我们总是会在人生的某一个阶段,重新遇见,我想这就是复杂现世的一小会儿重逢吧。

2023年12月8日

原版序

遇上你，我就管不了那么多了

我初次尝到爱情的滋味，是在十八岁那年的夏天。

那是我人生中第一次吻一个姑娘。

她的出现让我觉得爱情是有实体的，像吹过海面的夜风，像饱含雨水的云朵，像夏天里田埂上晒得滚烫的石头。

我很张扬，恨不得跑到广播室里对着话筒喊，我有了一个喜欢的人。就像一个贫穷的人终于有了一个家，就像一个蛮荒的星球上长出了第一株绿色植物。

我想飞，想叫，想撒野，想和她一起经历世界上所有美好的事情。

我想和她一起拥有七十二般变化，变成天上饱含雨水的云，变成吹过海面激起浪花的风，变成两条特别闹腾的鱼。

初恋为我打开了新世界的一扇门，原来世界还有爱情这么好玩的事情。

从那以后，我渐渐尝到了爱情的更多滋味。

苦的，像从不流泪的糙汉想起旧情人时流下的眼泪。

酸的，像注定会到来的分别，像青春里蛮不讲理的遗憾。

辣的，像面对面的时候还尽情微笑，转过身去眼睛就变成了活火山，泪水化成喷涌而出的岩浆。

紧接着，我遇到更多的人，听到更多关于爱情的说法。

有人说，虽然有永恒的爱情故事，却没有永恒的爱情。

我却感到怀疑。

我见证过许许多多玩命去爱的爱情故事。

我决定把他们的爱情故事写下来。

在这些故事里，记录着少不更事的时候，对爱情的纯真幻想；记录着在岁月和生活的双重摧残之下，为了爱情仍旧可以玩命的勇敢之心。

这些故事或者成为一种缅怀，缅怀那些永远在记忆里鲜活的青春记忆，缅怀那些一往情深玩命去爱的少年时光。

或者成为一种警醒，警醒自己别把爱情当成可有可无的爱好，爱情才是平凡生活中必不可少、不可一世的英雄梦想。不然人生那么长，我们靠什么永葆青春？

或者成为一种还击，在有人怀疑爱情这东西是不是已经玩完的时候，给他当头一棒，让他好好看看那些玩命去爱的人有多么幸福。

将来有一个男人老了，在一个不期而至的下雨天，小孙子在摇椅前蹦蹦跳跳，问他："爷爷，你这辈子做过最值得炫耀的一件事情是什么？"

此时，风吹过来，带着雨前独有的柔软气息，他心中泛起温柔，脸上绽开微笑，倚老卖老地说上一句："玩命爱一个姑娘。"

奶奶正好端着热茶走出来，听到这句话，轻盈地笑起来，露出酒窝，脸上的皱纹慢慢消散，头顶的白发一下子变得乌黑，一瞬间回到了笑起来要人命的少女时代。天空中，雨水恰到好处地倾泻而下。

好故事会让人产生"这就去做点什么"的冲动。

也许，你读完这本书中的某个故事之后，会立马穿上最漂亮的衣服，去赴一场早就该赴的约，去亲吻那个日思夜想的人，在对方反应过来之前，豪气干云地说上一句："时间不早了，别管那么多了，快来爱我吧！"

辑 一

我了解你所有忧愁

你熟悉我每道伤口

雨季开始了

你和果子一起熟透

人生没有什么太老太年轻

你来了

就是最好的时候

玩命爱一个姑娘

我们都期待美满的故事，
但其实恰恰是要靠我们的勇气，
才让故事变得美满，
让爱人就离自己一个枕头的距离。

和朋友们聚会，大家决定玩一个游戏。

找一个主题，然后讲一段自己的真实经历，看看谁的经历最有起承转合、最催泪、最奇葩，或者最让人无语凝噎，想抄家伙。

最后我们选定了一个主题——你有没有玩命爱过一个姑娘。

这个问题抛出来的时候，大家都沉默了，纷纷在记忆中寻找那段为了姑娘、为了爱情玩命的激情岁月。

在座的男士们，有的已经结婚，有的有女朋友，有的还是一如既往地单身。

在大家都沉默的片刻，四张点了根烟，说："我的故事都到了嗓子眼了，我先说吧。"

我笑而不语，等着四张的下文。

四张并没有四十岁。

我们二十来岁认识他的时候，大家就管他叫四张了。

当时，我们都在山东上大学。

四张有个青梅竹马的女朋友叫何玉。

据四张说，他跟何玉从小穿开裆裤一起长大，一起啃过锅里的大腿骨……更神奇的是，两个人生日只差两天，性格互补，血型一致，简直就是上天早就设定好的一对。

四张说："在我还不知道男孩和女孩在一起可以生小孩的时候，我就想跟何玉生小孩了。"

两个人从小在一起过家家，不论见到谁的父母都可以直接叫爸妈。

四张跟何玉从小学到高中一直在一起，两个人一起经历了第二性征发育，长出喉结，胸脯耸起来，青春期的各种烦恼……在别人互相爱慕的时候，他们两个人还是单纯得像初生的婴儿。

高中时期，何玉出过一次意外，失血过多。

四张不由分说地给何玉输了血。

四张说："看着我的血通过输血管流进何玉的身体里，我就感觉我和何玉血脉相通了。有战栗，有眩晕，真的，不骗人。"

最终，两个人去了山东相邻城市的两所大学，隔着一百八十公里。

上大学是两个人这么多年来第一次分开。四张说："我就好像经历了一次连体婴儿分离手术，而何玉就是我的幻肢，我总觉得一转头就能看见她，可是真转过头，又发现她不在了。"

真正的变故发生在一年后的情人节前夜。

四张接到了何玉的一通电话，电话里，何玉不无娇羞地说："四张，四张，有个男孩子跟我表白哎，你说我该不该答应他啊？"

四张疯了，跳起来，念叨着："哎呀，我的天，我的天，我的天。"

他外套都没穿，直接冲出宿舍，抄起自己的自行车，蹬上车就往外狂奔。

夜色中的马路上，一个只穿着毛衣的傻子发狂地蹬着自行车，正在赶往一百八十公里之外的城市，问题是，他要去干吗呢？

四张后来说："当时我自己也不知道我要去干吗，也许是去灭口。"

四张发狂地蹬了一整夜自行车，从毛衣到内裤都湿透了，整个人冒着热气，像是一台瓦特蒸汽机。

在情人节当天中午，四张终于赶到何玉的宿舍楼下，跳下自行车的时候，他差点瘫在地上。

多年以后，四张回忆起来，恨恨地说了一句英文："I can not feel my legs."（我的腿没知觉了。）

何玉从女生宿舍楼出来的时候，四张正用一种诡异的外八字站姿站着，穿着毛衣，瑟缩着，像是刚刚从戒备最森严的监狱里越狱而出。

何玉惊得差点背过气去："你怎么来了？你的外套呢？"

何玉不等四张说话，冲回宿舍，不一会儿，拿着一件女式的粉色及膝羽绒服跑出来，不由分说地套在了四张身上。

四张继续用外八字的姿势站着，穿着粉色的女式及膝羽绒服，好不容易憋出一句话："你答应了？"

何玉一愣："什么？"

四张几乎都带了哭腔："你答应了？"

何玉哭笑不得："我……我还没有。"

四张疯了："还？那你是准备答应了？"

何玉沉默了一会儿，脸上浮起娇羞："我不知道。哎，不过我问你，男生追求女生的时候，是不是脑子里都想着那个啊？"

四张一下子被这句话抽得痛彻心扉。

时隔多年，四张回忆起那个时刻，还是应激地痛得弯下了腰，恨不得立刻倒在地上舔马路。

当天晚上，何玉带四张到学校餐厅吃了饺子，再把四张安排到男生宿舍睡了一晚。

四张送何玉回女生宿舍的时候，那个追求何玉的男生抱着一束花等在宿舍楼下。

男生看到何玉身旁穿着粉色女式及膝羽绒服的四张，狐疑地往后退了两步。

何玉不好意思地对四张说："我过去跟他说两句。"

四张说不出话，就看着何玉跑向那个男生，两个人叽里咕噜地不知道在说什么，四张恨自己为什么不好好学学唇语。

就在四张忍不住要冲过去的时候，何玉接过了男生递给她的那束花，对男生娇羞地笑了笑。

四张听见自己心碎的声音，不是"咔嚓"，也不是"吧唧"，也不是"轰隆"，而是何玉的笑声。

四张男人的尊严终于复苏,他转身就跑,只留下何玉在他身后喊:"你去哪儿啊?"

夜色中的马路上,一个穿着女式及膝羽绒服的倒霉蛋,拼命地蹬着自行车奔驰在马路上。

四张形容说,那时候的心痛就像是,内脏全长在了外面,每走一步,都被粗糙的柏油马路摩擦。

四张无法想象,与自己青梅竹马了二十年的女孩,在情人节的夜晚,当着自己的面,答应了另一个不知道从哪儿冒出来的男人的追求。

四张觉得这个世界不会好了。

大学里剩下的时光,四张没有谈恋爱,转而对各种社团活动产生了兴趣,先后参加过大学生电路装置比赛、大学生贫困山区十日行、大学生街头公益筹款等活动。

毕业之后,何玉拿到一份不错的 offer(录用通知),去了北京,成了北漂的一员。

四张在山东一家货运公司跑货运,开大卡车,一趟车要跑三四天,车上吃,车上睡;夏天就在驾驶室里挂个蚊帐,冬天就浑身贴着暖宝宝,车里放几个暖瓶。碰上堵车的时候,也会堵个两三天,四张就和同样被困的司机一起斗地主、打保皇。

一次,四张开着卡车跑长途送一车情趣玩具。路上,突然接到了何玉的电话。

何玉在电话里哭着说:"四张,四张,我钱包丢了,身份证也没了,我租的房子下水道也堵了,现在正往外冒水,我找不到房东,我不知道该怎么办!"

四张一听,嘴里念叨着:"哎呀,我的天,我的天,我的天。"

他当即猛地掉转车头,临时改了路线,憋着一泡从山东带着的尿,拉着一车情趣玩具就往北京狂奔,完全忘记了等着发货的那批淘宝店店主。

四张的大货车开不进小区,他就把车停在小区外面的马路上,然后跳下车，憋着那泡尿，冲进何玉租住的小区，砸门。

何玉打开门，看着风尘仆仆的四张，呆住了。

四张从牙缝里挤出一句话："先让我撒个尿。"

何玉听着四张水流湍急地打击着马桶，惊魂未定。

紧接着，又听见洗手间里，四张吭哧吭哧的声音。

半个小时后，四张走出来，洗手间里焕然一新，下水道也疏通了。

四张甩下一沓钱，还有一张银行卡，对何玉说："你先用着。"

何玉刚要感谢，四张的手机急促地响起，货运公司老板在电话里狂吼："你跑去哪儿了？"

四张一下子急了，嘴里念叨着"哎呀，我的天，我的天，我的天"，便急忙冲出去。

何玉在身后喊："你倒是吃了饭再走啊！"

四张跑到小区外面，发现两个交警正站在大货车前，商量着如何处理。

大货车的吨位，交警的拖车是拖不走的。

四张硬着头皮跑过去，和交警套近乎，说："我老婆生孩子，您行行好。"

最后，四张认栽交了罚款，又开着货车，拉着一车情趣玩具，在高速公路上狂奔。

四张任劳任怨，勤勤恳恳，攒了钱，自己买了一辆卡车，继续跑长途，送过各种各样稀奇古怪的货物。

他最爱看的电影是《玩命快递》，四张说："这演的就是我啊。我有一次大半夜的，在一条黑乎乎的马路上，遇到拦路抢劫的人。他们弄了一棵树横在马路中间，我一看不好，猛踩油门，飞驰而过。开出十公里之后，才发现两个轮胎都漏气了。"

四张再一次跑北京的时候，在北京留了一天。

何玉请四张吃饭。

何玉看起来有些奇怪，说话吞吞吐吐。

四张不耐烦:"有事你就直说,跟我还用得着客气?"
何玉说:"我男朋友做生意,需要一笔钱周转,否则他过不了这个坎。"
四张一愣:"你什么时候交的男朋友?我怎么不知道?"
何玉有些惭愧:"我不想跟你说,我怕说了你难受。"
四张沉默。
何玉说:"他借了高利贷。"
四张点了根烟,问:"缺多少钱?"
何玉鼓足勇气,说:"十万。"
四张抽了两口烟:"给我五天,五天之后,钱打到你银行卡上。"
四张说着就起身走了,留下何玉愣在原地。

回到山东,四张把卡车卖了,加上自己的积蓄,凑了十万块给何玉。
我们都骂他:"你脑子短路了?你不想想,万一何玉那个什么男朋友是个骗子呢?"
四张无所谓地笑笑:"我感觉,那男的百分之百是骗子,好男人就是再难,也不会向自己的女人开口要钱。"
我们都惊呆了:"你知道还借给她?"
四张说:"对她,我没法说不。再说,让她上上课也好,她哪儿都好,就是太单纯。"
我们再一次惊呆:"她单纯?我看啊,是你太傻了!"
四张"喊"了一声:"大智若愚,聪明还是傻,得分事儿。"
卖了卡车之后,四张又回到了原来的运输公司,继续打工。
一样勤勤恳恳,任劳任怨。
两个月后,何玉打电话给四张,哭着说:"我男朋友不见了,电话也不接,他是个骗子。我对不起你。"
四张说:"不就十万块钱吗?有什么大不了的。花十万块,让你长长记性,值了。"
何玉在电话里泣不成声。
四张最爱跑的一条线,就是从山东到北京,他说,总觉得何玉在哪儿,哪儿立马就不一样了。就算何玉在撒哈拉沙漠,撒哈拉也能凭空生出喷泉来。

何玉却消失了一段时间,再也没有联系四张。

又到了冬天。

四张依旧跑长途,这次他拉着一车泡面跑北京,天寒地冻,风很大。

四张过了收费站口,猛地踩刹车,他看见一个熟悉的身影,站在一望无际的高速公路隔离带旁边,冻得瑟瑟发抖,是何玉。

四张头发都奓起来了,他的车堵在高速公路入口,然后跳下去,几乎是飞到何玉面前,一把抱住她。

何玉整个人冻得就跟个冰美人一样,四张抱着何玉的时候打了个冷战,他又生气又心疼:"你在这儿干吗?"

何玉泣不成声:"我在这儿等了你三天。晚上就在收费站里睡。我算错了时间,可我又不敢走,怕错过你。"

四张疯了:"你不会打个电话吗?"

何玉说:"这一次我想见你。"

四张紧紧地抱住何玉,直到高速公路路口堵成一排的车集体狂按喇叭。

四张开着大货车,行驶在白雪皑皑的高速公路上。

何玉坐在副驾驶,身上裹着四张的军大衣,手里捧着一碗热气腾腾的泡面,狼吞虎咽地吃起来。

何玉吃完泡面,掏出两万块钱给四张。

四张生气了:"你这是干什么?"

何玉说:"我攒的,还欠你八万。以后我就跟着你跑长途,给你打工,给你洗衣服,给你做饭。"

四张傻了:"你疯了,跑长途是你干的活吗?"

何玉恨铁不成钢:"从小到大,你怎么总是抓不到我的重点?我的重点在后半句,给你洗衣服,给你做饭!"

四张愣愣地看着何玉,傻了。

何玉双颊都冻伤了,泛着红光,认真地看着四张。

大卡车迅猛地往前飞奔。

今年，四张又买了一辆卡车，取了个名字，叫"何玉号"。

同行取笑："你以为你开的是驱逐舰吗？"

四张说："我开的就是驱逐舰，只属于我和何玉的驱逐舰，一切坏人坏事通通退避。"

四张讲完了自己的故事，大家忍不住给他鼓掌。

四张憨笑："其实这也不算玩命爱一个姑娘，离玩命还远着呢。我只是觉得，既然爱了，就用点儿力，用点儿力总不会是坏事。"

这个时候，一个女孩大着肚子走过来，走到四张身边。

四张吓坏了："你怎么来了？"

女孩很娇羞，开玩笑似的："我想你了啊。"

我们都愣住。

四张有些尴尬，跟大家介绍："这是我老婆，何玉。"

我们都站起来，一起喊："嫂子好。"

何玉被眼前的阵势吓了一跳："你们好，你们好，有空来家里喝酒。"

四张笑得很欠揍，明目张胆地秀恩爱。

生命中，有些错过，最后成了错过。

而有些错过，因为两个人的勇敢，又变成了相遇。

我们都期待美满的故事，但其实恰恰是要靠我们的勇气，才让故事变得美满，让爱人就离自己一个枕头的距离。

男人应该玩命爱一个姑娘。

好姑娘也值得被男人玩命去爱。

爱情，本来就是勇敢者的游戏。

如果你不够勇敢，你很快就会出局。

如果你够勇敢，此刻转个身，就能抱住你所爱的人。

前任的婚礼

我们在生命中会爱上一些人，
因为各种各样的缘由，
未必能走到一起。
但这并不妨碍我们去爱，
其实也没什么能妨碍我们去爱。
只是，有些爱，
也许注定要成为回忆，
注定要放在心底。

世界上有一些事情是坚决不能做的。
做了就有可能导致不可逆转的后果。
比如参加前任的婚礼。
当然，世界上总有不怕死的。

苏雨和陈晨结婚，我们这些当年的好朋友，都收到了请柬。
很多朋友因为请不了假、路途太遥远、老婆生孩子去不了。
我原本也不太想去，直到我接到许畅在从西北开往上海的火车上打来的电话。
在电话里，许畅有些莫名其妙的兴奋。
许畅说："苏雨真的在三十岁之前嫁出去了，可怜了那个年少无知的我。"
我有些疑惑，问他："你大老远赶回来参加前女友的婚礼，有意思吗？这不是找虐吗？"
许畅说："我就是回来找虐的。"
许畅时间算得刚刚好，在婚礼开始的前半个小时赶到，风尘仆仆。

在大西北开矿的日子，让许畅的皮肤像戈壁滩一样黝黑坚固、寸草不生。

我们这些当年的好朋友被安排坐在离舞台最近的一桌，婚礼挺温馨，当然也少不了最俗气的环节，那就是找一个参加过选秀节目的歌手在台上声嘶力竭地唱一些口水歌曲。

我们说起少年往事，回忆就劈头盖脸地袭来，大家都很感慨。

许畅哈哈大笑，兴奋得有些不正常。

闹腾的歌手终于下台，婚礼正式开始，陈晨人模狗样地上了台。

在俗气的婚礼进行曲中，婚礼终于出现了最有创意的一环。

苏雨选的伴郎和伴娘都是男人，作为伴郎的男人穿着西装，严肃正经。作为伴娘的男人，是个矫健的胖子，穿着裙子，头上戴着白色的头纱，同样严肃正经。

苏雨这样的出场方式，惊呆了全场，不明就里的亲友，有的哈哈大笑，有的目瞪口呆，有的大脑开始频繁卡顿。

我们看着这样违和的画面，不得不赞叹苏雨请男人做伴娘的创意和魄力。

许畅看着穿婚纱的苏雨，一下子安静下来。

人生中总有一些时刻，我们会从热闹中突然沉默下来，这种沉默背后也许有千言万语，也许什么也没有。

许畅就这样看着苏雨的父亲把苏雨的手交给了陈晨。

我有些担忧地看着许畅，许畅脸上却还带着笑。

台上，新郎新娘交换戒指，说"我愿意"，接吻。

苏雨似乎完全沉浸在幸福中，并没有注意到台下沉默中脸上带着傻笑的许畅。

突然，许畅拿起桌子上的一瓶洋河大曲，咕咚咕咚灌了几口，噌地站起来，冲了出去。

我拉了许畅一把，没有拉住，我心想，坏了，要出事。

接下来的画面，深深地印在我的脑海里，我甚至因此留下了恐婚的心理阴影。

许畅跌跌撞撞地冲到台上，看了苏雨一眼，然后，飞身扑到作为伴娘的男胖子身上，如同两颗彗星相撞，胖子应声倒地，许畅压在胖子身上，劈头盖脸地亲了下去！

所有人都被这样的画面惊呆了。

紧接着，许畅从男伴娘身上爬起来，走到苏雨面前，在所有人都没有缓过神来的时候，对着苏雨喊："苏雨，祝你幸福。"

不等苏雨回应，许畅就跳下台，绕着场子，像个神经病一样奔跑起来，边跑边脱自己的衣裳，很快把自己脱得只剩下一条内裤，内裤上的海绵宝宝笑得风生水起。

许畅边跑边喊："苏雨，祝你幸福！苏雨，祝你幸福！"

在大多数人多年接受的常识教育里，这样的场面实在是过于超现实。

陈晨嘴角抽搐，亲友们的下巴掉了一地，都来不及捡起。

我和好朋友们都站起来，看着正在绕场裸奔的许畅，不知所措。

我瞥见苏雨，奇怪的是，苏雨全程安静地看着许畅，泪流满面。

在许畅被保安扔出婚礼现场的时候，苏雨已经哭倒在地。

我们都认为许畅一定是因为受到了太大的刺激，所以精神错乱了。

婚礼结束之后，我们几个要好的朋友和许畅在路边撸串，在烤羊肉串的烟雾中，许畅再一次讲述了他和苏雨的少年往事。

许畅、苏雨，还有我，在高三这一年，是同班同学。

苏雨是公认的好学生，如果考试的时候不赶上生理期导致苏雨身体不适，苏雨能把150分的数学题做到148分，英语卷子大概只会错几个听力和阅读理解。

至于我，属于理科白痴，永远弄不懂数列、三角函数、动能定理。别人的上课时间，就是我的睡觉时间。许畅比我好不到哪里去，由于在理科方面非凡的"造诣"，我和许畅成了无话不谈的好朋友，甚至清楚对方一周梦遗几次。

许畅和苏雨的第一次接触发生在一节关于钠与水反应的化学实验复习课上。

实验结果现在我都记得，首先钠会浮在水面上，接着，钠会熔化成一个闪亮的小球，发出咝咝的响声。

没错，就是这个简单的实验，许畅玩出了花样。

许畅偷了一小块钠，趁苏雨不注意，想粘在苏雨的座位上，但又担心会伤到苏雨，就决定自己先试试。

许畅坐上去之后，一开始浑然不觉。

几分钟后，许畅的屁股底下发出咝咝的声响，然后我们就看到许畅屁股冒着烟雾，纵声尖叫着奔逃。

许畅惨叫得上气不接下气，摔倒在地上。

许畅吸引女孩子注意的方式让我不得不膜拜，作得一手好死啊。

许畅却有自己的理论：想要让女孩子对你印象深刻，就一个方法，要么对自己狠，要么对女孩子狠。他选择了前者。

事实证明，许畅的作死行为取得了显著的成效，苏雨从此不再跟许畅说话，甚至不再正眼看他。

作为我们的班花，男生们排着队找苏雨复习功课，而苏雨和隔壁班的一个学霸走得很近，两个人常常一起做习题集，多次被目击在操场上散步。这件事被我们引为奇耻大辱：我们的班花竟然被别班抢走了。许畅痛陈："我有不可推卸的责任。"

直到有一天，许畅发现苏雨在班主任的办公室里挨训，许畅急坏了，隐隐约约听到班主任问苏雨，那个男生是谁。许畅认定是苏雨和学霸走得太近，可能影响到了成绩，所以才被班主任训斥。

许畅突然就冲进办公室，一把把苏雨拉到自己身后，义正词严："老师，其实那个男生就是我，我找苏雨复习功课来着！"

苏雨和班主任都惊呆了。

班主任不动声色地甩出一摞试卷，说了一句："那你们一起去参加奥数比赛吧。"许畅扫了一眼，傻了，试卷上写着"奥林匹克数学竞赛测试题"。

许畅在学校里常常惹事，有一次苏雨无意中提到想吃烧烤，许畅就偷偷买了一包炭，在宿舍里烧烤，被宿管员发现，班主任气坏了，通知了许畅的家长。

苏雨站在班主任的办公室门口,看着许畅被五大三粗的老爸教训,好像打的根本不是他自己的儿子,嘴里还念叨着:"让你不学好,让你不学好。"

在许畅的老爸打得正起劲儿的时候,门被推开了,苏雨走过去,冷静地站到了许畅面前,许畅一惊,使劲往后拉苏雨,苏雨甩开许畅的手,对许畅的老爸说:"叔叔,你别打他了,是我让他烧烤的。"

许畅老爸的巴掌悬在半空中落不下去,呆呆地看着这个一脸倔强的女孩。

许畅站在苏雨背后,看着苏雨倔强的背影,很感动。

这件事情结束之后,苏雨就把所有的精力都用在学习和强迫许畅学习上。

许畅不再和我们一起上课睡觉,不再跟我爬墙出去上网,甚至不再跟我一起去食堂吃饭。

取而代之的是,许畅一日三餐都和苏雨一起吃,两个人对面坐着,假装不认识,各自手里捧着一本英语词典,边吃边背,偶尔抬起头看对方一眼,大概两个人发明了某种电码,用眼神互换信息。

晚上,许畅拿着小手电,缩在被窝里闷头苦学,只有偶尔不小心放了屁才把头探出来喘口气。

时间飞快,高考很快到来。

考完最后一门课的那天晚上,许畅和苏雨在操场的小树林里散步。

两个人走在晚风中,各怀心事。苏雨突然问许畅:"如果我们不能考进同一所学校怎么办?"许畅笑了笑,对苏雨说:"你放心,你在哪儿,我的青春就在哪儿。"

许畅没能和苏雨考进同一所大学,但是他努力和苏雨来到了同一个城市。许畅选择了一所专科学校,同时选择了一个听起来非常霸气的专业:矿产资源管理与研究。翻译过来就是开矿的。

大学生活正式开始,许畅每天逃课,跑到苏雨的大学和她一起上课。

晚上,许畅抢在宿舍关门之前再赶回去,经常被宿舍楼看门的大爷关在门外,不得不毫无廉耻地跟大爷套近乎。

看着许畅每天疲于奔命,苏雨很心疼,但是又舍不得有许畅陪她一起上课的日子。要知道,像苏雨这样的女孩子身边没有男朋友,会多出许多不必要的麻烦。

于是苏雨主动提出:"要不我们一起在学校附近租个房子?要是太晚了,你就别回去了。"

许畅不敢相信自己的耳朵。

从此以后,两个人就过上了"小夫妻"的日子。

许畅坦白,自己经过整整两个学期的努力,包括装可怜、装失眠、装阑尾炎,才最终和苏雨睡在了一张床上。

许畅说:"那时候我恨不得在那张床上和苏雨一起度过我的余生。"

一天晚上,许畅和苏雨正在床上互相打闹,准备正式进入主题的前三分之一秒,门突然被敲响。

两个人停止了动作,许畅非常不愉快地喊了一声:"谁啊?"

门外一个声音响起来:"开门!"

许畅愣愣地看着脸色惨白的苏雨,不明所以。

许畅只穿着内裤,打开门,一个男人站在门口,杀气腾腾。男人看了许畅一眼,径直走进去。

苏雨衣冠不整,低着头,喊了一声:"爸。"

许畅差一点大小便失禁。

苏雨的老爸环视四周,看着已经初具规模的小家,地上散落的苏雨的黑色内衣,以及站在原地吓成狗的许畅,良久,他才对着苏雨说出一句话:"回去!"

从此以后,苏雨只能偶尔偷偷摸摸地来到两个人的小窝,许畅兴奋地说:"这样一来,竟然有一种偷情的快感。"

苏雨笑着打他。

两个人躺在床上有一搭没一搭地进行情侣之间特有的低智商的对话。

"要是以后你不跟我结婚怎么办？"

"不可能！"

"假如你就是没有娶我呢？"

"不存在这个假如。"

"许畅，你以后要是不娶我，我就嫁给别人。你要参加我的婚礼，在我的婚礼上，你要亲吻我的伴娘，到时候我一定找个男人当伴娘，嗯……你还要穿着海绵宝宝的内裤在婚礼现场裸奔，高喊：'苏雨，祝你幸福！'"

"太狠了吧！"

"你要是娶了我不就没事了？"

"你非我不嫁，我非你不娶啊。"

低智商对话进行完毕，许畅翻身抱住了苏雨。

通过苏雨提供的信息，以及许畅周密的调查，许畅终于找到了苏雨父亲突然精准地出现在小窝的原因，那就是——有人告密。

这个人就是苏雨大学的同班同学——陈晨。

陈晨这小子一直对苏雨有"非分之想"，在观察、跟踪了苏雨一段时间之后，锁定了两个人同居的地址。

陈晨在学生通讯簿上找到了苏雨父亲的电话号码，给苏雨父亲发了一条短信，大意就是，你女儿和男人同居了，末尾附上了详细地址。

作为一个父亲，看到这样的短信，顿生杀机。

许畅气坏了，半路堵住陈晨，狠狠地揍了他一顿。

陈晨作为本地高富帅，之后找来狐朋狗友堵住了许畅，许畅虽然骁勇善战，但双拳难敌四手，十秒钟之内被打趴下。就在许畅拼命护住自己的脸和关键部位准备放弃抵抗的时候，苏雨抱着一个泡沫灭火器冲出来，对着陈晨以及陈晨的狐朋狗友一阵狂喷。

许畅抓住空隙，跳起来，拉着苏雨就蹿了出去。

许畅说："大学四年，也许是我这辈子最快乐的四年。"

人生够长，青春却苦短，就像是我们爱吃的辣条，总觉得还有，但吃着吃着就没了。

毕业不由分说地到来。

苏雨在外企校园招聘的第一个环节,就拿到了offer。

许畅拿着简历跑遍了大大小小的相关企业,因为专业不对口,找工作比在小笼包里找小龙女都困难。

许畅很失落,尤其是看到自己的女朋友那么优秀,他就更失落了。

苏雨安慰许畅:"没事,慢慢找。"

三个月过去了,苏雨已经入职,过了试用期,在外企干得风生水起,许畅却还没有找到工作,连这几个月的房租都是苏雨付的。

就在许畅不知所措的时候,一个工作机会找到了他,但是工作地点不在本市,而要去西北。

分隔两地的日子,显得无比漫长。

许畅感觉自己和苏雨处在两个不同的时空,苏雨的一天,就是自己的一年。

他第一次觉得"度日如年"这个成语如此贴切。

许畅的归期一拖再拖,错过了两个人当年所有的纪念日,苏雨的生日、苏雨阑尾炎康复纪念日。

在此期间,苏雨被上司性骚扰,被主管排挤,被父母逼婚,被闺密取笑。许畅只能在电话里,一遍又一遍地安慰苏雨。

苏雨总是说:"我没事。"

时间和距离是很奇怪的东西。

我们都坚信真正的爱情可以超越时间和距离。

其实爱情里的所有磨难都不可怕,最可怕的只有两个字——消磨。

许畅在西北接到了一个电话。

电话里,苏雨轻描淡写地说:"许畅,上周三晚上,我胃疼得快要死了,我就想我不怕死,在死前我也得给你打个电话,结果电话总是不在服务区。最后我打给了陈晨,陈晨送我去医院,陪了我一个晚上。你跑哪儿去了,怎么还跑出服务区了呢?"

苏雨轻描淡写的语气,让许畅悲从中来。

爱情需要相濡以沫，唯独经不起消磨。

在工期结束的当天，许畅兴奋地打电话给苏雨，想告诉苏雨："我就要回去了。"结果在许畅开口之前，苏雨的一句话就把许畅砸进了谷底，苏雨说："许畅，我很累了，我们分开吧。"

许畅风风火火地赶回本市。

他认为一定是陈晨乘虚而入，打算冲回去揍陈晨一顿。

许畅回到他和苏雨居住的小区，就看到苏雨的左腿打着石膏，在陈晨的搀扶下，艰难地走路，陈晨跑前跑后，无微不至地照顾她。

许畅沉默了，愣在原地，满腔怒气瞬间化为悲凉。

许畅质问自己，爱是什么？爱不就是照顾和陪伴吗？

如果连照顾和陪伴都做不到，你凭什么说你爱她呢？

许畅没有得到答案。

婚礼上，在许畅的脑海中，情侣之间低智商的对话再一次响起。

"要是以后你不跟我结婚怎么办？"

"不可能！"

"假如你就是没有娶我呢？"

"不存在这个假如。"

"许畅，你以后要是不娶我，我就嫁给别人。你要参加我的婚礼，在我的婚礼上，你要亲吻我的伴娘，到时候我一定找个男人当伴娘，嗯……你还要穿着海绵宝宝的内裤在婚礼现场裸奔，高喊：'苏雨，祝你幸福！'"

"太狠了吧！"

"你要是娶了我不就没事了？"

"你非我不嫁，我非你不娶啊。"

……

许畅遵守了这个无厘头的约定。

苏雨泣不成声，全世界都是许畅从灵魂里喊出来的声音："苏雨，祝你幸福！"

我们在生命中会爱上一些人，因为各种各样的缘由，未必能走到一起。但这并不妨碍我们去爱，其实也没什么能妨碍我们去爱。只是，有些爱，也许注定要成为回忆，注定要放在心底。

轰轰烈烈地爱过之后失去，总比从来没有爱过要好。

祝那些在人生路上，被我们辜负的、辜负我们的人，每一天都阳光普照，每一晚都睡眠充足，将来老了，给孩子们讲故事的时候，也把我们都变成故事里的人。

领跑员

这就是我对你的爱，
别人嘲笑，别人唏嘘，我不在乎，
这就是我爱你的方式。
亲爱的我爱的、不爱我的你，
在你漫漫的人生路上，
我从来不是备胎，
我是你的领跑员。

九饼是我的好朋友。

九饼看到我写了很多故事，在我的朋友圈留言："你怎么不写写我呢？就不怕我炸你一脸 shit（屎）？"

我害怕，所以，今天我们讲讲九饼的故事。

在九饼的强烈要求之下，这个故事要从九饼的口头禅"炸你一脸 shit"说起。

九饼这个口头禅，可不只是说说而已。

第一个被九饼炸一脸 shit 的人是薄荷的上司。

薄荷的上司每天晚上七点半准时离开公司，七点三十五分到达地下停车场。

那个夜晚注定要在上司的人生中留下浓墨重彩的一笔。

上司到了地下停车场，潇洒地走向自己的座驾，打开车门，坐进去的刹那，惊魂的一幕发生了。

一个穿着雨衣、像是全身都塞进套子里的男人，从斜刺里冲出来，一气呵成地把一个包裹丢到车里，转身就跑。

上司还没有反应过来，眨了两下眼睛的工夫，包裹轰然炸开，噗的一声，一阵微黄的浓雾腾起，笼罩了上司。

上司吓瘫了，几秒钟之后，终于反应过来，他不敢相信自己的眼睛，不敢相信自己的鼻子，不敢相信自己的大脑。

"应该不是吧？"上司在脑海中无数次这样问自己。

得到大脑的最终确认之后，上司以极高的音阶尖叫着跳出来，近乎疯狂地围着自己的车打转转，生生把停车场吐成了坑坑洼洼的月球表面。

毕竟不是每个人都有机会被炸一脸 shit 的。

送包裹、炸上司一脸 shit 的人就是九饼。

九饼之所以想出这样的天才创意，是为了薄荷。

薄荷的上司出没于各种饭局，常常深夜打电话给薄荷，让薄荷化好妆来饭局陪客户吃饭。

上司的理论很简单，一桌子荤不能没有素，一桌子男人也不能没有女人。

上司认为薄荷是公司最拿得出手的一道菜。

迫于无奈，妥协几次之后，薄荷终于不胜其烦，跟上司吵了起来。

上司坚称这是工作的一部分，薄荷忍不住骂了脏话，问候了上司的大爷。

上司的玻璃心被严重冒犯，气得脸色通红，跳起来指着薄荷叫嚣，让薄荷道歉，否则这事儿没完。

薄荷的肾上腺素直冲脑门，道什么歉，我不干了！

上司欣然同意，但是开始追究薄荷的考勤、业绩，各种找碴儿，终于成功扣光了薄荷的工资和奖金。

薄荷气得生理期都提前结束了，声泪俱下地跟九饼吐槽。

九饼暴脾气，一点就着，连夜就开始研究报复薄荷上司的方案，设计、画草图、现场模拟……

最终出现了刚才那一幕。

薄荷知道上司被炸了一脸 shit 之后，笑得背过气去，就差要做人工呼吸了。

九饼把这件事当成谈资，说起来的时候特别骄傲。

我们都感叹：一段什么样的感情，可以鼓动九饼去炸别人一脸 shit 呢？

九饼和薄荷在同一个小镇念书。

九饼从小就是薄荷的跟班，薄荷不爱吃、不敢吃、不想吃的东西都让九饼吃。薄荷爱穿裙子，下雨天也不肯换，为了能顺利穿着裙子上学，九饼就成了薄荷的座驾，保证薄荷脚不沾泥地往返学校。

薄荷的父母很喜欢九饼，觉得九饼老实靠谱，给薄荷带的午饭里常常有九饼的一个蛋。

直到后来，薄荷常常和同班同学麦子一起复习功课，九饼才觉得有些不开心，因为九饼的成绩很差，弄不懂复杂的数学题，不能和薄荷交流功课、讨论习题。九饼当时恨不得自己能把大脑的另外 90% 都开发出来，好跟麦子平起平坐。

看到麦子和薄荷的脑袋天天凑在一起复习功课。九饼愤怒了，恶向胆边生，拔腿就跑，跑到学校堵住麦子，不由分说地狂揍一顿，麦子满地找牙、跪地求饶，保证以后离薄荷十米开外。

九饼昂然而去。

放学路上，九饼把薄荷推到墙角，按住她，喝道："把'薄荷喜欢九饼'说一百遍！"

薄荷没说话，直接亲了九饼的脑门一下，发出清脆的声响，如同啄木鸟在啄树皮。

九饼哈哈大笑，根本停不下来。

直到薄荷拍了九饼的脑门，九饼才从幻想中清醒过来，有些恍惚地看着眼前的薄荷。

薄荷很不耐烦："叫你半天了，你发什么呆？帮我个忙。"

九饼一愣："什么忙？"

薄荷有些害羞："周末我去你家玩。"

九饼乐坏了："好啊，我带你去捏泥巴。"

薄荷点点头，又补充："麦子也去。"

九饼呆住，看着薄荷，没反应过来。

薄荷更害羞："我要是说我跟别的男孩出去，我妈肯定不让，你掩护我。就这么定了啊！"

薄荷说完，欢天喜地地走了，留下九饼一个人愣在原地，心里默默地喊了一句："我炸你一脸 shit。"

周末，麦子和薄荷先后来到九饼家里，九饼脸色不好看，但是兴奋的麦子和薄荷都没有注意到这个可怜巴巴的少年。

吃完饭，薄荷和麦子旁若无人地开聊，九饼插不上话，完全变成透明人。

九饼气得尿意上涌，决定去撒尿，再回来的时候，发现房门关上了，里面传来薄荷咯咯的笑声："你讨厌！""真的吗？""你怎么那么坏！"

九饼站在门口，整个人都不好了，压抑着要冲进去揍麦子的冲动，但最终还是忍不住砰砰砰砸门。

薄荷打开门，看着憋得脸色通红的九饼："干吗？！"

九饼听到自己说："你……要不要吃点水果？"

聊到晚上，薄荷和麦子依依不舍地告别。

九饼感觉自己深刻地理解了一个成语——"望洋兴叹"。

九饼送薄荷回家，到了薄荷家楼下，九饼松了一口气，心想总算结束了，这一天的每一秒对九饼都是赤裸裸的折磨啊。

薄荷深情地看着九饼，来了一句："以后我和麦子每个周末都去你家玩好吗？"

九饼傻了。

周一到周五，在学校里，九饼看着薄荷和麦子眉来眼去、互递情书，麦子摸薄荷的小手，薄荷捶麦子的肩膀。

周末，在九饼家里，九饼听着薄荷咯咯的笑声，以及时不时发出的"你讨厌""你怎么这么坏"。

九饼觉得整个世界都在崩塌。

为了发泄多余的精力，九饼参加了学校长跑队，因为耐力好，九饼成了领跑员。

所谓领跑员，就是在比赛中领跑，帮助种子选手调整呼吸和节奏，奔跑时两个人如影随形,直到冲向终点的那一刻,领跑员需要放慢速度,让种子选手独自冲到终点。

九饼青春期所有的力比多就靠着长跑和梦遗发泄了。

就在九饼疯狂长跑的日子里,薄荷和麦子闹掰了,原因不详,薄荷的成绩也一落千丈,薄荷很痛苦,一蹶不振。

为了让薄荷振作起来,九饼把薄荷约到操场,薄荷像个文艺女青年一样,流着眼泪,神游物外。

九饼从书包里拿出一双运动鞋,不由分说地给薄荷穿上。

薄荷忘了哭,呆呆地看着给自己穿鞋、系鞋带的九饼。

九饼抬起头来,对薄荷说:"走,跟我跑一段。"

薄荷还在发呆,九饼已经跑起来。

薄荷愣了一会儿,不明所以地跟上。

跑道上,两个人如影随形,九饼不停地提醒着薄荷:"跑起来,胳膊甩起来,保持呼吸的节奏。"

奔跑中,两个人满头大汗,气喘吁吁,薄荷脸上露出了笑容,九饼也放松地笑了。

大学毕业之后,九饼和薄荷很巧合地去了同一个城市。

薄荷总是打趣说:"我们真是有缘分。"

九饼心里知道,那才不是缘分,那是喜欢。

九饼进了长跑队,继续担任领跑员的角色。

而薄荷去了一家私营企业做策划,直到辞职,欺负薄荷的上司被九饼炸了一脸 shit。

薄荷辞职之后,打算休息一个月,转而对各种朋友聚会产生了兴趣。

聚会结束之后,薄荷都会打电话给九饼,让九饼去接她。

面对这样的大好机会,九饼竟然还没有表白,这让我们一众好友都很费解。

直到九饼说出了自己的想法。

九饼说:"我不确定薄荷的想法,我怕我要是表白了,以后连朋友都做不成了。"

大家都愣住。

一个男人如果太在乎一个女人，往往会产生一些悲观的想法。这个症状可以称之为"太爱你综合征"。

九饼面前摆着一个选择题，三选一。
A. 跟薄荷友谊天长地久，你若安好，我备胎到老。
B. 跟薄荷表白，被薄荷无情地拒绝。没做成情人，连友谊也丢了。
C. 薄荷接受九饼，从此幸福地生活在一起，生个孩子叫薄荷饼。

显然九饼对最后一个结果并没有信心，所以他放弃了选择，维持了现状。

薄荷在一次朋友聚会上认识了安宇。

安宇善谈，总是滔滔不绝，极具人格魅力。

往往薄荷前半句话还没有讲完，安宇就知道她后半句是什么。

在安宇面前，薄荷永远都有说不完的话。

薄荷把自己的QQ签名改为：遇见了了解。

一次朋友聚会结束，九饼去接薄荷，远远地就听到了薄荷咯咯的笑声，还有"你讨厌""你怎么那么坏"这些薄荷撒娇的时候才用的口头禅。

这些声音如此熟悉，九饼的心脏被重重击中，他走出两步，就看到了薄荷全身都软在安宇怀里。

九饼听见自己心脏石化的声音，脑海中一个声音轰隆响起："我炸你一脸 shit。"

九饼气呼呼地找我们喝酒，几瓶啤酒下肚，九饼把桌子拍得震天响："我后悔啊！"

大家都知道九饼在后悔什么。

九饼咕咚咕咚喝，喝到烂醉，带着哭腔，嘴里不停地念叨着："我炸你一脸 shit。"

九饼开始疯狂地跑步，城市里任何一个角落都被九饼的跑鞋碾压过，风雨无阻，就连雾霾天，九饼都戴着口罩跑满五千米，像是一台大型移动空气净化器。

九饼跑完马拉松那天,接到了薄荷妈妈的电话。
薄荷妈妈在电话里急得都带了哭腔:"薄荷好几天不接电话了。"
九饼浑身冒着热气,跳了起来,忘记了自己刚跑完马拉松,拔腿就跑,用尽全身力气飞奔在马路上。
他赶到薄荷的住处,才发现薄荷家里乱成一团,薄荷在厕所里抱着马桶,又哭又笑。
薄荷看到九饼,啪地给了九饼一个耳光。
九饼被打蒙了,薄荷哭着喊:"你滚!"
九饼把薄荷抱上床,从薄荷断断续续、连打带骂的叙述中,九饼终于听明白了。
薄荷在安宇的聊天软件上发现了十个同一分组的女孩,薄荷给每个女孩都发了一句话:"我开好房间了,你过来吧。"
结果收到了七条回复都是:"房间号告诉我。"
还有一条回复是:"昨天不是刚开过吗?"
薄荷生气地找安宇算账,安宇的一句话把薄荷打入了谷底:"玩不起就别玩啊。"
向来有强迫症的九饼,按捺住了自己想要问薄荷的问题:还有两条回复了什么。
薄荷又哭又闹又要跳楼自杀,最后死死地抱住了九饼。
九饼眼睛里都冒出火来。

折腾到半夜,薄荷终于精疲力竭地睡着了。
九饼累瘫了,趴在薄荷身边,睡了过去。
直到感觉有人在劈头盖脸地亲吻自己,九饼惊醒,才发现薄荷压在自己身上,哭着撕扯他的衣服。
九饼吓傻了,一把推开薄荷,大吼:"你疯了!"
薄荷又扑上来,哭着喊:"你不是喜欢我吗?"
九饼猛地跳起来:"我要的不是这种喜欢!"

九饼转身就走，摔门而去。

薄荷冷静下来，狠狠地抽了自己一个耳光，瘫软在床上。

夜色中，九饼奔跑在马路上，胸痛得像是搁浅在铁轨上的轮船。

全世界都在对着九饼喊："我炸你一脸 shit。"

几天之后，安宇收到了薄荷的留言："我想好了，我离不开你，我想你，我在家等你。"

安宇心花怒放，嘴角勾起一个得意的弧度。

半个小时后，安宇抱着一束花敲响了薄荷的房门。

房门打开，安宇脸上还带着微笑，整个人就被猛地拽了进去。

门砰地关上，里面传来安宇的惨叫。

而此时，薄荷在商场走来走去，等不来九饼。

安宇受伤不轻，在医院躺了一个月。

九饼蓄意伤人，赔偿医药费、误工费和精神损失费，被拘留了十五天。

薄荷来接九饼的时候，九饼有些不好意思，薄荷紧紧地抱住了九饼。

安宇在医院里呻吟了一个月，咽不下这口气，出院之后，安宇带着人约了九饼，甩给九饼一沓照片。

九饼一看，傻了，薄荷的私密照片。

九饼扑上去要和安宇同归于尽，被安宇的朋友按住，安宇放下话："想拿回这些照片，可以。你不是很能跑吗？咱比比。"

环山公路上，安宇和朋友开着车，一路前行。

九饼紧紧地跟在车后面，狂奔。

安宇的车时快时慢，回头看着浑身湿透、气喘吁吁的九饼，笑得很残忍。

安宇提出的规则很简单，汽车能跑多远，九饼就要跟着跑多远，一箱油跑完，九饼能跟到底，就算九饼赢，照片全部归还。要是九饼输了，这些照片就会在网上传得到处都是，保证让薄荷的朋友都看到。

九饼想都没想，答应了。

环山公路上,上坡,安宇的车里,大声放着摇滚乐。

车后,九饼拼尽全力地紧跟着,一圈,两圈,三圈……

长跑的时候,人体有一个生理极限,据说一旦突破了这个生理极限,就能激发潜能,享受到运动的快乐。但是没有人说过,人体也有一个承受极限,一旦逼近了承受极限,会发生什么,没有人知道。

九饼自己也不知道,他也不在乎。

奔跑中,他只能听见自己的心跳声、耳边的风声,还有薄荷最天真无邪的笑声。

这些声音激励着九饼,九饼对自己说:"我不能输,我是领跑员啊,我怎么会输呢?"

一圈,一圈,又一圈……

九饼整个人似乎都变成了红色,脸上充血,头发上滴着汗水,跑鞋也破了。

到后来,没有汗水了,头发上的汗粒开始结晶,像是冰屑一样。

脚从鞋子里钻出来,磨着地,流着血。

九饼的眼前,也恍惚了,他看不见安宇的汽车有多远,他什么都忘了,脑海中就一个念头,跑。

直到安宇的车猛地停下来,九饼砰地撞到车上,摔倒了。

九饼拼了命地爬起来,又要跑,被安宇一把拉住:"够了!"

九饼几乎听不到安宇的声音:"你不要命了!"

九饼虚弱地吐出两个字:"照片。"

安宇叹了口气:"照片都是我 PS 的,骗你的。"

九饼费力地笑了,断断续续地吐出一句:"我炸你一脸 shit。"随后,整个人砰地倒在地上,眼前一片漆黑。

九饼躺在医院里,两只胳膊上都插着针,吊着生理盐水,双脚包满了纱布。

九饼慢慢睁开眼,就看到薄荷焦灼地看着自己。

薄荷看到九饼醒了,一下子哭出声来,趴在九饼身上,哭得肩膀耸动,泣不成声。

九饼笑笑:"你哭什么,我没事。"

薄荷抱着九饼,边哭边说:"九饼,我们在一起吧。"

九饼愣住,没说话。

薄荷抽泣着说:"我愿意跟你在一起,我们在一起好不好?"

九饼再一次笑了:"可是你不爱我啊。"

薄荷呆住。

九饼摸着薄荷的头发:"我不想你跟我在一起是因为感动,或者是内疚。这不是我要的。我从小就喜欢你,我太知道喜欢一个人是什么感觉了。很满足、很幸福,跑过的路上都能开出花来。我想你也能像我一样,体会到深爱一个人是什么感觉。可惜,这种感觉我给不了你。"

薄荷看着九饼,说不出话来,只有眼泪奋力地流下来。

"难道你想一辈子当备胎?!"

九饼说完,我几乎是拍着桌子跳了起来。

九饼很平和:"你才一辈子当备胎。我不是备胎,我是领跑员。我的职责就是陪着她,她高兴的时候我陪着她,她不高兴的时候我更要陪着她。我跟她一起跑,跑很久,跑很远。但我只是领跑员啊,我不能陪她一起跑到终点。等她遇到她爱的、也爱她的那个人,我就得慢下来,看着她和她的爱人牵手跑到终点,让她体会到爱一个人、也被这个人爱的幸福,这才是我想要的。"

我们都惊呆了。

九饼很骄傲:"怎么样?我这个领跑员是不是很有职业操守?"

"你图什么啊?"

九饼想了想:"我不图什么,我爱她。"

"神经病!"

"笨蛋!"

"傻子!"

今年,薄荷结婚了。

新郎不是九饼。

九饼是伴郎。

九饼送给薄荷的新婚礼物是一个简单剪辑的视频。

视频很粗糙,里面记录了薄荷这么多年来的一些生活片段,有的连薄荷自己都不记得了。

在视频的最后,九饼写了一句话:"祝你和你爱的人牵着手跑向幸福的终点。"

薄荷的泪水把妆都弄花了。

敬酒环节,九饼替新郎挡酒,最后喝到了桌子底下。

我们心疼九饼,但又不得不佩服他。

我打趣说:"九饼,恭喜你,你重新定义了备胎。"

九饼呸了一声:"我不是备胎,我是领跑员。"

"领跑你大爷!"

"神经病!"

"笨蛋!"

"傻子!"

九饼笑了,转过身,一个人带着一个影子大步奔跑在夜色中的马路上。

感情里,哪有什么公平可言?

无非是谁爱,谁不爱,谁敢,谁不敢。

并不是每个人都会成为故事的主角。

我在你的故事里,只有一个配角的角色,但我还是愿意拼尽全力地出演,因为我比你更期待你有一个美好的结局。

这就是我对你的爱,别人嘲笑,别人唏嘘,我不在乎,这就是我爱你的方式。

亲爱的我爱的、不爱我的你,在你漫漫的人生路上,我从来不是备胎,我是你的领跑员。

吃货传奇

世界上，
总有两个人是天生一对。
愿意给你买鞋子、陪你吃火锅的那个人，
正飞奔在路上。

我第一次见到芥末，是在一个饭局上。

大家都在畅谈八卦和人生的时候，川妹子芥末正在埋头苦吃，面前动植物的躯壳横尸遍野。

在芥末打了个饱嗝、满足地俯视众生的时候，我终于和她搭上了话。

芥末非常健谈，开始滔滔不绝地讲述自己的传奇人生。

芥末说："有两个重要事实可以证明我是一个天生的吃货。第一，我妈怀我的时候，原本是同卵双胞胎，但是养分都被我一个人吸收了，导致另一个不知道是姐姐还是妹妹夭折。第二，我点菜的时候，爱吃的都点双份，从来不用担心一个人吃饭的时候第二份半价。"

我啧啧称奇。

芥末嘟起嘴，接着说："你看我的嘴型。"

我没看出什么特别。

芥末又伸出舌头："你再看看我的舌头，我的嘴型和舌头搭配特别巧妙，尤其适合在很短的时间内吃光桌子上的所有食物，让别人没饭可吃。这就是残酷的进化论。"

我惊呆了。

在所有的菜系里，芥末尤其喜欢吃火锅，她骄傲地宣布："我曾经带着姐们儿把学校附近的一家自助火锅店吃破产。"

芥末的开场故事吸引了我。

从此，我常常约芥末吃饭，只要是在饭桌上，芥末在吃饱喝足之后，就会露出满足的神情，开始诉说自己更多的故事。

作为一个吃货，芥末的故事当然跟吃有关。

芥末大学毕业之后，参加工作，谈了一个男朋友叫丘卓。

丘卓觉得芥末哪儿都好，就是受不了芥末走到哪儿吃到哪儿、爱吃什么就吃到吐的毛病，常常以减肥的名义克制芥末的食欲。

芥末因为喜欢丘卓，只能努力压抑自己的本性，每天只吃两顿饭，晚餐只吃黄瓜、苹果和生菜。

芥末说："为了爱情，我要克服自己能吃的毛病，做女神，不做吃货。"

一天晚上，丘卓打电话给芥末，说晚上加班，不回去吃饭了。

芥末百无聊赖，看着冰箱里的苹果、黄瓜和生菜，索然无味，脑筋一转，咬了咬牙，直奔北京城最火的四川火锅。

到了火锅店，芥末熟练地点了一桌子菜，对着冒热气的麻辣火锅，芥末肠胃里快被饿死的馋虫纷纷苏醒，芥末食指大动。

等开锅的间隙，芥末决定去下洗手间，清空肠胃，以便大战一场。

芥末经过一个正在当众表演拉面的师傅，猛然瞥见了雅座上隔着一个鸳鸯锅和对面女孩接吻的丘卓。

芥末全身的毛发都奓了起来，一把抢过拉面师傅手里粗壮的面条，冲到丘卓面前，抄起一盘猪脑扣在了女孩的脸上，女孩尖叫着跳起来。

丘卓惊呆了，芥末把手里粗壮的面条甩起来，变成了鞭子，噼里啪啦地抽在了丘卓的身上。

丘卓纵声惨叫着狼狈逃窜。

芥末全程开挂，战斗力爆表，甩着粗壮的面条追出去，食客们拿着筷子，哈哈大笑纷纷围观，还以为是火锅店里给客人助兴的节目。

女孩和丘卓跑出去，芥末追到门口，突然想到自己还点了一桌子火锅没吃，想了想，转身坐回位子上，在众目睽睽之下，开始把一桌子食物一股脑地倒进火锅里，一边哭一边狂吃了两个小时。

芥末失恋了。

芥末治疗失恋的方法和别人不同，她列了一张长长的单子，单子上写着她准备去吃的餐厅和小吃店。

芥末战斗力惊人，一条小吃街，芥末从街头吃到巷尾，无论是臭豆腐还是章鱼小丸子，宁可错杀一千，绝不放过一个。

芥末和同事们聚餐吃火锅。

酒酣耳热，同事们开玩笑似的嘲笑芥末："芥末，你这么能吃，难怪没有男朋友。"

芥末猛地拍了桌子，大吼："谁说我没有男朋友？火锅就是我的男朋友，火锅就能给我高潮！"

引得食客纷纷侧目。

芥末一怒之下，在自己碗里放了重辣，呼哧呼哧吃得风生水起。

芥末的老妈打电话给芥末："别挑了，你年纪也不小了，碰到差不多的就嫁了吧。"

芥末烦躁地大喊："嫁人是卖白菜吗？能将就吗？我要找到我的灵魂伴侣！你再逼我，我就死给你看！"

芥末吃遍了北京城大大小小的火锅，只剩下一家还幸免。

为了能吃到这一家，芥末率领姐妹儿等了三个小时，好不容易空出了一张桌子，芥末刚要冲过去，一个男人却一屁股坐了下来，开始招呼自己的朋友们坐下。

芥末急了，跳起来要动手。

为首的男人叫辣椒。

辣椒有些痞气，看着芥末冷笑："我不打女人，这张桌子我占了。"

芥末一看这架势，必须亮出真本事了，芥末收敛心神，也笑了："敢不敢比比？"

辣椒觉得很搞笑："比什么？"

桌子上，装大扎啤酒的两个杯子，灌满了红油麻辣火锅底料。围观的小伙伴们，看着都肝颤。辣椒张大了嘴，硬撑着保持冷静。

芥末一副君临天下的表情："害怕的话，现在认输还来得及。"

辣椒强撑着冷笑："我的词典里就没有'认输'这两个字。"

芥末反驳:"《新华字典》里肯定有,你语文没学好。"

辣椒急了:"少废话!"

芥末耸耸肩:"谁先吐了谁就输了。如果都喝完了,就再喝下一杯。"

辣椒的声音有点发颤:"行!"

一场世纪之战开始了。

在男男女女的加油声中,芥末和辣椒端起大扎啤酒杯,咕嘟咕嘟地开始喝里面的红油麻辣火锅底料。

芥末沉着冷静,表情享受。

辣椒五官扭曲,垂死挣扎。

围观者咽着唾沫,胃酸涌上来。

喝到一半,辣椒突然身体扭曲,腮帮子鼓起来,哇的一声连胃液带红油喷了出来,众人纷纷躲避,芥末的一个女朋友再也忍不住,也跟着哇的一声吐了出来。

辣椒惨叫着围着桌子绕圈圈:"水!水!水!"

芥末又喝了一口红油,慢慢放下杯子,抹了抹嘴,冷笑一声,随即哇的一声,也吐了。

奇怪的味道弥漫了火锅店,火锅店老板甩着扫把跳起来,把这两群人都赶了出去。

虽然这顿火锅谁也没吃成,但辣椒开始崇拜芥末,两个人成为饭友,几乎是每天约饭。

芥末说,还是约饭文雅。

有一次芥末和辣椒一起横扫了一家以红烧肉闻名的饭店,两个人一共吃了六盘红烧肉。

接下来芥末和辣椒一个月不能沾荤腥,天天喝小米粥,闻到一丁点儿油腥味就想吐。

芥末说:"我不会是怀孕了吧?我怀了红烧肉的孩子,生出来一个小红烧肉,哈哈哈哈。"

辣椒笑得吐了出来。

芥末和辣椒性格非常相似，都以火辣著称，两个人的相处方式令人吃惊，一言不合就会恶语相加，芥末嘴上占不到便宜，就会暴走，跳起来开始追打辣椒，辣椒经常被追得满街乱跑。

芥末和辣椒都没有积蓄，最大的娱乐就是结伴旅行，每到一个城市，就把那里好吃的小吃列成一张清单，从市区吃到郊区。

两个人常常因为"吃"超出了预算，不得不挤青年旅社，搭顺风车，甚至有一次直接在火车站睡了一晚上，第二天两个人都严重落枕，像是吞了筷子的蛇，僵着脖子还是身残志坚地吃了三条小吃街。

在吃遍中国这条路上折腾的过程中，辣椒有个著名的理论。

辣椒说："肠道均衡很重要，人不能吃得太干净，一定要定期去最脏的小吃街吃一盘用地沟油炒的宫保鸡丁。"

因为这个著名的理论，辣椒食物中毒三次。

最严重的一次，辣椒半夜被肠鸣吵醒，肚子疼得像是要来例假，他跳下床，来不及穿裤子，括约肌就猛地放松了。

辣椒心想：完了，二十多岁的大小伙子迎来了人生中第一次大小便失禁。

那个时刻，就像是地铁里上下班高峰期人挤人，然后突然打开了闸口，人群蜂拥而出。

辣椒疼得满地打滚，脸贴着地，挣扎着打电话给芥末。

几分钟后，芥末一脚踹开门，冲进来，看着倒在一团秽物里的辣椒，傻了。

芥末背着辣椒好不容易打到了出租车，直奔医院。

辣椒疼得脸色惨白，恍惚之间，管芥末叫妈。

芥末把辣椒按在怀里，不停地安慰："就到了，就到了。"

医院里，医生确诊为食物中毒。

辣椒打上点滴，虚弱地睡着了，芥末把辣椒按在自己怀里，一夜未眠。

辣椒很快恢复战斗力，本着不作死就不会死的精神，两个人在吃货这条路上，越走越远。

在吃遍了大半个中国之后，芥末感叹："要是我有一家火锅店该多好。"

辣椒笑着说："你有一家火锅店，肯定先被你吃破产。"

芥末就重重地拍辣椒的脑袋。

辣椒懒得还手。

芥末生日，辣椒说要送芥末一份生日礼物，还神神秘秘地蒙上了芥末的眼睛。

到了目的地，辣椒松开手，芥末发现自己站在一个遮着红布的门面房前面，不明所以。

直到辣椒兴奋地扯开了红布，招牌上赫然写着"芥末辣椒火锅"。

芥末惊呆了。

辣椒大喊着："生日快乐！"

芥末猛拍了辣椒的脑袋："芥末辣椒一听就不好吃啊！你取名字之前为什么不跟我商量？！"

芥末又开始追打辣椒。

辣椒惨叫着逃窜。

芥末追打辣椒的时候，脸上洋溢着幸福的笑容。

我和朋友们被芥末招呼到火锅店，辣椒和芥末不计成本地招待我们，花生酱浓得跟固体一样，牛肉片厚得跟鞋垫一样，锅底里的红油多得快溢出来。

芥末和辣椒满怀期待地看着我们，我们面面相觑。

芥末不停地招呼："快尝尝，快尝尝。"

辣椒补充："绝对与众不同。"

我吃了一片木耳，感觉像是吞了一团火，整个肠胃都在燃烧，眼泪和鼻涕一起流了出来。

其他人也比我好不到哪里去，个个涕泪交加、生不如死。

我终于忍不住哭了出来："求求你们，放过我们吧，我们还想多活几年啊。"

芥末一听，猛拍桌子："今天谁不吃完就别想出这个门！"

辣椒跳起来冲出去把门关了。

吃完了那顿饭，我感觉自己变成了一条喷火龙，身上无论是哪个出口，随时都能喷出火来，也因此留下了后遗症，一看到红油火锅就哆嗦。

毫无疑问，芥末辣椒火锅门可罗雀，两个人作为吃货是冠军，但是作为厨子显然是丧心病狂反人类。

火锅店很快入不敷出。

芥末很担忧，愁眉苦脸。

辣椒毫不在意："没事，没事，不会咱就学嘛！谁生下来就是厨子？"

芥末开始专心研究食谱，拿辣椒做试验，辣椒快被试验得死去活来，可芥末的厨艺还是没有多大的进步。

周日，辣椒说自己有事儿要忙，芥末自己一个人一天之内吃了六家火锅店，寻找火锅底料的相同和不同。

芥末回来的时候已经是晚上，刚走到芥末辣椒火锅店里，就听到里面传来噼里啪啦的声音。

芥末冲进去，就看到几个魁梧的大汉在围攻辣椒，辣椒头破血流，正挥舞着一个炒锅。

芥末一看，顺手抄起每天晚上用来翻炒火锅底料的铁锨，无声无息地冲上去，一铁锨一个，好像学会了独孤九剑的令狐冲，瞬间把几个大汉拍得头破血流，惨叫声连连。

大汉们捂着脑袋，骂骂咧咧地退出去，大喊着："你们给我等着！"

芥末给辣椒包好头上的伤口，质问辣椒："怎么回事？"

辣椒有些害怕，低着头，嗫嚅："我为了盘这家店，借了点儿钱……"

辣椒还没说完，芥末啪地给了辣椒一个响亮的耳光。

辣椒呆住。

芥末又狠狠地扑上去，死死地抱住辣椒。

辣椒能感觉到芥末滚烫的眼泪砸在自己的脖颈里。

一个礼拜之后，芥末把一张银行卡给了辣椒，告诉辣椒："这是我的积蓄。"

辣椒一听不高兴了:"我不要。"

芥末啪地又给了辣椒一个耳光:"拿着!"

辣椒刚要发作,芥末接着说:"火锅店我找好买家了,盘出去,先还钱。"

辣椒急了:"那怎么行!火锅店是我送你的!钱的事儿不用你管,我有办法。"

芥末抡起胳膊又要打辣椒,辣椒连忙捂住自己的脸。

芥末怒喝:"咱家的事儿是我说了算,还是你说了算?"

辣椒呆住了:"你……你说什么?咱家?"

芥末不接话:"只要我和你都在,我们迟早会拥有一家火锅店的。"

辣椒还沉浸在"咱家"的喜悦里,芥末凑过去,在辣椒脑门上狠狠地亲了一下。

辣椒整个人扑通一声,倒在了地上,酥了。

火锅店盘出去之后,还了债。

芥末和辣椒也正式宣布在一起了。

两个人决心重整旗鼓,苦练厨艺,于是就在辣椒租的房子里做各种试验。

厨房里被弄成了战场,浓烟滚滚,芥末和辣椒先后被呛出来,剧烈地咳嗽。

烟雾触发了烟雾报警器,搞得整幢楼都差点要紧急疏散。

试验失败,两个人面对一桌子惨不忍睹的糊状物面面相觑。

芥末倒了两杯红酒,递给辣椒一杯,鼓励道:"来,尝尝我的手艺。"

辣椒看着糊状物面露难色。

芥末眼神一冷,怒喝:"吃!"

辣椒一副英勇就义的表情,伸出筷子,拼命地吞下一块已经不知道是什么成分的食物。

两个人说起了往事,都喝多了。

作为行动派，芥末和辣椒也没有废话，借着酒劲，开始撕扯对方的衣服。

直到这时，辣椒才发现，芥末在这种时候，有打人的习惯，而且越舒服，打得越狠。

辣椒很快被打得鼻青脸肿，但是箭在弦上，又不得不发。辣椒忍着剧痛，和芥末亲热，被芥末一拳打得头昏脑涨。

辣椒怒了，跳起来要穿衣服，大吼着："不干了！"

芥末扑上去，把辣椒按倒在床上。

高潮的时候，芥末一声尖啸，一脚把辣椒踹到了床底下。

第二天早上，阳光照射进来，两个人横七竖八地躺在床上。

辣椒先醒来，看看光溜溜的自己，再看看光溜溜的芥末，吓得咽了一口唾沫，心里一个念头一闪而过："会不会被芥末灭口啊？"

芥末翻了个身醒来，辣椒连忙装睡。

芥末看看光溜溜的自己，再看看光溜溜的辣椒，轻叹一声。

辣椒没敢出声。

芥末一脚踹在了辣椒的屁股上，把辣椒踹到床底下。

辣椒爬起来，不知所措地看着芥末。

芥末质问："你说怎么办吧？"

辣椒一动不敢动："我……我会负责的。"

芥末冷笑一声。

辣椒发着抖："那你说怎么办？"

芥末眼神变冷，盯着辣椒："生米已经煮成了熟饭，但我还是很饿！"

辣椒呆住。

芥末一把把辣椒扯进了被子里，被子里传出辣椒的惨叫。

今年，芥末和辣椒攒够了钱，又盘下一家火锅店。

在好朋友的见证下，辣椒在火锅店门前向芥末求婚："嫁给我吧。"

芥末啪地给了辣椒一个耳光："你早干什么去了？我愿意！"

我们大家集体鼓掌。

辣椒贴出告示："老板大婚,大赦天下,免费三天!"
火锅店里挤满了食客,我们几个好朋友硬生生被挤了出来。

每一朵鲜花都能找到供养它的土壤。
要始终坚信:
世界上,总有两个人是天生一对。
愿意给你买鞋子、陪你吃火锅的那个人,正飞奔在路上。

分手清单

在清单结束的时候,
你觉得她像从前一样可爱了,
她觉得你像从前那样帅气了,
空气变甜了,笑容变暖了,
久违的恋爱感觉又回来了,
很多问题也已经不再是问题了。
这就叫置之死地而后生。

  我刚刚认识小米和薯条的时候,他们很恩爱,恩爱到什么程度呢?两个人的四片嘴唇几乎总是在一起,没事就亲,亲也就罢了,还非得发出惊人的声响,就好像著名的马德堡半球实验,搞得路人纷纷侧目。
  后来两个人的关系发生了一些奇怪的变化。
  在小米断断续续的讲述中,我还原了整个过程。
  事情还要从两个人那一次令人赞叹的烛光晚餐说起。

  一家还算是挺高级的餐厅里,小米穿着白色长款衬衣和长裙,薯条西装革履。两个人对着坐,点了一桌子精致的食物,却没有人动。两个人表情凝滞,谁都不说话,眼神里都流淌着高压电,如果这个时候有任何物体出现在四目相对的眼神中间,都会被瞬间烧成灰烬。
  薯条终于扛不住,先开口:"真的要来吗?"
  小米冷笑:"你反悔了?"
  薯条嗤之以鼻:"我会反悔?你别做梦了!一会儿看看谁先输!我先来!"
  薯条说着脱下西装外套,动作夸张地摔在地上,然后开始扯自己的衬衣,扣子崩开,胸膛露出来,几根胸毛随风飘荡。

薯条眼神逼视小米，小米不甘示弱，动作优雅地脱下自己的白色长款衬衣，黑色的胸衣跳脱出来，小米的皮肤白得晃眼。

在旁边吃饭的食客们终于发现了不对劲，纷纷看过来，都不知道应该露出什么表情，几乎所有人都屏住了呼吸。

薯条似乎很激动，猛地跳起来，脱掉自己的裤子，露出蜡笔小新的四角内裤。

在食客们的目瞪口呆中，小米不慌不忙地起身，像是拍沐浴露广告一样，扭着腰肢脱下长裙。

食客们忍不住发出惊呼，正在送餐的服务生看到这对只穿着内衣冷冷对视的男女，手里的盘子砰地摔到地上，发出清脆的声响，却根本没有人注意，所有人的眼神都恨不得黏在小米和薯条身上。

小米当先坐下来，动作优雅地开始吃东西。

薯条动作浮夸地甩了甩头发，努力不去注意四面八方射过来的好奇目光，一屁股坐下来，秋风扫落叶般开始对付桌子上的食物。

不知道从哪里冒出一个手机，咔嚓一声，记录下这对只穿内衣就餐的奇怪情侣。

已经穿好衣服的两个人一左一右坐进破旧不堪的黑色甲壳虫。

小米拿出手机，打开备忘录，上面清楚地写着"分手清单"，下面列了密密麻麻的条目。

小米扬扬得意地把第一条"只穿内衣在高级餐厅吃一顿分手饭"划掉。

薯条吃得很饱，打了个嗝道："走，下一站！"

说着猛踩油门，黑色甲壳虫风驰电掣地疾驰而去。

正如你所看见的。

小米和薯条就是这样一对怨侣，既秀得一手好恩爱，也作得一手好死，就连分手都被他们设计得如此别开生面。

深爱韩剧的小米特意把宣布分手的日子延迟了一天，因为天气预报说明天下雨，小米认为只有在狂风暴雨中互相指责，大声叫骂，然后一起转过身，头也不回地离开才适合分手的氛围。

第二天，大雨如约而至。

两个人站在屋檐下，这时候倒开始相敬如宾起来，对彼此都难得的客气。

薯条做了个非常绅士的邀请姿势："Lady first（女士优先）。"

小米微笑颔首致意，昂然走进风雨里。

薯条也跟上去，两个人特意选了一个空旷的地界，以免一会儿发作起来扰民。

雨下得很大，两个人对视的时候眼睛都睁不开。

薯条决定把绅士风度发挥到最后："你先请吧。"

小米却好像不愿意做第一个开口的："还是你先请吧。"

薯条抹了一把脸，就像雨刷刷了一下挡风玻璃，对着小米点点头："那我就不客气了。"

小米的头发黏在额头上："直说，往死里说，千万别客气！"

薯条清了清嗓子："陈小米！你太自我了，完全不在乎我的感受。从来都是你要这样，你要那样，从来都不在乎我的意见。你说吃日料就吃日料，我不爱吃生的你又不是不知道！你还非得逼我适应！你怎么不跟我一起适应喝豆汁儿呢！"

小米终于忍不了了，开始奋起还击："林薯，好歹你也是个一米八二的男人，跟我一个女孩子计较这些？我让你吃生鱼片是为了你的脑子好，你那智商低得都快拉低整个首都的水平了！我为什么要喝豆汁儿？豆汁儿跟你的子子孙孙一个味儿！我当时看上你，真是聋了耳朵瞎了眼！"

薯条气炸了，甩着头发像一条哈士奇："我才聋，我才瞎，人家找女朋友是找小昭、找双儿、找小龙女，我找来一个灭绝师太！把我管得跟个孙子似的，在你面前我不能抽烟，和你过夜我不能喝酒，嫌弃我这，嫌弃我那，嫌我睡觉打呼噜，嫌我走路踮脚，嫌我在你朋友面前讲荤段子，我原本挺骄傲的一个人，怎么到你这儿我就发现自己一文不值了呢？人家的女朋友都是鼓励，你可倒好，打击，天天打击！"

小米全身都滴着水："我管你还不是为了你好？我怎么不去管隔壁老王呢？！你天天咳嗽，我还能让你抽烟吗？你的体检报告都显示你胆囊息肉和轻微脂肪肝了,还喝酒?你不要命了!我嫌弃你是为了让你变得更好,我这是激将法,你不懂我的良苦用心也就算了,关心你还成我的缺点了。我真替自己不值!我心疼自己对你那么好!我真是一片真心喂了狗!"

小米真的替自己难过起来,哭倒在地。

薯条突然内疚起来,看着哭倒在地的小米,一时间不知所措,只好脱下湿漉漉的衣服,撑在小米的头顶,给小米挡雨。

小米裹着浴巾,瑟缩在床上哭,薯条头发上还滴着水,拿着吹风机给小米吹头发,小米越哭越伤心,眼看着就要把房子给淹了。

薯条有点委屈:"是你让我说的。"

小米抽泣着:"我真没想到我在你眼里就是这样的!看来分手的决定真是绝对正确!"

说着小米到处找自己的手机:"我的手机呢?"

薯条无奈,走出去,一会儿拿着手机回来,递给小米:"刚才看你手机没电了,我给你充电去了。"

小米抢过手机,噼里啪啦地按着什么,然后丢给薯条。

薯条拿起来一看,不明所以地念出来:"分手清单?"

小米一本正经:"分手之前,把清单上的事情做完,咱俩就从此老死不相往来,也算是一种圆满,你同不同意?"

薯条一脸无奈:"听你的。"

当天晚上,薯条要上床睡,被小米一脚踢了下去。

薯条气急败坏:"你干吗?"

小米背对着薯条,都没翻身,冷冷的声音传过来:"我们已经分手了,你还想跟我睡在一张床上?做梦去吧!"

薯条呆住:"行,陈小米,算你狠!"

薯条抱着枕头和被子,骂骂咧咧地睡倒在沙发上。

于是,第二天的第一站,就是开场那一幕,两个人只穿着内衣吃了一顿分手饭。

黑色甲壳虫飞驰在路上,小米坐在副驾驶座上,捣鼓着手机,薯条专心开着车。

小米的手机响了,她很满意地笑了,侧过头去问薯条:"你约好了吗?"

薯条声音冷冷的:"约好了。"

小米说:"那行,一会儿好好表现。"

薯条冷笑:"你管好你自己吧。"

黑色甲壳虫在一家古色古香的茶馆前停下来。

小米一看就不高兴了:"我不是说让你订咖啡馆吗?你弄个茶馆干吗?"

薯条不以为然:"茶馆多好,茶馆我有优惠券,团购的。"

小米几乎要崩溃了:"这么重要的事儿你也能省钱啊你。"

薯条很严肃:"省一点是一点,我还要省下钱去泡别的妞呢。"

小米近乎绝望:"你真是没救了。"

茶馆的包厢里已经坐着一男一女,他们两个多少有些尴尬,看得出来互相并不认识,直到看到小米和薯条走进来,他们才松了一口气。

男的直奔小米,女的直奔薯条,几乎是异口同声地问:"今天这是约的哪一出?"

大家坐下来。

小米站起来,指着男的给大家介绍:"这是我前男友何一。"又指着薯条说,"这是我即将变成前男友的现男友。"

薯条起身跟男的握手:"幸会。"

何一有些尴尬地和薯条握手。

薯条拉着女孩给大家介绍:"这是我前女友红红,小米呢是我马上就要变成前女友的现女友。"

何一和红红愕然地对望一眼,都傻了。

小米主持大局:"今天请你们来呢,主要是想让你们认识一下。"

薯条及时补充:"算起来,我们也都挺有缘分的,毕竟都喜欢过同一个人。"

小米附和："大家交个朋友，以后说不定还能一起搓个麻将。"

薯条对红红说："红红，要是没有小米，我都不知道，其实还是你对我最好。"

小米连忙跟进："你们可别误会，今天叫你们来可不是为了要复合。"

薯条诚恳地表示："纯粹是为了比一比，哪一届前任更差。"

小米冷笑："何一现在是名企高管了，你看看你，还是一无是处。我希望通过这次会面，能对你的人生有点刺激性的帮助。"

薯条嗤之以鼻："小米，论身高，红红脱了鞋量一米六七。论学历，红红名校研究生毕业。小米，我本来是不想让你自卑的。"

两个人你一言我一语，完全把前男友和前女友晾在了一边，何一和红红一会儿看看薯条，一会儿看看小米，终于忍不了了，先后夺门而出。

薯条和小米还在脸红脖子粗地吵架。

黑色甲壳虫疾驰在马路上。

薯条脸色难看地开车。

副驾驶座上，小米气急败坏地划掉分手清单上的一个条目：

"比一比谁才是最差的前任"。

黑色甲壳虫猛地在机场停下来。

小米突然对着后视镜开始补妆。

薯条有了不好的预感。

薯条有些求饶："这一条能不能略过？"

小米补着妆，看都不看薯条："马上就要分手了，我可不想留下遗憾。你连这个都不满足我，你觉得自己还是男人吗？"

薯条无奈叹息。

两个人到了接机口，差不多是人群聚集最多的时候。

小米和薯条中间隔着一只胳膊的距离，对站，对视，谁也不说话。

小米拿出手机，调了一个计时的时间，两分钟，倒计时开始。

小米抡圆了胳膊，啪地给了薯条一个耳光。

拖着行李刚下飞机的乘客陆陆续续走出来，都被这个响亮的耳光惊呆了，纷纷看过来。

薯条觉得脸上火辣辣的，气坏了，举起手就要还击，突然发现一群人的目光都看过来，而小米高傲地仰着脸，等待着薯条的耳光。

薯条一下子就下不了手了，只好象征性地摸了小米一下。

小米立即奋起还击，啪地又是一个耳光。

在众人惊愕的目光里，这对神经质的情侣，不说话，也不躲，无声无息地扇着对方耳光，足足两分钟。

两个人回到车里，小米只是妆花了。

而薯条两边的脸颊都肿了，欲哭无泪："你是往脸上涂了多少粉，我打你你都不疼的。"

小米冷哼："你别以为你手下留情我就会感谢你！我姐们儿都说，没事就打男朋友，这样对稳固感情有很大的帮助。可我从来不舍得打你，想着分手以后，你就要被别人打了，我心里那个气啊！索性我先过过瘾。你还别说，当众扇男朋友的耳光，这种体验确实挺爽的，我手都肿了。"

薯条求死不能："变态！"

小米懒得回应他，补完妆，把分手清单上"在人山人海中互扇对方耳光"划掉。

甲壳虫疾驰，尾气喷出来，就像是薯条好不容易发泄出来的脾气。

入夜了。

甲壳虫在郊外停下来。

薯条和小米累了一天，都躺在草地上，等星星出来。

薯条抱怨："我们真的要在这里看星星吗？一会儿全是蚊子，就你那血型，一会儿蚊子全往死里咬你。"

小米看着夜空，喃喃："你看星星多好看啊。"

薯条无奈去车里东翻西找，然后拿着驱蚊液回来，对着小米一阵狂喷。

小米不耐烦了："你赶紧躺下，跟我一起看星星啊。"

两个人并排躺在草地上，看着天上一点一点冒出来的星星，都很感慨。

小米说:"希望你以后的女朋友,温柔体贴,你让她干吗她干吗。"

薯条一阵伤感:"也希望你以后的男朋友,才华横溢,炫酷多金,每次吃饭都点两瓶拉菲,一瓶用来喝,一瓶用来回家洗脚,听说能治脚气。"

小米"切"一声:"你真是土掉渣煎饼,一点都不浪漫。"

薯条辩解:"我都陪着你这么发神经了,我还不浪漫?说话有没有点儿良心?"

小米不耐烦:"算了算了,你把嘴闭上吧,我要看会儿星星。胳膊给我啊,想硌死我吗?有没有点眼力见儿!别忘了你现在还是我的男人!"

薯条无奈地把胳膊伸过去,小米老实不客气地枕上去。

小米看着星星,薯条看着小米,小米可能是累了,很快就睡着了。

第二天是难得的好天气,甲壳虫继续行驶在路上。

不过这次开车的换成了小米。

薯条这一次有点迷糊:"我们到底是要去哪儿?"

小米目不转睛:"三年前。"

甲壳虫在郊区的一段国道上停下来,再往前,能看到一大片林子,树木随着风晃动,发出海浪般的声响。

小米下了车,薯条也连忙跟上。

两个人沉默着走了一段路,小米突然停下来,回过头:"就在这儿吧。"

薯条没反应过来:"什么?"

小米说:"三年前你是在这里跟我表白的吧?"

薯条点头。

小米逼视薯条:"把你当年跟我表白的话再说一遍。"

薯条呆住。

小米很认真:"行吗?清单到这里就结束了。就当是我最后一个要求。"

薯条叹了口气:"好吧。"

薯条说完，转过身，背着小米走出一段距离，然后停下来，转过身，用尽全身力气地大喊——

"陈小米，我喜欢你，从第一次见面那天，我就喜欢上你了。做我女朋友吧！我让你虐我一辈子！"

小米远远地看着薯条，也大喊："你喜欢我哪儿？"

"哪儿都喜欢！"

"具体点儿！"

"我喜欢你的脚后跟，没有褶子，没有死皮。"

"还有呢？你就不能喜欢我点儿好？"

"我喜欢你的牙，你小时候一定戴过牙套，不然不可能那么整齐。"

"我还喜欢你的耳朵眼儿，你耳朵眼儿里有一小撮绒毛，我想给你染成红的。"

"你这个变态！"

"我还喜欢你的鼻孔，如果我仰着头看，能从鼻孔看见你的天灵盖。"

往来的汽车里探出头来，看着这对神经质的情侣，有好事者还拼命地按着喇叭。

两个人哈哈大笑。

小米都笑出了眼泪。

小米和薯条喊累了，靠在车上。

小米斜着眼看了薯条一眼："我现在正式宣布，分手清单到此全部结束。"

薯条想了想："我不同意。"

小米不明所以："为什么？"

薯条一脸不甘："一直都是你在提要求，现在我郑重通知你，分手清单要加上最后一条，而且由我来提出。"

小米想了想："那好吧，反正明天我们就老死不相往来了，就满足你，你要什么？"

薯条看了小米一眼，狡猾地笑了。

小米一脸防备。

一位大爷赶着一群羊远远地走过来,羊咩咩地叫,大爷在身后挥着鞭子。

羊群走近,大爷不明所以地看着黑色甲壳虫在剧烈地晃动。

里面传出一男一女几乎是用尽全身力气的对话。

"林薯,你大爷,你压到我头发了!"

"早就让你去练瑜伽了,你看看你,身体这么硬,一点都不灵活!"

"你还好意思说我,你就不能减减肥!"

"我早就让你不要买甲壳虫,空间太小了,就应该买辆大车!"

"滚!"

"小米。"

"干吗?"

"要不咱俩别分手了。"

"不可能!"

"那我不干了。"

"你敢!"

赶着羊的大爷嘴角抽搐,羊群咩咩地叫,黑色甲壳虫中传出薯条一迭声的惨叫……

世界上,每天都有人相爱,每天都有人分手。

分手总需要这样那样的理由,性格不合,三观不一致,他没变成你想要的样子,她不化妆的时候你会认错人,早上起来他不给你做早饭,她讨厌你的朋友们,不让你参加男人们的聚会……

如果一直这样说下去,几乎可以无限循环。

在生活、岁月和细节的打磨之下,再完美的感情也难免会遍体鳞伤,不再像从前那么美好。

我们见过太多不得善终的爱情,输给距离,输给现实,输给时间,输给所谓人生目标不同,但最终其实都是输给了自己。

人类总是擅长为自己的"不勇敢"找到合适的借口。

世界上再也没有一件事,比爱情更考验我们的勇气了。

你为了吃一碗地道的老妈蹄花都愿意走两条街,更何况是要去爱一个人?

我们往往忘记了,一段感情能从一次擦肩而过变成交股而眠,这中间要吵多少次架,要经历多少生活琐碎。

轻易地就把一段感情判死刑,是对自己不负责任。

下次在分手之前,不妨试着列一份"分手清单",把所有想做但没做的事情做完,不给这段感情留遗憾。

人这一生,遗憾已经够多了,能少一点,就少一点吧。

也许,在清单结束的时候,你觉得她像从前一样可爱了,她觉得你像从前那样帅气了,空气变甜了,笑容变暖了,久违的恋爱感觉又回来了,很多问题也已经不再是问题了。

这就叫置之死地而后生。

愿这份"分手清单"最后变成你们的"花式秀恩爱清单"。

辑 二

我想请你允许我

把凡人寄居人间的仓皇

心眼里所有美好念头

头顶偶然显现的神性之光

一并赠予你

安放在你灵魂深处

就像种下一颗种子

等野花绽放

当面说分手

世事无常,
我们不得已而分开,
可以尽情伤心,但却不必责怪。
一生中,最美好的时光那么短暂,
茫茫人海,
能遇到你,
和你发生一段故事,
我已经知足。

米饭的故事,要从遥远的异国他乡说起。

故事的开场发生在巴黎戴高乐机场。

米饭扛着大包小包入境的时候,被一群法国警察大呼小叫地按倒在地,扭成麻花押送到办公室里。

法国的警察们如临大敌,米饭一脸无辜,努力分辨警察们在说些什么。

桌子上,摆着三个箱子。

第一个箱子里,整整一箱各种口味的老干妈拌酱。

第二个箱子里,满满一箱各种品牌的卫生巾。

第三个箱子里,满满一箱子五颜六色的安全套。

米饭终于从法国警察浓重口音的英文里,听懂了一些,意思是说,米饭涉嫌走私。

米饭跳起来,手舞足蹈,抄起一瓶老干妈,用更加蹩脚的中国式英语努力回答:"For my own eat(我自己吃)."

左右手又各抄起一包卫生巾和一盒安全套,诚恳地重复:"For my own use(我自己用)."

法国警察们惊呆了，面面相觑。

米饭想了半天，打开一包加长410毫米的卫生巾，脱下鞋子，把卫生巾塞进去，然后对法国警察比画："鞋垫儿，you know（你懂吗）？"

警察茫然。

米饭实在没办法，拿着卫生巾在牛仔裤的裆部游走，说了最关键的一句话："Pee no wet（尿不湿）。"

世界安静了。

米饭被海关放行的时候，天已经快黑了。

米饭拖着大包小包，出了机场，直奔一个地址。

米饭把一箱子安全套交到一个留学生手里，留学生点了几张欧元给米饭。

米饭接过来，胡乱塞进口袋里。

留学生看见米饭的其他箱子，问他："还有什么东西？也给我点。"

米饭摇摇头："这些我有重要的用处。"

米饭说完，转身走了。

米饭长这么大，第一次出国，英语四级都没过，靠着汉字标注发音，讲出带着浓重山东口音的英语，听起来特别违和。

米饭找了一个街角，靠着墙，啃了一张随身带的煎饼，噎得要死。还没吃完，就被一个流浪汉驱赶，米饭跳起来，跑了。

米饭拖着大包小包，到了目的地。

一家普通的咖啡馆，主人是位老太太，米饭觉得无比亲切，冲上去，和老太太法式贴面，嘴里念叨着："Emma，笨粥！"（法语：艾玛，你好！）

老太太惊讶地看着米饭。

米饭报以傻笑。

点单的时候，米饭看着菜单上的法文，嘴角抽搐，挑了个阿拉伯数字最小的指了指。

老太太不一会儿端上来一杯奇怪的黑色液体，米饭喝了一口差点把刚才吃的煎饼都吐出来。

米饭很紧张，感觉自己的心就在嗓子眼，弄不好就要跳出来。

米饭努力平复了一下情绪，打开微信，对着手机说了一句："我在你家楼下拐角的咖啡馆。"

几分钟后，惊慌失措的茉莉，散着头发，穿着拖鞋，又惊又怕又怀疑又欣喜地走进来。

米饭站起来，对茉莉招了招手。

茉莉整个人仿佛被击中，在原地愣了好一会儿，才慢慢地向米饭走过来。

四目相对，茉莉双眼通红，米饭脸上露出标志性的傻笑。

此刻，距离米饭和茉莉分手400天，距离两个人上一次见面815天。

尽管已经800多天没有见面，米饭觉得茉莉还是一点儿都没有变，似乎时间在他们两个人之间不起作用。

两个人面对面坐下，回忆如大山大海，汹涌而至。

那些原本以为早已经遗忘的东西，再一次活过来。

大学时期，米饭和茉莉是同班同学。

大一，其他女孩都还不敢穿裙子的时候，茉莉就穿着热裤，晃着两条大白腿走在校园里，惹得青春期荷尔蒙分泌旺盛的男生们纷纷侧目。

很多人打茉莉的主意，但茉莉一概看不上。

据统计，平均每十五秒钟，就有一个男生决定追求茉莉。每两分钟就有一场群殴，是因为茉莉而起。

茉莉挺着胸脯走在路上的时候，颇有点睥睨天下的女王风范。

米饭却不以为然，认定茉莉是那种特别艳俗的女孩。

茉莉的脸形瘦而长，是典型的美女脸，米饭却不买账，给茉莉取了一个外号，并积极地推而广之——大驴脸。

这个外号传到茉莉耳朵里，茉莉觉得自己的世界观遭受了挑战，她长这么大，为了夸她漂亮，男生们费尽了心机，动用了一辈子学到的语文知识，但到米饭这里，却成了大驴脸。

忍不了了。

米饭和室友打完篮球,穿着一条运动裤衩,光着膀子,往餐厅走。

茉莉突然出现在米饭面前,拦住了他,几乎是指着米饭的鼻子质问:"你说谁是大驴脸?"

米饭呆住,还没有反应过来。

此时,室友不知道是发了神经,还是被外星人控制,突然做出了一个令全世界都讶异的举动。

室友以迅雷不及掩耳之势,后退,伸手,下蹲,把米饭的裤子扯到了腿弯。

室友笑弯了腰。

米饭欲哭无泪。

茉莉转身大步跑开,米饭这才想起来要提裤子。

在室友上气不接下气的笑声中,米饭骂了一句:"我去你大爷!"追着室友满世界跑。

从此,米饭不再叫茉莉大驴脸,也无法坦然面对一个还不熟悉就先看了自己身体的女孩。

很久之后,系里组织爬山。

茉莉和女伴走在队伍后面,茉莉夹着腿到处找厕所,终于找到一个确保安全的角落,一头扎进去,一眼就看到了一个正在撒尿的背影,茉莉呆住了。

那个背影自然而然地转过身,是米饭。米饭站着眼睁睁地看着抛物线尿湿了茉莉的白色运动鞋……

茉莉光着脚,坐在石头上,好笑地看着惊慌失措、七手八脚地拿着纸巾给她擦鞋的米饭。

同学们已经走远,两个人默默地跟在后面,上坡的时候,米饭自然而然地拉住了茉莉的手。

爬上去之后,米饭忘记了松手,茉莉尝试了几次都没成功,索性就任由米饭拉着她,一直往山上走。

路上,两个人聊了很多。

米饭甚至把自己左半边屁股上有一颗痣都告诉了茉莉。

米饭讲笑话,茉莉笑得打滚。

此后的日子里,茉莉常常约米饭去自习室和图书馆。

每一次,米饭都会买好一瓶酸奶,在食堂门口等着茉莉,远远地看茉莉从女生宿舍迎风走过来,米饭就觉得世界上每一块石头都能开出花来。

两个人窝在食堂里,茉莉吃一碗麻辣烫,米饭吃一份土豆牛肉盖浇饭,有时候,茉莉会被米饭逗笑,把辣子喷到米饭的脸上。

自习室里,两个人埋头读书,偶尔抬头看看对方。

米饭的笔总是不小心掉到地上,每次弯腰去捡笔的时候,米饭就能近距离地去看茉莉穿着热裤的长腿。

米饭忍不住感叹:"你的腿怎么那么白啊?滑溜吗?凉快吗?"

茉莉就笑:"有本事你摸摸看啊。"

米饭不敢相信自己的耳朵:"真的可以吗?"

茉莉笑得更开心:"如果你不怕死的话。"

茉莉说着取下自己的耳钉,对着米饭的胳膊。

米饭还是没有忍住,慢慢把手凑近茉莉的大腿,直到手掌和大腿接触,茉莉的耳钉也没有扎到米饭手上。

米饭第一次摸茉莉的大腿,从手掌到脑门,打了一个深入灵魂的冷战。

米饭和茉莉进展迅猛,晚上下了晚自习,两人就去操场上散步。

茉莉主动牵了米饭的手。

这一次,米饭的手汗激射而出。

两个人第一次在操场上接吻的时候,米饭不得其法,两人的鼻子总是撞在一起。直到茉莉按住了米饭的脸,才顺利地亲上去。

一条家属院的狗,盯着一对接吻的情侣,汪汪汪叫了几声。

茉莉二十岁生日那天,和米饭一起逛超市,买了一瓶红酒、一只烤鸭,还有大包小包的零食,在学校附近的小旅馆开了一间大床房。

房间靠近马路,很吵,两个人都很紧张。

喝了红酒,吃了烤鸭,看足了北方的夜色,终于开始相顾无言。

关键时刻,茉莉按住了米饭的肩膀,认真地问:"我听说男人第一次只有123,是真的吗?"

米饭呆住。

这个很唯美的时刻,被米饭搞得非常狼狈,茉莉眼泪流出来,米饭吓得惊叫,光着脚去洗手间拿毛巾的时候,砰的一声,一头撞在了玻璃门上,鼻血直流。

米饭鼻子里堵着卫生纸,茉莉忍不住笑场了。

米饭强调一定要严肃认真,茉莉忍住笑,开始数——

"1!"

"2!"

"3!"

米饭在茉莉喊出3的时候,打了个冷战,茉莉再一次忍不住地哈哈大笑:"果然只有123,哈哈哈哈哈哈。"

大四,米饭和茉莉决定一起考研,虽然读不同专业,但是打算一起去北京,将来继续双宿双飞。

两个人出双入对地在自习室占了位子,成为自习室里最扎眼的一对考研情侣。

每次吵架无法调和的时候,两个人就去逛超市,买一瓶红酒、一只烤鸭,去学校附近的小旅馆,开一间大床房。

第二天再回来的时候,什么矛盾都没有了。

考研临近,米饭却突然发现,当初茉莉让他帮她在网上报名,但是由于自己的失误,报名没有成功,再报名已然来不及。

米饭吓坏了,冲到茉莉宿舍楼下,看着茉莉不知所措。

反而是茉莉安慰他:"没事,大不了不考了,你去念书,我去北京工作就是了。"

最终,茉莉的姐姐建议茉莉去法国留学三年。

因为茉莉的姐姐就是从法国留学回来的,有留学经验。

茉莉犹豫。

米饭却坚持让茉莉好好准备。

茉莉说:"我不想离开你。"

米饭抱着她:"反正就三年,我等着你就是了。"

米饭陪着茉莉一起复习雅思,递交资料,准备签证。

在茉莉拿到录取通知书的时候,米饭得知自己考研失利,但是好在拿到了一份北京公司的 offer。

首都国际机场。

米饭送茉莉离开。

茉莉哭得失控。

米饭说:"我攒够了钱,就去看你,等着我。"

茉莉抽泣着:"我等着你。"

茉莉去了法国,在学校附近租了一个民居,为了省钱,住在阁楼上。房间狭小,仅仅能够栖身而已。

米饭住在北京的群租房,房间不到十平方米,开门就是床,出门就是厕所。

米饭和茉莉隔着一万多公里,七个小时的时差,只能靠着视频和电话诉说思念。

茉莉恨不得把一切细节都说给米饭听。

"法国人都很懒,我叫个水管工,都得等好几天。"

"房东来收房租的时候,说了两句中文,一句是'你好',另一句是骂人的。"

"我住的地方拐角就有个咖啡馆,店主是位老太太,人很好,很喜欢我,叫 Emma。"

晚上,茉莉常常在视频里挑逗米饭,米饭笑骂茉莉残忍。

茉莉吃不惯西餐,中国超市里的食材又很贵,茉莉就在视频里跟米饭抱怨:"想吃老干妈拌饭,想疯了。这里也没有我爱用的 ABC(卫生巾品牌),抓狂。"

米饭很心疼。

茉莉又在电话里告诉米饭:"法国鼓励男女同居,情侣租房子政府有一半的补贴。你快来看我。"

米饭看着每个月三千五的税前工资单,有些心动,又有些心酸。

米饭偷偷查了查机票,往返机票价格不菲,还不包括在巴黎的开销。米饭偷偷计算着人民币兑欧元的汇率,拼命地工作,攒钱,办护照,查办理签证的攻略。

时间倏忽过去。

茉莉勤工俭学,还要努力学法语、学课程,每一天都筋疲力尽。

茉莉在电话里跟米饭哭诉:"晚上有个男人跟了我一路,我七拐八拐地回到家,吓得一身冷汗。"

米饭心疼得要死,却又无能为力。

茉莉总是在电话里问:"米饭,你到底什么时候来看我?"

米饭想想自己银行卡里的数字,总是说:"快了,快了。"

一年之后,茉莉和米饭的通话,从一天无数次,变成每周一两次。

米饭努力工作。

茉莉努力读书。

茉莉有一天参加聚会,很晚了,打电话给米饭,醉了,也不说话,只是哭,情绪失控。

米饭的眼泪无声地流下来,瘫软在地上。

又过了很久,茉莉给米饭发了一封邮件。

邮件里只有一行字:"米饭,我想我们的生活越来越远,我们分手吧。"

米饭当时在办公室埋头处理一大堆表格,邮件跳出来的时候,米饭点开,看了一眼,随即号啕大哭。

同事们都吓了一跳,纷纷看过来。

米饭的哭声回荡在北京城的秋风里。

当天晚上,米饭做了一个梦。

他梦到一群人,明明知道茉莉就在人群中,却无论如何也记不起她的样子，只能眼睁睁地看着那群人与自己擦肩而过。

米饭一个人在北京，往前看，看不见前程，往后看，看不见退路，第一次体会到什么叫作绝望。

米饭第一次攒够了去巴黎的路费，签证却被拒了。
好朋友劝米饭："算了，都这么长时间了，别去了，浪费钱干吗？"
米饭总是笑着说是。
但心里总想着，他答应了茉莉的事情没做到，总觉得活得不开心。
在茉莉离开800多天之后，米饭终于拿到了签证，也攒够了钱，兑换成欧元足够这趟行程的费用。
茉莉看着从天而降的米饭，眼泪簌簌地掉下来。
米饭原本以为，自己这次来，会生气、会质问、会埋怨、会哭泣，但是都没有。
米饭就是笑着看着茉莉。
茉莉看着米饭，又哭，又笑。
在两个人的对望里，好像把什么都说完了。

米饭把自己带的东西给茉莉展示。
"一箱子老干妈，给你做老干妈拌饭。"
"一箱子卫生巾，是你最喜欢用的牌子，够你用一段时间了。"
"还有一箱子安全套，我是给网上认识的一个留学生代购的，挣点路费。"
米饭说完，自己忍不住笑了。
茉莉看着米饭，难过地捂着胸口，泣不成声。
老太太 Emma 走过来，递上一大沓纸巾，看看茉莉，又看看米饭，转身离开。
茉莉抽泣着："你跑这么远，就是为了给我送这些？"
米饭笑了笑："我是来当面跟你说分手的。"
茉莉呆住。
米饭笑得更纯真："分手这么大的事情，总要当面说吧？"

茉莉再一次湿了眼眶。

米饭送茉莉回住处。
两个人在楼下停住。
茉莉欲言又止，最后还是叹了一口气，说："他……在上面，我就不请你进去了。"
米饭微笑，点点头："他对你好吗？"
茉莉忍着眼泪："我在最难熬的那段时间，遇到了他。"
米饭笑得很阳光，沉默了一会儿说："好好过。"
茉莉说不出话，只有眼泪喷涌而出。
米饭转身要走的时候，茉莉喊住米饭，冲过去，抱着米饭又哭了起来。
米饭拍拍茉莉的肩膀："在一起的时候好好在一起，不能在一起了，就当面说分手，但不用说对不起。"
米饭站在马路对面，远远地看见一个男孩下楼，搬着东西，和一步三回头的茉莉走上楼去。
米饭看着隔在他和茉莉中间的滚滚车流，释怀地笑了。

从北京到巴黎，七个小时时差，米饭跑了这么远，只是为了看似已经不重要的承诺，就算是这段感情已经不可避免地走到了尽头，他还是希望亲自画上一个圆满的句号，当面说分手，给曾经深爱过的人最后一个微笑。

世事无常，我们不得已而分开，可以尽情伤心，但却永远不必责怪。
一生中，最美好的时光那么短暂，茫茫人海，能遇到你，和你发生一段故事，我已经知足。
谁的生命中没有一份刻骨铭心的遗憾呢？没有遗憾将来靠什么回忆呢？就让我们在嫩得一掐一包水的年纪傻呵呵地相遇，在分手的时候笑着挥手告别。
就让那些被我们狠狠爱过的人，在回忆和遗憾里永远年轻吧。

我奇怪的男朋友

一往情深，
胜过百般算计。

每个人都有几个奇怪的朋友，但我们说起大船的时候，形容词通常不是"奇怪"，而是"可爱"。

大家有一个约定俗成的守则，那就是——不要和大船开玩笑。

大船生日当晚，我们决定带大船去潇洒一下。

四张和何玉正巧送货到北京，我赶紧组织大家聚起来，九饼晚上忙着训练，没能来参加。

芥末和辣椒的火锅店最近生意火爆，执意要请客。

吃完生日宴，已经是凌晨，我们去了酒吧。

大家聚在一起，互相攻击，聊八卦，讲段子。

我们今晚的主角大船，眼睛睁得很大，每个人说话的时候，他都聚精会神，生怕错过任何一个字。

无论什么笑话，他总是第一个笑起来。

酒意上涌，辣椒拍着大船的肩膀，指着另一边一个女孩："看见了吗？"

大船认真地点头。

辣椒打趣大船："你敢不敢去问她叫什么名字？"

大船一愣，随即猛地站起来冲出去。

我们反应过来的时候，大船已经径直奔向那个女孩。

芥末啪地拍了辣椒的脑门一下，辣椒只能硬着头皮辩解："我也是为了他好。"

我们只好小心翼翼地观察着。

大船在女孩身边一屁股坐下来，看着女孩："我朋友让我问你，你叫什么名字？"

女孩打量着大船，沉默了一会儿，然后戏谑地说："你帮我弄点好吃的，我就告诉你。"

大船眨了两下眼睛，噌地站了起来，蹿了出去。

我心想坏了，起身想要追出去，被四张拉住："晚了。"

我只好坐下，招呼大家喝酒，偷偷观察那个女孩。

女孩全程很安静，好像是在想事情。

半个多小时后，女孩起身要走，我们一看不好，正不知道该不该拦住她，就看着路灯下，大船推着一辆烧烤车，还冒着烟，一路小跑地冲过来，身后一个光着膀子的小贩气喘吁吁地狂追。

我们都惊呆了。

大船推着车径直冲到女孩面前，喘着气对女孩笑："烤串行吗？"

随即就被扑上来的小贩砰地压在了地上。

赔了烧烤摊主三百块钱之后，大船捧着一大串烤串，有点不知所措。

我们正想着如何收场，女孩走到大船面前，拿了一串烤串，咬了两口："谢谢你的烤串，我叫姜生。"

这又让我们吃了一惊。

大船嘿嘿笑着回答："你的名字真好听，我叫大船。"

姜生给了大船一个微笑，完全把我们当成了透明人。

就这样，大船认识了姜生。

姜生租住的房子到期，约了搬家公司，喊大船一大早帮忙搬家。

结果姜生晚上收拾东西太累，一觉睡到了十二点，醒来的时候，迷迷糊糊的还分不清时间。

姜生起床、刷牙、洗脸，蹲了半天马桶，才想起大船和搬家公司要来，连忙给大船打电话。

电话拨过去，无人接听。

姜生赶紧下楼，结果被眼前的一幕惊呆了。

搬家公司的小卡车停在路边，背着书包的大船以一种不能描述的姿势压着司机,横在马路上,两个人呼呼大睡,都打起了呼噜。

姜生愣了好一会儿,才敢走上前去,拍拍大船的脑袋,结果大船睡得热气腾腾,根本叫不起来。

姜生无奈,只好去叫司机。

司机睁开眼,迷迷糊糊地看着姜生。

姜生不明所以:"我朋友怎么了?"

司机一听,欲哭无泪:"这是你朋友?!我一大早来了,按门铃没反应,我要给你打电话,结果他不知道从哪里冒出来,死死地按住我,非说你正在睡觉,不能打扰!他已经压了我一个多小时了!"

姜生看着呼呼大睡的大船,彻底呆住了。

尽管姜生一直安慰,但司机还是怨气难平:"我长这么大没被男人搂着睡过!"

姜生又是好笑,又是感动。

好容易叫醒大船,姜生住在六楼,没有电梯,大船跑上跑下地搬东西。

姜生不忍心让大船一个人搬,就拎着一个大包跟在大船后面。

大船看了姜生一眼,大步跑下去,不一会儿又气喘吁吁地跑上来,还没等姜生说话,大船就把姜生连人带包地扛起来,哼哧哼哧地往楼下冲。

在被大船扛着倒立的时间里,姜生觉得一股莫名的幸福感直冲脑门。

到了新的合租房,姜生挽了挽袖子准备收拾。

大船就扛着一把椅子拍在了地板上,姜生一愣,就被大船按在了椅子上坐好。

大船从自己的背包里掏出一听可乐,砰地打开,一脸憨笑地递给姜生。

姜生接过来,喝了一口,额头上的汗也听话地滴下来。

姜生坐在椅子上,喝着可乐,看着大船忙里忙外,扫地拖地,擦家具,布置房间,铺床。

姜生惊异于大船整理房间的能力。

一个小时后,房间焕然一新,姜生看着正在整理粉色床单的大船,笑了。

两个人坐在床上聊天。

姜生喝了几口可乐就递给大船，大船喝了两口又递给姜生。

每次大船碰到姜生手指的时候，大船的手都有明显的颤抖，姜生觉得大船可爱极了。

姜生逗大船："你怎么会收拾女生的房间？"

大船惊恐地双手乱摇："没有没有，我姐姐以前的房间就这样，都是她教我的。"

姜生看着大船的样子，忍不住笑："你有个姐姐啊？"

大船骄傲地点头。

姜生摸摸大船的头："以后叫我姐姐。"

大船认真地看着姜生，缓了一会儿才开口："姐姐。"

咬字上有奇怪的柔情。

姜生摸摸大船的头："弟弟乖。"

大概是因为这一次的"结拜"，大船从此就成了姜生的一部分，姜生一有空就带着大船逛街，去公园拍照，喂鸽子，看电影。

走在大街上，姜生会牵着大船的手，晃晃悠悠。

大船的手掌温暖厚实，握起来手感极好。

每次姜生牵着大船的手，大船都会配合地和姜生一起晃悠。

姜生带着大船见自己的朋友。

到了KTV，房间里坐着一水儿的漂亮女孩，看着大船，都笑得溢出水来，纷纷围过来调戏大船，摸摸他的头发，捏捏他的脸，揪揪他的耳朵。

大船被女孩们围攻得面红耳赤、不知所措的时候，姜生过来解围："去去去，他可是我的男朋友。"

女孩们起哄："我们才不信！"

姜生喝了几口酒，看着大船："大船，亲我！"

大船一愣："现在？"

姜生命令："快亲！"

大船吸了一口气，在女孩们错愕的目光中，狠狠地捧起了姜生的脸，奋力地亲了一下，发出清脆的声响。

女孩们都起哄,姜生骄傲地说:"看到了吧?世界上最听话的男朋友。"

女孩们打趣:"有本事你让他亲我们试试?那我们就相信他听话。"

姜生来了兴致,指着女孩们:"大船,看到了吗?亲她们,一个一个亲。"

女孩们欢呼,大船看看姜生,又看看女孩们,没反应。

姜生催促:"快点啊。"

大船看着姜生,缓慢地摇摇头:"我姐说,一辈子只能亲一个女孩。"

女孩们嘘声四起。

姜生却一下子收敛了笑容,看着大船,觉得自己心中的某个泉眼轰然打开,汩汩地冒出水来。

一个深夜,正在熟睡的大船,接到姜生的电话。

电话里,姜生声音颤抖:"大船,你快来我家!"

大船一听,从床上跳起来,来不及穿衣服,光着膀子就蹿了出去。

大街上,没有出租车,大船绕了几圈,再也等不及,大步奔跑着冲进夜色里。

大船光着膀子气喘吁吁地赶到姜生门前,猛地拍门。

姜生打开门,一看到大船,就跳进大船怀里。

大船抱着姜生回到房间,惊魂未定。

大船问:"怎么了?"

姜生神色凄惶:"我房门的锁坏了,旁边住的男生,晚上推我的房门,非要进来。"

大船不明所以:"他进来干什么?"

姜生都快哭出来:"他……他说他房间里没有衣柜,问能不能把衣服放我柜子里。"

大船更不明白:"他为什么不自己买一个衣柜?"

姜生被气得哭笑不得:"他……他也想亲我!"

大船一听,猛地站起来就往外走,姜生来不及阻止,连忙跟出去。

大船一脚踹开了隔壁男生的房门,揪起正在睡熟的男生,扔到了墙上,扑上去噼里啪啦地左右开弓。

姜生急得话都不会说了:"错了,错了,打错了,是另外一个。"

大船的拳头悬在半空,戛然而止。

那个从睡梦中被打醒的男生,还没反应过来,迷迷糊糊地看着光着膀子的大船,一脸无辜地眨着眼睛。

大船穿着姜生粉红色的睡衣,拉着一个大箱子,大步走在夜色中的马路上。

姜生捧着一盆绿植快步跟着。

大船带着姜生回到自己家,指着自己的床:"你睡这儿。"

姜生问:"那你睡哪儿?"

大船想了想,把床上的褥子和被子抱下来,铺在床旁边。

姜生看着光秃秃的床垫,愣住了。

大船从柜子里抱出一个包得严严实实的粉红色褥子、床单,还有被子,逐一铺在床上。

铺好之后,又从柜子里掏出一个很旧但洗得干干净净的玩具熊,一脸憨笑地递给姜生。

姜生接过来,很好奇:"你一个大男人,哪来这么多女孩的东西?"

大船笑:"我姐的。"

姜生踮起脚尖要摸大船的头,大船就蹲低了身子让姜生摸。

当天晚上,大船就睡在姜生身边。

姜生闭着眼睛,听着大船的呼吸声:"大船,你给我唱首歌吧。"

大船犹豫了一会儿:"我就会一首歌。"

姜生问:"你姐教你的?"

大船回答:"嗯!"

姜生笑着说:"你跟你姐关系一定很好,你唱给我听听呗。"

大船清了清嗓子,唱了起来:"两只老虎,两只老虎,跑得快,跑得快,一只没有耳朵,一只没有尾巴,真奇怪,真奇怪。"

大船五音不全，没有一个字在调上。

但姜生觉得，这是她听过的最动听的声音。

这一晚，在大船震耳欲聋的呼噜声中，姜生睡得格外香甜，一觉睡到大天亮。

后来，姜生就把租的房子退掉了，和大船住在一起。

姜生给大船买了一张床，两张床占据了房间大部分的面积。

对于大船和姜生同居的消息，我们都大跌眼镜。

反应最激烈的是辣椒。

辣椒说："都说大船笨，我看大船比谁都聪明。"

大家哈哈大笑。

我说："大船有姜生照顾，再好不过。"

姜生生日那天，我们想给大船和姜生一个惊喜，回到了两人初次见面的酒吧。

我们围在一起唱了生日歌，姜生很开心，喝了很多酒。

晚上，姜生被大船扛了回去。

到了家，姜生吐了一身，半夜被自己恶心醒，迷迷糊糊地去洗澡。

洗完了发现没拿毛巾，姜生喊："大船，给我拿条毛巾。"

大船拿着姜生的毛巾扭开脸，僵硬地递过去。

姜生打开门，看着大船别扭的姿势，心里的那个泉眼再一次打开，一把把大船拉进去。

姜生再次带着大船去参加朋友聚会的时候，女孩们不开玩笑了。

姜生的闺密凑到姜生耳边："你真的跟大船在一起了？"

姜生点点头。

闺密惊呆了："上床了？"

姜生斩钉截铁："上了。"

闺密眉头都快拧出水来："他脑袋有问题，你脑袋也有问题？"

姜生几乎是喊出来："你脑袋才有问题！"

姜生站起来，拉着大船就往外走，留下了神情错愕的女孩们。

晚上，躺在床上，姜生翻来覆去睡不着："大船。"

大船应声："嗯。"

姜生问："我是你的什么？"

大船一愣："你是我姐姐。"

姜生又问："你会对我好吗？"

大船说："会。"

姜生又问："好一辈子吗？"

大船很肯定："好一辈子。"

姜生问："你怎么对我好一辈子？"

大船想了好一会儿："给你买好吃的。"

姜生心里又甜蜜，又有些莫名的难过。

一夜无眠。

第二天一整天，姜生上班都心不在焉。

晚上回到家，一开门，大船没有像往常一样来门口迎接她。

姜生觉得奇怪，走进去，就看到自己的父亲一脸严肃地坐在椅子上，大船一脸惊慌失措地站在旁边。

姜生呆住："爸，你怎么来了？"

姜生说着坐下来，要去摸大船的头，大船惊慌失措地躲开。

姜生看着她爸，急了："爸！你跟他说什么了？"

姜生的爸爸不说话，拉着姜生就往外走。

姜生回头看着大船，大船的身子微微发抖，低着头，不敢看姜生。

小区里，姜生的爸爸想要喊出来，又怕丢人，努力压低声音："你疯了！找来找去找了个傻子？"

姜生生气了："爸，他不是傻子！"

姜生的爸爸努力压着愤怒："我必须对你的人生负责，我绝对不允许你脑壳一热就毁了自己一辈子！"

父女俩激烈地吵了起来。

姜生一瞬间都有些恨自己的闺密，干吗把这件事告诉父亲！

再回去的时候，姜生惊讶地看着大船已经关了门。
姜生的行李整整齐齐地放在门口，旁边摆着那盆绿色植物。
姜生急了，拍门："大船，大船！"
没有声音，没有回答。
姜生是哭着被她爸爸拖走的。

从那天开始，姜生就回到了徐州老家。
据说父母是以死相逼，姜生不得已，就暂时留在了老家。
其间，姜生打电话给大船，大船始终都没有接。
姜生无奈就打电话给我，我去找了大船，想让大船给姜生打电话，大船惊慌失措地摇头，把我拒之门外。
姜生和我聊起大船的姐姐，我把大船姐姐的故事告诉了姜生。
大船小时候和姐姐一起偷偷去护城河边玩水，姐姐小腿抽筋，溺水，还没学会游泳的大船为了救姐姐，窒息造成大脑缺氧，结果姐姐没救回来，大船的智力也受到了影响……
姜生是哭着听我把大船的故事讲完的。
姜生瞒着父母，来找过大船。
但是没有一次敲开过大船的房门。
姜生找我们一起劝大船。
我们围在门口，敲门，里面始终没有反应。
姜生哭倒在地上。

自始至终，没有人知道，姜生的父亲到底跟大船说了什么。
两年之后，姜生打电话给我，说她要结婚了，新郎是当地人。
姜生说，她给大船发了信息，他没回，希望我能通知大船，带着大船去参加她的婚礼。
我到大船家的时候，大船不在家。
我想是大船不愿意面对吧。
于是我就自己坐动车，去了徐州。

第二天,接新娘的时候,我跟在新娘的车子后面。

新娘的车子快到家的时候,司机猛地踩了刹车,大家都吓了一跳,以为是撞到了人。

我急忙下车查看,就看到大船推着一辆烧烤车,烧烤车还冒着烟,大船一脸憨笑地站在那儿。

姜生愣愣地看着烟雾中烟熏火燎的大船,只能流眼泪,说不出一句话。

姜生深一脚浅一脚地走到大船面前,哭得妆花了,睫毛膏化成一团,把眼泪都染成了黑色,却努力让脸上堆起微笑。

烟雾中,大船同样笑看着她。

两个人相顾无言。

我们都太聪明了,聪明到可以避免伤害,总想着在爱情里成为被爱的那个。

进出一段感情的时候,也能从容不迫、全身而退。

精打细算着付出,斤斤计较着回报,听信过来人说的,把心藏起来,别犯傻,别当真。

这样一来,我们就都安全了。

可是安全又怎么样呢?

爱情不应该是一场充满未知的冒险吗?

在大船面前,我觉得我们才是傻子。

大船让我明白,爱情,其实是傻孩子的游戏,一往情深,胜过百般算计,爱就是爱唯一的表达方式,不是吗?

最佳老爸

人生就像是很多双高跟鞋,
你想穿哪一双上街,
你觉得哪一双最合脚,
这些只有你自己真正穿过才知道。

吴豌豆的爷爷对儿子有着莫大的期望,大概是希望他将来有一天成为国家栋梁,所以取了一个心怀天下的名字。

吴爱民的前半辈子关心国家大事,为了国计民生操碎了心。生下吴豌豆之后,国事不管了,一心扑在女儿身上。

夏天,吴豌豆骑在吴爱民脖子上遛弯,别人见吴爱民扛着个丫头,就取笑他:"生了个丫头,看把你美的。再生个儿子,你不得上天?"

吴爱民笑得风生水起:"你们啊,不懂人生真谛啊,闺女就是人生真谛。"

小时候,大冬天,吴豌豆深夜发高烧四十多度,吴爱民急红了眼,跳起来穿着睡衣、趿着鞋就抱着吴豌豆冲了出去,到了医院,打上吊瓶才发现,自己跑丢了鞋,脚上起了泡,血肉模糊。

小学四年级,吴豌豆写了一篇满分作文,令整个语文组惊艳。

语文老师却一口咬定:"这一定是抄的,这么小的年纪,怎么能写出这样的作文来呢?抄的,抄的。"

吴豌豆哭得涕泪交加,跑回家,坐在地上号啕大哭。

吴爱民一听,怒了,杀进学校,追着语文老师围着操场跑了好几圈,质问:"你凭什么说我女儿的作文是抄的?!"

从此没有人敢惹吴豌豆。

吴豌豆发育得早,十四五岁已经出落得亭亭玉立了,穿白衬衫扣不上扣子。

妈妈故意给吴豌豆买了小好几号的内衣。

吴豌豆回到学校的时候,觉得自己像个哮喘病人,随时可能窒息。

吴爱民得知之后,大发雷霆,骂自己的老婆坑闺女,骑上自行车,杀进了内衣店,在女服务员惊讶的注视中,买了合适的尺码,又骑着自行车杀到了吴豌豆的学校。

吴豌豆接过老爸递给自己的大红色文胸,当场就傻了眼。

吴爱民语重心长:"不能违反自然规律,有多大就穿多大。"

吴豌豆第一次来例假的时候,吴豌豆的妈妈不在家。

少女吴豌豆在厕所里看着身上流出来的鲜血,以为自己马上就要死了,于是发出平生最夸张的一次少女啼叫:"救命!"

吴爱民冲进厕所,看见倒在血泊里的女儿,不知所措。

吴豌豆感觉自己"回光返照",握着吴爱民的手说:"爸,你和妈妈好好过,再生一个,别为我难过。"

吴爱民把吴豌豆抱到床上,绞尽脑汁地给吴豌豆解释这些鲜血的来源。

"这个东西呢,通俗一点来说,叫例假,就好像蛇蜕皮,金蝉脱壳,灯塔水母返老还童,这是伟大的生物进化论,你已经站在了进化论的顶端你知道吗?每流一次血,你就比上个月漂亮一点、长大一点。"

吴豌豆恍然大悟,每个月等着盼着自己流血,每次痛经痛得死去活来的时候就安慰自己:我要变得更好看!

吴爱民给吴豌豆讲述了自己的感情史。

当年有个供销社的售货员,为了吴爱民还跳过井,磕破了脑袋,至今脑门上还留着疤。后来,吴爱民一怒之下,自己雇了辆车,拉了一车土,把那口井给填了,史称"爱民填井"。

吴豌豆惊讶地看着自己的老爹,忘记了失恋的伤痛,开始对吴爱民的感情史产生了强烈的兴趣,得空就逼问吴爱民。

为了防止老婆听到,吴爱民只好偷偷地跟女儿一起回忆,那些年轻时候在吴爱民生命里进进出出、走来走去的姑娘。

吴豌豆十九岁生日的时候,吴爱民送给她一双特别漂亮的高跟鞋,告诉她:"人生就像是很多双高跟鞋,你想穿哪一双上街,你觉得哪一双最合脚,这些只有你自己真正穿过才知道。"

吴豌豆高考没考好,很失落,天天待在家里,不出门。

吴爱民就给吴豌豆报了驾校。

吴豌豆撞坏了三根桩,半坡起步的时候车子下溜,一屁股撞在垃圾桶上,垃圾桶飞出去三十多米,砸在了一辆经过的车上,最终在两次路考忘记拉手刹之后,终于拿到了驾照。

拿到驾照的当天,吴爱民开着面包车,面包车上满是吴豌豆的行李,停在了吴豌豆面前。

吴豌豆不明所以:"这是要去哪儿?"

吴爱民一扭头:"上车。"

吴豌豆又被拉回学校,一路上,吴爱民循环播放着《从头再来》。

吴豌豆在高三(27)班开始了复读生涯。

第二次高考,成绩提高了几十分,终于有大学上了。

吴爱民开车送吴豌豆去学校,整理好她的床铺,告诉她:"大学就是学习和成长的,成长比学习还重要。"

大学里,吴豌豆谈了两场恋爱,大致弄明白了爱情是什么、男人是什么。

最后一场恋爱随着毕业临近而结束。

大学毕业之后,吴豌豆在吴爱民的支持下,只身去了北京。

吴豌豆的妈妈强烈反对,认为一个女孩子不应该跑去那么远的地方。

吴爱民却说:"女儿有自己的人生。"

为此,吴爱民和老婆大大小小吵了好几次,最终吴爱民还是亲自送吴豌豆北上。

吴豌豆在北京的合租房里认识了展越。

一个早上，吴豌豆和展越在厕所里相遇，为了争夺马桶的使用权，两个人爆发了激烈的争吵，最终以吴豌豆一屁股坐进坑里结束了纷争。注意，是坐了进去。

展越七手八脚地把吴豌豆捞出来，吴豌豆臭水淋淋地跳起来，给了展越一个巴掌，声音响亮。

吴豌豆有一次吃了不卫生的小吃，深夜腹痛攻心，滚落在地上，呻吟得像是要生孩子。

吴豌豆用尽全身力气，喊出了展越的名字。

展越穿着睡衣踹门进来，看着倒在地上的吴豌豆，急了眼。

他抱起吴豌豆冲下楼去打车，一路上猛捏吴豌豆的虎口，非说这样能止疼。

吴豌豆疼得不省人事，恍惚之间，好像回到小时候，觉得展越看起来像自己的老爹。

挂急诊，验了血，吊上盐水。

吴豌豆又想上厕所。

展越扶着吴豌豆走到女厕所门口，吴豌豆坚持要自己进去。

展越在外面等，结果吴豌豆一只手提裤子的时候，因为身体虚弱，腿一软，再一次坐进了坑里……

展越听见吴豌豆在里面惨叫，咬着牙冲进去的时候，目睹了吴豌豆这辈子都不想被人看到的一幕。

展越再一次手忙脚乱地捞起吴豌豆，这一次吴豌豆没有力气打展越，整个人像只考拉一样软炸炸地挂在展越脖子上。

吴豌豆的肠胃因为这次食物中毒受到了严重的伤害，她不敢跟吴爱民说，展越就在网上找食谱，说是食疗，天天给吴豌豆熬小米粥，让她吃生花生米。

两个月之后，一个下雨的晚上，展越捧着一只萤火虫，黑灯瞎火地摸进了吴豌豆的房间，觍着脸，刚要说话，被吴豌豆冲着面门给了一脚。展越只觉得鼻子里一阵翻江倒海，鼻血激射而出。

看着展越流着鼻血，捧着萤火虫，一脸委屈的样子，吴豌豆笑了。

当天晚上，展越就睡在了吴豌豆的房间，萤火虫的光在瓶子明明灭灭。

吴豌豆打电话告诉吴爱民自己谈恋爱了，这一次，吴爱民没有作声，吴豌豆听到吴爱民的叹息里有一点苍老。

一切都美好极了。

直到几次基于安全期的冒险之后，吴豌豆发现自己的例假没有如期到来。

吴豌豆平生第一次去药店买了验孕棒，颤颤巍巍地试验，在最后一根用完之前，吴豌豆得到了最终结果。

吴豌豆拿着验孕棒给展越看，展越不敢相信自己的眼睛，让吴豌豆不要拿这种事开玩笑。

吴豌豆突然有些愤怒，她拉着展越去了妇科医院，做了更全面的检查。

看到检验报告的时候，展越说不出话来了，一向要强的吴豌豆也没有了主意。

"喜当外公"的吴爱民此时还在公园里跟一帮老头争论国际反恐局势。

出租屋里，吴豌豆严肃地提出要结婚。

展越吓坏了，他沉默到不能再沉默才问了一连串的问题："在哪儿结？拿什么结？出租屋里吗？拿父母的钱吗？生了孩子怎么办？谁照顾？你妈还是我妈？"

吴豌豆也沉默了。

当天晚上，展越跑出去喝得醉醺醺的回来，倒在吴豌豆身边睡着了。

吴豌豆一夜未眠，听着展越的呼噜声，第一次感觉到男人是这么不可靠，她现在想要的无非是一句"放心吧，有我呢"。

一大早，吴豌豆只身一人去医院的时候，风刮得很猛，吴豌豆脑海里一片空白。

她摸着自己的肚子在医院门口走来走去，最终还是拨通了吴爱民的电话。

吴爱民风尘仆仆地出现在吴豌豆面前，吴豌豆不敢哭、不敢出声，也不敢上去抱她抱了无数次的老爸。

而展越在得知吴爱民要来时，早早地躲了出去。

吴豌豆僵在原地，一声不吭。

吴爱民看了看自己的女儿："还没吃饭吧，我给你下碗面条。"

吴豌豆终于忍不住了，扑到吴爱民怀里，号啕大哭。

吴爱民像小时候一样拍着她的后脑勺："哭什么，还有你爹呢。"

晚上，展越偷偷地回到自己的房间，发现吴爱民黑着灯坐在那里抽烟。

展越吓得腿都软了。

吴爱民看着展越，问了一句："你是个男人吗？"

展越犹豫了一会儿，说："我是。"

吴爱民点点头，又问："你想娶我女儿吗？"

展越这次没有犹豫，说："想。可是……"

吴爱民打断展越的话："想就行，没什么可是。"

吴爱民连夜离开北京，再一次回来的时候，已经是一个月之后。

当着展越的面，吴爱民把一张卡给了吴豌豆，说："卡里还有点钱，结婚用的。房子我看好了，这钱付首付，剩下的靠你们自己了。"

吴豌豆惊呆了："爸，你哪儿来那么多钱？"

吴爱民傲然一笑："笑话！你以为你爸这辈子没挣下点家产吗？"

婚礼办得简单温馨，看得出来，吴爱民已经尽了全力张罗。

台上，吴爱民的第一句话就惹出了吴豌豆的眼泪："原本我没想这么早嫁女儿的。女儿出生那一天是她妈的受难日，出嫁这一天就是她爹的受难日。"

吴豌豆没有去度蜜月，偷偷地回了家，结果惊讶地发现家里的家具都已经搬空了。

吴豌豆疯了一样地敲响了邻居的房门,邻居告诉吴豌豆:"你爸把房子卖了,你不知道?"

吴豌豆这才明白买婚房的钱是哪儿来的。

吴豌豆赶到农村老家的时候,天快黑了。

老家破旧的祖宅前,吴爱民正指挥着几个建筑工人修缮屋顶。

吴豌豆看着吴爱民前前后后地忙碌,努力忍住眼泪,脑海里只剩下一个简单的字,她喊了出来:"爸!"

吴爱民回过头,看着小腹隆起的女儿,笑了。

吴爱民领着吴豌豆在老宅子里转悠,绘声绘色地讲述着自己的规划。

"这块地我打算种花,袁隆平不是弄了杂交水稻吗?我打算主攻杂交花卉。"

"屋顶上我安个太阳能板,绿色循环动力。"

"我承包了几亩地,种菜、种五谷杂粮,你爷爷一辈子是农民,我早就想回家种地,过田园生活了。"

吴爱民说起自己的规划,很是得意。

吴豌豆的眼泪就像是天空正在下雨,止不住了。

这个世界上还有哪个男人会为了自己,放弃已经习惯的城市生活,回到阔别多年的农村老家种菜、种五谷杂粮呢?

吴豌豆生孩子那天,吴爱民比展越还要着急地走来走去。

婴儿的第一声啼哭传出来的时候,吴爱民哭了,恍惚之间,他好像回到了年轻的时候,他焦急地站在产房外,而吴豌豆刚刚从子宫里探出头……

我先爱为敬

爱不爱，
敢不敢爱，
是我们在一段感情里，
唯一要回答的问题。

　　硬糖的女朋友王婷，拥有一个平凡普通的名字，这样的名字在偶像剧里，甚至做不了女主角，但硬糖怎么也想不到，这个拥有平凡名字的女孩，会折磨他整个青春。
　　"孽缘啊。"硬糖感慨万千地说。

　　硬糖追求王婷的时候，无所不用其极，但偏偏同期出现了一个篮球校队的强大对手，外号就叫鲨鱼，凭借一米八二的身高优势，吸粉无数。
　　硬糖一米七的身高在鲨鱼面前，如同小孩。
　　两个人竞争激烈，先后比拼过多个项目，例如谁送的礼物最贴心，谁的楼下表白最惹宿管阿姨生气。
　　最后的决战发生在一次五一劳动节后，鲨鱼终于按捺不住，用了卑鄙的招数——在食堂强吻了王婷。
　　王婷被亲蒙了。
　　而正在一旁虎视眈眈、吃我们宿舍老五带回来的德州扒鸡的硬糖，全程见证了这一幕。
　　是可忍，孰不可忍，硬糖当即爆发，冲过去也要强吻王婷。
　　高手之争，胜负在一丝一毫上，硬糖绝对不能落后。

　　鲨鱼当然不肯，按住硬糖，硬糖充分发挥了自己脖子长的优势，拼命凑过去，把王婷的嘴唇当成靶心。

鲨鱼情急之下,也凑上去要占领王婷的嘴唇,又被硬糖死死按住,两张努起来的嘴唇争先恐后地逼向王婷。

王婷从小到大哪见过这个阵势,一脸蒙,整个人像被按了暂停键。

令人意想不到的一幕发生了,关键时刻,硬糖腹中突然热气奔涌,放了一个绵长的屁,鲨鱼当即被熏得失了力气。

王婷看着硬糖油乎乎的嘴亲上来,近乎窒息,随即终于反应过来,给了硬糖一个响亮的巴掌。

"你怎么跟你未来的孩子说,我赢得你妈是靠一个屁呢?"

虽然赢得不光彩,但王婷大概是认为硬糖的嘴唇更适合自己,从此成为硬糖的正牌女友。

硬糖在面对爱情的时候,显示出了自己的本性,近乎疯狂而不计后果,他带着王婷把恩爱秀遍了几乎每一个角落。

年轻身体好,硬糖献完血之后,和我打了一场篮球,然后各自约了女朋友去唱歌唱到凌晨,早上去海边看日出,然后去小旅馆温存一个上午,直到逼近中午十二点,阿姨气急败坏地敲门,我们才匆匆退房离开。

现在想起忍不住感叹,傻小子睡凉炕,全凭火力旺。

年少的爱情,灿烂热烈,而又天妒英才一般地短命。

王婷突然间的变心,让硬糖无所适从。王婷坦白地告诉硬糖:"我爱上别人了。"

硬糖愣了一会儿:"别人是谁?"

王婷说:"你别问了。"

硬糖急了:"你有爱上别人的权利,可我也有知道你爱上谁的权利吧。"

王婷很为难,但还是告诉了硬糖:"是我的辅导员。"

硬糖如被雷击,气得浑身发抖:"还给我整师生恋。"

硬糖想要挽回,试图努力让王婷相信:只有我是爱你的,别人即使爱你,也是暂时的。

但王婷显然沉浸在新世界里,享受着因为年长而赋予辅导员成熟的魅力，以及"师生恋"的隐秘刺激，正在努力把硬糖这一页翻过去。

为了安慰硬糖，我陪他去网吧刷夜，半夜，硬糖突然砰的一声，把键盘在膝盖上磕成了两半，吓了我一跳，我凑过去看屏幕，还以为他又开始玩劲舞团了。

仔细一看却不是，屏幕上是花体字写的一句话："我是爱你的，你是自由的。"

再一看，搜索框里正在搜索的问题是：失恋之后怎么办？

我看看硬糖，硬糖双眼无神："这句话简直是放屁，但真有道理！"

安慰一个失恋的人，是一件风险极大的事情。为了怕刺激硬糖，我每次和小不点通电话都小心翼翼，搞得像偷情一样。

但出乎意料的是，硬糖很快找到了他的方法。

作为学校领导器重的人才，硬糖得到的新任务是办一份校报。校报里大致的栏目就是学校见闻，访问一些做出成绩的优秀学生，偶尔发点社论之类。硬糖充分发挥了他失恋之后的悲伤特性，把每一个栏目都变成了倾诉自己痛苦的渠道。

硬糖连社论都写得柔情蜜意，聚焦情感，完全罔顾一个办报人应该客观中立的操守，把自己强烈的个人情感注入每一个字里。学校领导开始几次都忍了，直到看到一篇名叫"校园恋情中出轨爱上自己的辅导员是不是犯罪"的社论后，终于爆发了，直接把硬糖撤了下来。硬糖失去了发泄渠道，难受了好几天，但收获了一个意想不到的"好处"。

硬糖充满了柔情蜜意的文字折服了一个女孩。

女孩的名字叫凤梨，比硬糖小一届，大概是从来没见过有人能把校报办成言情杂志，倾慕不已。

"特立独行的人，往往具有致命的吸引力，女孩这种生物，天生的飞蛾，不扑火都难受。"

凤梨后来意味深长地说了这句话。

凤梨加入了硬糖所在的文学社，每天都以一种"我崇拜你"的眼神审视着硬糖，搞得凤梨想追硬糖这件事，尽人皆知。

硬糖没想到凤梨比自己还狠，还没从失恋阴影中走出来的硬糖竟然有点招架不住。

一次文学社参加活动，回来得很晚，凤梨用自己独有的气场无形中逼走了所有人，只剩下她和硬糖。硬糖只好用自行车载凤梨回学校，眼看着宿舍就要关门，硬糖加快了速度。

凤梨心想：大好机会，这样浪费了可不行。一咬牙，故意把自己新买的裙子塞进了车轮里。自行车猛地一停，两个人连人带车飞了出去。硬糖花了半个多小时才把凤梨的裙子从车轮里拉出来，看着已经绞碎的裙子，凤梨笑得很大声，还给硬糖表演了一段草裙舞。

宿舍肯定是关门了，硬糖还想着能不能央求一下宿管阿姨给开门，凤梨却斩钉截铁："不回去了，去酒店。"

硬糖以为自己听错了，凤梨却甩着自己沾满油污后绞碎的裙子，大步往前走，光洁的大腿在路灯下晃着硬糖的眼睛。

当天晚上，两个人在一间房间里，凤梨脑海中设计了八百万种引诱硬糖的方法，但事到临头却发现一切都是纸上谈兵，自己紧张得不知所措。

而硬糖心事更重，全程充满防备，生怕自己把持不住，败坏了爱情的名声。

最终，还是凤梨采取了行动，主动钻进了硬糖怀里，两个人倾听着彼此的呼吸和心跳，充满着年轻躁动不安的旋律。

直到敲门声响起，硬糖接过同一个阿姨送来的吹风机，不可避免地想起了王婷，心碎的声音震颤了整个房间，连凤梨也听见了。

就在小旅馆充满噪点但还算柔和的灯光下，听着隔壁房间传来的声响中，硬糖向凤梨讲述了自己和王婷的过往。

"我不能接受你，因为我心里还有一个人。"

凤梨听完了，没有说话，把硬糖抱在怀里，母性大发。

凤梨接下来的几句话，却又让硬糖觉得惊心动魄。

"没事，我还年轻，我有的是耐心。我早晚弄死你心里那个人。"

那天晚上，两个人和衣而卧，凤梨枕麻了硬糖的胳膊，硬糖却自始至终都没有把胳膊抽出来。

两个人一整夜都没有睡着,各怀心事。

就这样痴缠了一年,直到毕业来临。我们有三条路可以选:考研、考公务员、校园招聘。小不点去了国外,我选择了怀揣着梦想参加工作,王婷也和辅导员分手了,去了大城市,开始新的生活,听说还交了一个新的男朋友。而硬糖的决定却让我们大吃一惊。

"我要去新疆,支教两年。"

我们当然不理解:"知道你心系苍生,有维护世界和平的想法,但是去新疆,一待就是两年,你要考虑清楚。"

硬糖说:"我做事从来都不考虑后果,只听从自己的内心。"

等我们要骂他的时候,他又补充:"我真想去,其实就是为了散散心。"

我们恍然大悟,这多少有些逃避的意思:逃避和王婷有关的回忆,逃避凤梨紧锣密鼓的追求。

但是一定要跑到新疆那么远吗?

我找到凤梨,组了个局,希望凤梨劝劝硬糖,考虑清楚。

凤梨一开口,大家都傻眼:"去吧,我支持你。"硬糖感激地看着凤梨。

凤梨说:"你去两年,我就等你两年。中间我会去看你,我查了,从烟台到新疆,K字打头的火车42个小时3分钟,然后坐汽车到你那里,2个小时。

"我会把每次去看你的火车票攒着,有一天你要是娶我,我就把火车票裱起来挂在我们的卧室,每天早上都提醒你,我有多爱你。

"你要是不娶我,我就把火车票裱起来,挂在我的卧室,每天早上提醒我自己,我有多爱你。"

凤梨说得理直气壮而又斩钉截铁,我忍不住鼓了掌,硬糖忍着眼泪,再一次吐露了心声:"对不起啊,我也想接受你,但我接受不了,我心里有人。"

凤梨笑得很宽容:"你心里有别人,我心里有你,别人走远了,我还在身边蹦跶,谈恋爱这种事,拼的就是谁比谁撑得久。"

当天晚上,大家喝酒,凤梨和硬糖都喝醉了,两个人凑在树底下你吐一口、我吐一口,像是在谈情说爱。

硬糖去坐火车,我们去送行,凤梨没来,硬糖依依不舍地上车,一步三回头。

我们往回走的时候,看到凤梨靠在柱子背后,脸上明显有泪痕,却硬撑出一脸无所谓的样子,说了一嘴:"嗨,我就是怕他舍不得,我不愿意看他哭哭啼啼。"

那是我第一次看到向来乐观的凤梨掉眼泪,我很想有一天让硬糖告诉我,凤梨的眼泪是不是凤梨汁味儿的。

硬糖去了新疆,凤梨去了济南,我去了上海,小不点去了国外,大家四散各地,天涯几端。

在新疆戈壁上的日子,赶上断网,日子不好过,除了看风吹石头走,几乎没什么娱乐。

硬糖用随身带着的卡片机,拍了许多风光照,很久之后网络恢复,传给我们看,颇有大师之感。

凤梨坐42个小时3分钟火车,2个小时汽车,去看硬糖,风尘仆仆。

见到硬糖之前,凤梨特意掏出镜子来补了补妆,但美丽的笑容挂在憔悴的脸上,谁看了都心疼。

凤梨一到了硬糖的宿舍,就俨然一副女主人的架势,连硬糖室友的衣服都给洗了,搞得室友受宠若惊,早出晚归,生怕破坏了凤梨和硬糖来之不易的温存。

凤梨不习惯旱厕,几天不上厕所,但又不想跟硬糖说,怕硬糖觉得自己吃不了苦。

硬糖看出来了,就给凤梨修了一个专属的厕所,四周用塑料泡沫板遮起来,在戈壁滩上,多少有些突兀。

凤梨感动得不行,一天跑了七八趟。

"哪个男人能送给你一间专属的厕所呢?多浪漫。"

凤梨夸耀地告诉朋友们,一脸骄傲。

晚上睡觉，实在没有办法，凤梨就在硬糖和室友之间拉了一道帘子，和硬糖睡在一张床上，就像当初在酒店一样。

室友贴心而及时地打起了呼噜，生怕他们听不见。

仍旧什么也没发生。

我们恨铁不成钢啊，让硬糖下次一定要下手，硬糖说："虽然我也是男人，但人家千里迢迢来看你，你不给人家一个爱情的名分就想干别的，真的下不了手。"

我们感叹，像每一个前任一样，王婷虽然已经离开了硬糖，但却阴魂不散地缠绕在硬糖的心里。

凤梨第四次来看硬糖的时候，硬糖接到了王婷的电话，王婷在电话里哭得上气不接下气："我在丽江，我很难受，我想见你。"

硬糖挂了电话，陷入了纠结。而凤梨神秘的第六感发作，问了几句，便让硬糖和盘托出。凤梨当即打开手机，替硬糖买了票："想去就去吧。"

硬糖心里一紧。

到了丽江，见了王婷，王婷没怎么变，在硬糖眼里，她还是个小女孩。

王婷失了恋，受了伤，缓不过来，来丽江散心，大概是看到情侣遍地，触景生情，不合时宜地想起了硬糖。

当天晚上，王婷喝了很多酒，说了这一年自己的遭遇，声泪俱下。

硬糖把不省人事的王婷送回酒店，王婷全身发烫地缠着硬糖的脖子，给了硬糖一系列劈头盖脸的吻。

硬糖多年的思念被引爆，就像是沉默许久的活火山，很快到了喷发的边缘。

但在最后一刻，他莫名地想起了凤梨经过42小时3分钟火车、2小时汽车奔波之后，憔悴而又带着微笑的脸。

他瞬间冷静了，重新开了一间房，躺在床上，一夜无眠。

"真奇怪啊，自己日思夜想的人就在隔壁，而此刻，我却思念着另外一个人。"

结束了丽江之行，硬糖送王婷去火车站，王婷给了硬糖一个拥抱，依旧没有结果。硬糖明白，对王婷来说，这一次见面只是一次度假。

这让他心碎，但心好像又没那么疼了。

王婷走后，硬糖买了回程的车票，在人流汹涌的检票口，远远地看见穿着一身红衣服的凤梨跳起来喊他。两个人错开人流，冲向对方，来了一个如同彗星相撞的拥抱。

凤梨告诉硬糖："鬼使神差地，我就想跟着你来丽江，但又不想让你觉得我跟踪你，我只能在火车站的检票口等，原本以为要等很久，没想到只等了四天。"

硬糖百感交集，抱了凤梨，凤梨说："我这几天都吃不下饭，见到你突然就饿了，想吃火车站味儿的泡面。"

此后的日子，凤梨继续奔波在铁路上，去看望硬糖，给硬糖带特产、带吃的，更重要的是带思念。

家里人终于还是知道了，激烈反对，跟凤梨拍了桌子。

凤梨跳上了桌子，情绪少有地失控："这是我一辈子的幸福，谁拦我谁就是把我往火坑里推！我除了敢爱，没有别的本事。我告诉你们，我这么玩命，一定能赢！"

从此，家人再没有提过反对意见，只能保留着不支持也不反对的态度。

两年之后，硬糖支教结束，考了一次公务员，虽说两年的支教经历能让硬糖的成绩加十分，但硬糖并不擅长答题，还是落败。

硬糖多少有些消沉，凤梨就把硬糖生拉硬拽地叫到了济南，让硬糖住进自己早就租好的房子里。

硬糖看着已经颇具规模的一室一厅，呆呆地说不出话。

凤梨说："你别怕，我们分床睡。"

硬糖忍不住笑出声来，凤梨也跟着笑。不知道怎么了，两个人越笑越大声，笑得东倒西歪，瘫软在地上，眼泪都流了出来。

硬糖同时做了几份工作，一个信念支撑着他，要努力赚钱。

终于，他觉得时机成熟，向凤梨求婚了。

凤梨松了一口气："我终于等到这一天了。"

为了能给凤梨一个记忆深刻的婚礼,硬糖绞尽脑汁。单单是为了符合凤梨家里的风俗,硬糖就如临大敌,婚礼宾客的座次表,硬糖动用了 excel 表格。

婚礼前一天晚上,硬糖叫上我们几个朋友,把新娘到新郎家里一路上所有的井盖都贴上红纸,一直贴到凌晨四点,贴了整整一宿。我们精疲力竭,为什么马路上要有那么多井盖,造孽啊。

婚礼现场,最显眼的就是裱起来的密密麻麻的火车票,烟台到乌鲁木齐,K 字打头的火车,42 小时 3 分钟,见证着这么多年以来两个人的点滴,像一封又一封的情书。

硬糖用力地亲了凤梨,我们都努力地鼓起掌来。

今年,硬糖的女儿出生,我们都在微信群里发红包祝贺,过了很久,王婷也发了一个红包,红包说明是:"祝你幸福,由衷的。"

硬糖抢了红包,又发了一张女儿的照片,女儿笑得春风化雨。

你我都生活在平凡里,有时候得不到,有时候舍不得。

爱情里悲欢离合难免,有人被击垮了,有人妥协将就了,世俗生活开始给爱情设定考量标准,有没有钱,有没有房,舒服不舒服,容易不容易。

谁说爱情就一定是一件容易的事?

爱不爱,敢不敢爱,是我们在一段感情里,唯一要回答的问题。

希望你我都做个敢爱的人,不辜负年轻,不辜负爱情,互为奖赏,奖赏我们为了心爱的人疯狂一把的机会。

互为救赎,救赎我们于乏善可陈而又平淡无奇的生活之中。

我,先爱为敬。

喝醉了才敢想起来的前女友

每一个在我们生命中留下印记或者伤痕的人，
始终都在回忆里鼓舞着我们、
激励着我们。

我们最常聚会的地方，是在芥末和辣椒的火锅店。

身边每个朋友最私密的八卦，我们都是在这里知道的。

今天的故事，来自高扬，具体地说，是来自高扬的前女友梁纯。

高扬第一次见到梁纯是在一个深夜。

保险理赔员高扬终于从尖酸女客户那里逃出来，已经深夜十二点了。

高扬累得要死，径直走向自己的帕萨特，结果惊讶地发现，一辆红色甲壳虫横在帕萨特屁股后面，把帕萨特死死地堵在停车位里。

高扬愣在原地，看着红色甲壳虫发呆。

小区里，黑黢黢一片，高扬好不容易叫醒了传达室的保安，保安哈欠连天，一脸不爽："10号楼二单元202。"

高扬按响了202的门铃。

门砰地打开，散着头发、穿着睡衣、光着脚、叼着牙刷的梁纯站在门口，冷冷地盯着高扬，不说话。

高扬有些心虚："你是7306的车主吗？"

梁纯一脸不爽："是啊，怎么了？"

说话的时候，牙膏沫喷了高扬一脸。

高扬抹了一把脸，尽可能地温和："麻烦你把车挪一挪，挡住我的车了。"

梁纯冷笑一声："谁让你的车占我车位的？"

高扬连忙解释："我不是故意的。我原本打算马上就走的。"

梁纯"喊"了一声："那今儿晚上就在这儿待着吧。"
高扬还要说话，梁纯砰地把门关了。
高扬也火了，砰砰砰地把门砸得震天响，大喊："提前更年期吧你！"
门再打开的时候，梁纯一个侧踢，高扬直着飞了出去。

凌晨两点，在警察叔叔的调解下，鼻子一直在流血的高扬终于把车开了出来。
高扬挂挡准备离开，梁纯敲了敲高扬的车窗玻璃。
高扬一脸不耐烦地摇下车窗："还想干吗？"
梁纯说："你没让我赔钱，算你仗义，我请你撸串儿吧。"
高扬刚要说不，梁纯指着他："你要是男人就大度一点。"

马路边的烧烤摊上，梁纯对着老板喊："来两箱啤酒。"
高扬愣愣地看着老板一前一后放下两箱啤酒。
梁纯递给高扬一瓶："来吧，愣着干啥？"
两个人碰了瓶，高扬喝了两口放下，梁纯还在咕嘟咕嘟地对瓶吹，在高扬的注视下，喝了个底朝天。
梁纯擦了擦嘴角，一脸豪气："对不住啊，哥们儿，我失恋了，心情不好。先干为敬，给你赔罪了。"
高扬觉得好笑："你练过吧？"
梁纯说："我从小就有这么一个特别无公害的名字，只是听名字，大家都会以为我是个乖巧可人的小女生。但是其实吧，我是一条汉子。"
高扬补充："看得出来。"
梁纯说："我十岁就开始练跆拳道，十二岁的时候下劈就能劈开木板。十三岁，一个跳踢踢中了教练的睾丸，教练住院一个礼拜。"
高扬下意识地夹了夹腿。
"你前男友不会是被你打跑的吧？"
高扬话说出口，就后悔了。
梁纯酒酣耳热，一脸无所谓："他说跟我在一起的时候，感觉自己才是女孩。"

高扬努力忍住没有笑出来。

高扬和梁纯正式"建交"。

两个人都受够了北京近乎瘫痪的交通，周末就一起开车去京郊，相约将来有空了一起自驾游。

高扬跟梁纯倾诉自己卖保险卖出来的强大心理承受能力，梁纯就教高扬踢两脚跆拳道里的标准姿势，讲述自己那个用心经营了三年的整蛊淘宝店。

梁纯的淘宝店里有各种稀奇古怪的玩意儿，如会动的假牙、能喷出芥末的电动牙刷等。

整蛊淘宝店以想象力丰富和老板看心情看脸卖东西而闻名，积累了两个金冠。

高扬做了太久的单身狗，认识梁纯之后，就像是狗狗找到了疼爱它的主人。

梁纯刚刚结束了一段为期三个月的恋情，正准备重新开始。

两个人好上只是时间问题。

梁纯生日那天，请高扬去她家庆祝生日，两个人说起当初的第一次相遇，以及高扬被梁纯一个侧踢踢飞的惨痛经历，哈哈大笑。

梁纯把自己珍藏的酒都拿出来了，两个人从啤酒喝到白酒，又从白酒喝到红酒，最后以洋酒收场。

两人都喝多了。

高扬捧着梁纯的脚，非要给梁纯相面，说是能从脚心的纹路里看出命运。

梁纯被高扬的呼吸吹得脚心直痒痒，挣扎着要躲，打闹着就摔在了一起。

高扬压抑良久的热情急于找到出口，正准备酣畅淋漓地大战一场，梁纯一个翻身，就把高扬死死地压在了身下，扯着高扬的领子带着他飞上了云端。

高扬后来说："那个晚上，我打心眼儿里高兴。"

梁纯拉着高扬的手,趾高气扬地走在马路上,情到浓时,不管人多人少,梁纯都会不管不顾地给高扬一个响亮的吻。

高扬的脖子上,长年累月盖着梁纯嘴唇的印记。

高扬试图反抗:"这样影响不好,能不能亲看不见的地方?"

梁纯冷笑:"我必须给你盖个章啊,时刻提醒你,你是我的,谁都别想抢走。"

经过了轰轰烈烈的热恋期,两个人性格上的冲突越发激烈。

高扬不习惯梁纯的强势,终于明白了为什么梁纯的前男友觉得自己弱。

梁纯不愿意改变自己,她固执地认为,爱一个人就应该接受她的一切,不然就是不爱。

两个人在经过大大小小的争吵之后,终于受不了了。

最后一次争吵,发生在梁纯租住小区的院子里,话不投机,越吵越凶,高扬大骂:"你从生下来就更年期!"

梁纯也不废话,一个回旋踢,正中高扬左脸,高扬一声惨叫,跌落在地上。

高扬肿着脸,开着自己的帕萨特,扬长而去。

高扬在后视镜里看见梁纯跳起来大骂:"你给我滚!"

两个人几乎是同时在好友群里发语音,昭告天下,他们分手了。

开始我们都以为是两个家伙在秀恩爱,直到高扬发出自己被打肿了脸的照片,梁纯在两个人的合影上,用红色记号笔把高扬涂掉,我们才意识到事情的严重性。

在芥末和辣椒的火锅店里,我、四张、芥末、辣椒,七嘴八舌地努力调解。

芥末说:"梁纯打你那是爱你,她怎么不打别人呢?"

我拍着高扬的肩膀:"你也是的,你骂她什么不好,非得骂她更年期吗?"

高扬情绪激动:"我是个男人,整天被她打,我还要不要脸了?她打我，我是不是还得表现得感恩戴德？"

四张批评梁纯："你打人这个毛病就不能改改？"

最终，调解失败，高扬和梁纯在火锅店里吵起来，梁纯掀了桌子，扬长而去。

分手之后，高扬宣布和梁纯老死不相往来，梁纯表示："我宁愿剁下左手插自己的鼻孔也不再和高扬和好。"

高扬的同事吴蝉，在高扬的空窗期出现，两个人迅速打得火热。

吴蝉和梁纯是两个完全相反的物种。

吴蝉基本上就等于梁纯的反义词，柔弱，风情，能激发男人的保护欲，懂得拿捏分寸，该接吻的时候绝对不以牵手代替。

高扬从来没有见过吴蝉卸妆后的样子，吴蝉只要出现在高扬面前，永远是妆容精致、小鸟依人。

高扬觉得这才是他想要的爱情。

两个人迅速成为一对，吴蝉也占据了高扬的副驾驶座。

我们不敢把这件事告诉梁纯。

高扬带着吴蝉来芥末辣椒火锅店找我们聚餐。

高扬搂着吴蝉，有点炫耀。

吴蝉小鸟依人，对谁都礼貌。

我们都祈祷梁纯不要来。

墨菲定律还是发挥了作用，梁纯像是受到心灵感应一样，出现在了火锅店里。

我们都担心梁纯会动手，但是梁纯加入我们，嘻嘻哈哈地吃火锅、喝啤酒，全程没正眼看高扬和吴蝉。这反而让高扬很有挫败感。

高扬和吴蝉的感情没有持续很长时间。

吴蝉结识了常年混迹于三里屯酒吧的齐飞。

对比之下，吴蝉觉得高扬完全失去了气场，就主动跟高扬提出了分手。

高扬哪受过这种委屈,他想不明白,气呼呼地去三里屯的酒吧挨个儿找。
　　最后在一家酒吧找到了正在和齐飞喝酒的吴蝉。
　　高扬冲过去,拉着吴蝉就要走。
　　齐飞按住高扬的手,说:"兄弟,别不地道。交个朋友。"
　　说着就把一瓶洋酒拍在桌子上:"喝干净了,咱们就是朋友。"
　　吴蝉拉着齐飞的手:"算了,他不能喝,别难为他。"
　　齐飞瞪了吴蝉一眼,吴蝉只好闭嘴。
　　高扬借着失恋的后劲儿,也不废话,抄起酒瓶子咕咚咕咚地开始喝,一瓶子酒喝了一半人就摔到了桌子底下。

　　高扬再次醒来的时候,躺在路边,光着身子,身上写着"我贱"。
　　高扬想不明白吴蝉为什么这么残忍,痛苦万分,胡子也不刮了,白衬衫也不洗了,头发也不剃了,天天闷在家里打游戏、听情歌,泪流满面,晚上睡不着,爬起来在楼道里游荡,吓坏了邻居老大妈。
　　我们给高扬打电话,他却打死不接,无奈之下,只好求助梁纯。
　　梁纯听说之后,也没多说,开车杀到高扬家里,生拉硬扯地把高扬拖出来。
　　高扬挣扎着推开梁纯:"你干啥?"
　　梁纯不说话,拉着高扬上车。
　　高扬吼:"去哪儿啊?"
　　梁纯猛踩油门,车子飞驰而去。

　　甲壳虫停在三里屯外的马路上,高扬有些尴尬:"来这儿干啥?"
　　梁纯不说话,盯着路口。
　　一辆敞篷的跑车慢慢开出来,齐飞搂着吴蝉在跑车里,音乐放得很大声。
　　高扬气得脸色发青。
　　梁纯猛踩油门,车子直冲过去,高扬还没有反应过来,梁纯追上齐飞的跑车,把一团东西丢进跑车里。

甲壳虫远去,高扬讶异地回头,跑车猛地停下,里面刺啦啦地炸出烟花,吴蝉惨叫,乱成一团。

甲壳虫行驶在马路上,高扬惊魂未定:"他们的车不会炸掉吧?"
梁纯冷笑:"冷焰火,炸不了。"
高扬松了一口气,梁纯补充:"我还附送了他们一盒大礼。"
高扬愣住。
跑车里,齐飞把冷焰火丢出去,松了一口气,随即一个盒子跌落在车上,盒子里一团蟑螂迅速爬满了车座……
惨叫声连连。

为了让高扬彻底从失恋的阴影里走出来,梁纯积极张罗朋友聚会,从上半夜的大排档一直聚到下半夜的路边烧烤摊,高扬喝高了,梁纯就连拉带扯地把高扬运回家。
在一次聚会上,高扬认识了梁纯好朋友的好朋友铃铛。
铃铛健谈,和高扬隔着好几个后脑勺就在饭桌上聊起来。
梁纯积极地给大家分着啤酒和烤串,好像根本没看见高扬和铃铛互留了微信。

一个礼拜之后,梁纯再约高扬出来聚餐,高扬推托说工作忙:"今天累了,改天吧,最近上火了,不想参加。"
直到有一次,梁纯去找高扬的时候,看到铃铛拎着一篮子菜走进了高扬家的楼道。
梁纯愣了一会儿,转过身走了。
在高扬和铃铛热恋的日子里,梁纯的跆拳道练到了黑带四段,已经跻身高手行列。
很长时间里,除了在朋友圈互相点赞,梁纯没有主动联系过高扬。
直到有一天,梁纯不知道哪根筋搭错了,找好朋友要了铃铛的微信,加上之后,点开朋友圈,才发现里面密密麻麻的都是铃铛和高扬恩爱的照片。

梁纯沉默了好一会儿,又翻了翻高扬的朋友圈、微博,并没有任何秀恩爱的内容。

梁纯笑了笑,心里不知道是该感激高扬,还是心疼自己。

高扬准备在燕郊买房子,除了双方父母的资助,还缺一笔钱。

想来想去,高扬决定把自己的帕萨特卖了,让我们几个好朋友帮着联系买家。

二手车不好卖,折腾了好长时间,才找到一个不还价的买家。

最终,那辆见证了高扬和梁纯相遇的二手帕萨特以二十五万的不合理价格成交。

一个戴眼镜的中年人来提车的时候,高扬又想起了那天第一次遇到梁纯的情景。

高扬终于付了首付,和铃铛很快举行了婚礼。

婚礼上,梁纯没有出现。

作为高扬的好朋友,我们看到他有妻有房,也只能祝福,感叹人生无常,我们都看好的一对没能在一起。

梁纯很长时间都没有出现在芥末辣椒火锅店的聚会上。

在高扬和铃铛面前,我们也很少提及梁纯。

今年铃铛怀孕了,高扬眼看着就要当爹,考虑到燕郊的房子离预约的医院实在太远,夫妻俩就在高扬原来租住的地方租了一间房。

铃铛的预产期提前到来,高扬慌了神,到处打不到车,情急之下,拿出手机叫车,几分钟后,车赶到。

高扬扶着铃铛上车。

车子疾驰在马路上。

高扬猛地发现,一切都很熟悉,抬起头,看着后视镜里的女司机,不是别人,竟然是梁纯。

而这辆车,就是自己当初卖掉的那辆帕萨特。

铃铛在高扬怀里呻吟,高扬看着梁纯的背影,说不出话。

车子疾驰,梁纯全程都没有回头。

到了医院，高扬扶着铃铛下车，急急忙忙地往医院里冲，再回过头的时候，梁纯已经开着那辆帕萨特掉头，车子远远地开走了，不一会儿，就汇入滚滚车流之中。

后来我们才知道，以不合理价格买下那辆二手帕萨特的人是梁纯。

没有人知道她心里在想什么。

高扬发了福，说话声音还是很低沉，在每一个喝多了的朋友聚会上，他总是会说起自己的前女友，暴力、善良，来得猝不及防，走得悄无声息。

高扬说："被梁纯踹过的地方，发光，发烫，提醒自己，要好好爱一个人。"

高扬接着感慨："也许每个人都有一个总在喝醉了之后才敢想起来的前女友吧。"

总有那么一个人，给了我们美好青春，而我们却只能给她愧疚。

在生命中的某个午后，你再一次遇见她，除了微笑，你又能对她说什么呢？

辑 三

你是岁月酿成的酒

你是青春的开始和尽头

你是最好的情人

最坏的朋友

最深邃的孤独

最广阔的自由

开锁的人

直到遇上那个命中注定的，
为你我开锁的人。
他会用他独有的方式，
打开那把我们都以为再也开不了的锁——
咔嚓。

    朋友们都知道，我是个讲故事的人。
    所以，他们很乐于把自己的故事讲给我听，因为故事有一些奇怪的功能：忘记、想起、疗伤，怀念过去，反思自己，打开心锁。
    今天这个故事，主人公是个女孩。
    我们都叫她二两。

    2010年的冬天，上海，北方人无法理解的湿冷，侵入骨髓。
    寒风中，二两衣衫褴褛，短头发零乱，睫毛膏化成一团黏在脸上，抽泣着，艰难地走在马路上。
    前面的路很黑，后面的路也很黑，二两像一束跌落到黑洞里的光，辨不清方向。
    二两走出两步，高跟鞋鞋跟折断，摔倒在地上，悲从中来，二两再也无法控制自己，脸贴在马路上，号啕大哭。
    一条流浪狗，瘸着腿，鬼使神差地在二两身边停下来，趴在潮湿的马路上，吐着舌头。
    二两看着眼前那条流浪狗，就好像在照镜子。

    两个小时之前。
    二两经历了二十多年平顺人生中最大的变故。

二两和相恋两年的男朋友木头，毕业之后来到上海。

来上海工作是木头的主意，素来没什么主见的二两，稀里糊涂地跟来了。

到了上海，租房子，为了省下中介费，两个人就在网上找房源。

他们很快就在田林附近找到了一处房子，两室一厅，房间很狭小，隔壁住着一个女孩，很合意。

经过一番收拾，倒也挺温馨。

隔壁住的女孩叫雯子，亲切友好，干净利落，很好相处。二两打量着自己和木头的小窝，心里开出花来，新生活就要开始了吧。

两个女孩很快就熟识了。

偶尔也一起做饭，就在客厅里一边看电视一边吃，三个人嘻嘻哈哈一阵，各自回房睡觉，日子安稳。

二两和木头各自忙于自己的工作。

毕业生初到上海，一方面觉得繁花似锦；一方面又有些失落，繁华毕竟离自己遥远。每天两个小时在路上，八个小时在格子间，二两每个周末还要值班一天。工资不高，仅仅够每个月的支出，少有存款。

生活单调，小窝成为二两最好的慰藉。

女人就这样，有了男人有了家，就忘了辛苦。

晚上，二两和木头亲热的时候，二两努力压低声音，生怕吵到隔壁的雯子。

雯子也常常打趣："都听不见你的声音，你跟木头每周几次啊？"

二两就害羞地笑，不肯说。

二两有时候偷偷问木头："哎，你觉得我和雯子谁好看？"

木头调皮："当然你好看。"

两个人有时候也开玩笑，二两说："你可不许背着我勾搭雯子。"

木头不以为意："我有贼心也没贼胆啊，就算有贼胆，也没空间啊。"

二两就笑着打木头。

某日，二两在收拾床铺的时候，发现了几根长头发粘在枕头上，二两心里没来由地一慌,想起雯子的满头长发。

但她随即安慰自己,兴许是不小心粘上的,毕竟住在一起,有接触也难免。

二两生怕木头说自己猜忌,这件事就没跟木头提。

直到几天之后,二两在自己的房间找到了雯子的粉色干发帽。

二两看着干发帽,久久不能平静。

只有洗过头洗过澡才会用干发帽,洗过澡之后的雯子为什么会出现在自己房间里?

二两被这个推理吓得浑身发抖,不愿意相信。

二两留了个心眼。周六一大早,木头还在熟睡,二两起床,照例给木头准备好早餐,然后跟熟睡中的木头打了个招呼:"我去公司值班了。早饭在锅里,记得吃。"

二两看了熟睡的男朋友一眼,出门,又看看雯子的房间,房门紧闭。

二两在楼下转了两圈,上楼,开门。

客厅里,雯子房间的门虚掩着,而二两和木头房间的门洞开。

二两艰难地移动着步子,走进去。

在二两和木头的床上,在二两亲自铺好的蓝色床单上,木头和雯子正在缠绵。

这一幕过于超现实,以至于二两觉得自己是在做梦,直到自己发狂的哭声提醒自己:二两,这不是梦。

二两抄起小窝建立之初,在花鸟市场买的仙人掌,当成炸弹,砸了过去。

歪了,没中。

木头和雯子都躲开了。

木头慌乱地提着自己的裤子,呆呆地看着冲过来的二两,傻了。

二两和雯子撕扯在一起,平日里娇小的二两此刻爆发出与体形不相称的力量,雯子毫无招架之力。

直到木头的大脑终于重启成功,拉开二两,把二两推倒在地上。

二两双眼都充着血,倒在地上,大声喘息。

雯子眼角流着血,面无表情。

三个人都沉默了。

二两冲出去的时候,不想回头看,心里却期待着木头追出来,跪在自己面前,痛哭流涕,说:"我错了,我再也不敢了。"

但是身后追过来的只有冷风。

二两第一次体会到,什么叫绝望。

更可悲的是,二两脑海中不断还原那些她没有见到的细节。

三个人住在一起,木头和雯子背着自己眉来眼去,甚至有肢体接触,而自己却像个傻子似的蒙在鼓里。

可笑,可悲。

几天之后,二两和木头分手,一个人拖着一个比她还大的箱子,离开了那个小窝。

具体地说,是二两让出了小窝。

木头没有送她,二两安慰自己,也许是他没有脸送。

但二两后来才知道,木头没有送她,是急切地带着雯子去看眼角,怕有后遗症。

二两觉得自己真可怜。

从那天开始,二两就开始了一个人在上海的生活。

她在更偏远的地方租了一间狭窄的房子,房东把一个三居室分隔成几间,大家虽然住在同一空间,但彼此很少说话,几乎从不往来。

二两把那天遇到的流浪狗带回家,给它洗了澡,打了疫苗,取了个名字,叫春天。

二两说:"这件事最大的后遗症就是,我心里的一把锁锁上了,钥匙扔了,锁孔焊死了。"

二两说:"这应该是一种动物自我保护的应激反应,避免因为过大的痛苦而崩溃,就好像壁虎断尾,龙虾折断自己的钳子。"

二两常常摸着春天的头说:"春天啊春天,以后在上海,就我和你相依为命了。我就当你是我的男朋友了,你不会背叛我的对吧?"

春天享受着主人的抚摸,吐着舌头。

二两拼命工作，企图用工作麻痹自己。

一个晚上，二两把邮件发出去，已经是晚上十点了。

二两回头看看空空荡荡的办公室，有些害怕。

她匆忙收拾东西，一转头，撞在一个人身上。

二两吓得心跳都漏了一拍，尖叫一声，仔细一看才发现是公司的同事糖球。

两个人业务上几乎没有往来，虽然在同一个公司，但很少交流。

糖球很抱歉地看着二两："对不起，吓到你了。"

二两惊魂未定。

糖球接着说："我也刚加完班，要不一起走吧。"

二两出于礼貌，只能点点头。

两个人走进地铁口，糖球问："你几号线？"

二两说："1号线。"

糖球有些惊喜："我也是1号线，你到哪儿？"

二两说："莲花路。"

糖球笑了："太巧了吧！我也到莲花路，我们顺路。"

二两没有出声。

两个人就默默地上了地铁，车厢里人不多，两个人话都少，大部分时间都在沉默。

出了地铁站，糖球说："这么晚了，我送你到楼下吧。"

二两本想拒绝，但抬头看了看前面黑压压的马路，忍住了。

糖球送二两到了楼下，主动开口："这么晚了，早点回去休息吧。"

二两"嗯"了一声，说："谢谢。"

糖球憨笑："不用谢，我也住附近，以后可以一起回家。"

二两笑笑，两人告别。

糖球看着二两上楼，然后才默默离去。

二两上了楼，用钥匙开了锁，却怎么也拽不开防盗门，门闩似乎卡住了。

二两努力了半天,满头大汗,防盗门却纹丝不动,春天憋了一天,在房间里狂叫。

二两看看周围大门紧锁的其他住户,犹豫了半天,拿出手机,翻了半天才找到号码,拨通了糖球的电话。

十分钟后,糖球赶来,费了半天劲,成功地拽开了门。

春天扑上来,糖球吓得一直往后退,直到二两喝止,春天才乖乖地蹭着二两的裤子。

二两有些不好意思,蹲下来摸着春天的头给糖球介绍:"这是我男朋友,叫春天。"

糖球笑了,但还是很配合地蹲下来,觍着脸对春天说:"春天你好,幸会幸会。"

春天对着他龇牙。

糖球傻笑。

二两说:"进来喝点水吧。"

糖球一愣,隔着二两往里看了看,随即双手乱摇:"不了不了,太晚了。"

糖球转身就要走,突然停住,回过头:"要是再打不开门,随时喊我。"

二两一阵感激,点点头,就看着糖球风驰电掣地走了。

二两找人来修防盗门,得到的回答是,防盗门太老了,没法修,除非换一个新的。

二两找了房东,房东说:"好好好,给你换。"

但过后再也没有动静。

二两无奈,不得不每次都麻烦糖球。

糖球每次来,帮二两拽开门,和春天打个招呼,然后转身就走,从来不肯进去喝水。

时间一长,二两很不好意思,提出要请糖球来家里吃饭,二两亲自下厨。

糖球这次没拒绝,两个人约好了时间。

二两打开门的时候,惊呆了。

糖球带着大包小包,有炖锅、有芹菜、有山药、有大棒骨,还有各种稀奇古怪的调料和药材,像是刚刚打劫过超市。

二两惊疑不定:"你这是干吗?"

糖球憨笑:"我没跟你说过吗?我爸是厨师。今天,我来下厨,东西我都带来了。"

二两下巴掉在地上。

春天趴在地上呼呼大睡。

厨房里,二两碍手碍脚,呆呆地看着糖球择菜、切菜、砸碎大棒骨,动作熟练,有条不紊。

一个多小时以后,菜就摆上桌了。

春天被香气惊醒,跳起来,没出息地绕着糖球转,糖球就丢给春天一块骨头,春天欢天喜地地去享受了。

二两看着一桌子丰盛的菜肴,好久没缓过神来。

糖球憨笑:"我喜欢做饭,但我妈不让我学,说做菜没出息。平常在上海,我自己一个人,也都糊弄糊弄就过去了。今天我可是过了瘾了,快尝尝。"

糖球小心翼翼地给二两盛汤,忐忑地看着二两喝下去,直到二两竖起大拇指,糖球才憨憨地笑了,松了一口气:"好久没做了,不难吃就好。"

二两赞扬:"好吃!"

糖球满足地笑了,露出一口白牙。

二两吃了这么长时间以来最丰盛的一顿饭,几乎都要热泪盈眶了。

糖球吃得吭哧吭哧,喝完最后一碗汤,满足地揉着肚子:"我爸常说,饭要抢着吃,一点没错,两个人吃饭就是香。"

二两笑了,离开木头之后,她第一次笑得这么开心。

吃完饭,糖球不让二两进厨房,自己欢快地洗碗,边洗边对二两说:"要是可以的话,这些锅碗瓢盆还有调料,就留在你这儿,每周我都来做一顿饭。你看成吗?"

二两犹豫了一会儿。

春天及时地汪汪叫了几声,似乎是替二两回答。

糖球有些忐忑,连忙补充:"我主要是想自己吃得好点。要是不方便……"

二两连忙说:"方便,有什么不方便的,热烈欢迎啊。"

糖球开心地笑了。

洗完碗,糖球进进出出、上上下下地忙碌,给二两的客厅换了一个更加明亮的节能灯,换下煤气灶上年代久远的软管,刮掉了油烟机上的陈年老垢,把厕所地漏里横尸遍野的头发清理干净。

二两看着糖球忙碌,更加不好意思,差点儿就产生了自己雇了一个钟点工的幻觉。

二两给糖球端水,糖球咕噜咕噜喝完,说:"改天我带个煤气报警器,安在厨房里,以防万一。"

二两感激地看着糖球:"辛苦你了。"

糖球摆摆手:"我天生乐于助人,不助人我浑身不得劲。"

二两觉得糖球好可爱。

春天吃多了,又睡了过去。

以后的日子里,二两家里被糖球收拾得井井有条、焕然一新。

每个周末,糖球都会带好食材,来二两家里做饭,两个人边吃边聊,一顿饭能吃上两个小时。

两个月内,二两胖了五斤,不敢直视体重秤。

这也是二两和木头分手之后,第一次体重回升。

春天也胖得圆嘟嘟的,完全忘了自己才是二两的男朋友,毫无节操地和糖球打成一片。

糖球告诉二两,其实当初她一进公司,他就注意到她了,就想着找机会给她做饭。

二两呆住。

糖球说:"我爸说,每个男人都会遇上一个想要给她做饭的女人。"

二两有些害羞,但还是忍不住笑了。

二两把自己和木头的事情告诉糖球,糖球听了,沉默不语,只是说:"我再给你盛一碗汤。"然后看着二两把汤喝下去。

两个人性格都有些内敛。

加上二两心伤未愈,所以他们的关系并没有实质性进展。倒是春天和糖球,俨然已经成为好朋友,春天跑出去玩,糖球就屁颠屁颠地跟着,不知道是糖球在遛春天,还是春天在遛糖球。

好在糖球也不着急,还是一如既往。下班和二两一起回家,帮她打开那扇紧闭的防盗门,每周末去二两家里做饭,寻宝一样找寻二两家里什么出问题了,一旦发现问题,糖球如获至宝,兴高采烈地修好,跟二两邀功。

一个周末,两个人和一条狗正在吃饭。

二两的电话急促地响起。

二两看了看号码,愣了半天,有些惊慌失措,站起来去旁边接。

糖球看着二两的背影,默默地放下了碗筷。

二两挂了电话,有些开不了口地对糖球说:"我……我有点事,要出去一趟。"

糖球点点头:"要不要我送你?"

二两愣了一会儿,说:"木头生病了,说很严重,一个人在家里,没人照顾。"

糖球愣了一会儿,起身:"我送你。"

糖球把二两送到二两曾发誓一辈子都不会再回来的公寓。

糖球说:"我在楼下等你。"

二两点点头,上了楼。

公寓里陈设没变,但脏兮兮的,显然是很久没有打扫过了。

二两进去的时候,雯子的房门被推开,一个男人走出来,丢垃圾,看了二两一眼,也没打招呼。

二两犹豫着进了木头的房间,看到木头躺在床上呻吟,房间里乱七八糟,地上满是垃圾。

木头神志不清，嘴里不知道念叨着什么，二两摸了摸木头的额头，滚烫，再看看木头胳膊上，一道口子流着血。

二两吓坏了，哆哆嗦嗦地打电话给糖球："糖球！"

糖球背着木头狂奔，二两紧紧地跟在身后。

病房外，二两吓得魂不守舍。

糖球安慰："没事，没事。"

木头两天之后才退烧，糖球陪着二两，充当木头的护工。

晚上，二两要求陪床，糖球不许，第一次跟二两发了脾气。

二两无奈，只好回去照顾春天。

糖球陪着木头，给木头倒尿壶、翻身。

同病房的病友都以为糖球是木头他哥，连连称赞兄弟俩感情好。

木头醒过来，二两去病房里看木头，木头看清楚是二两，抱着二两，号啕大哭。

从木头断断续续的描述中，二两知道了在自己走后，木头经历的一切。

雯子以做生意为由，骗了木头所有的存款。

这还不算，雯子还撺掇木头借了一笔贷款，放进自己的账户，最后连人带钱消失了。

木头多次追讨，结果被雯子找来的人修理，前后三次打到骨折。

追债的人找来，木头能躲就躲，躲不了就挨一顿揍。

雯子临走的时候，把自己的房子转租给一个大汉，大汉没事就欺负木头，木头敢怒不敢言，渐渐丧失了信心。

木头强烈地思念二两，但是没有脸给二两打电话，直到自己割脉自杀未遂，发烧，才迷迷糊糊地打给了二两。

木头跪在地上，抱着二两，请求二两的原谅，希望二两再给自己一次机会。

二两没有说话，默默地给木头切了一个水果，抬起头来的时候已经泪流满面。

病房外,糖球拎着一个保温杯,透过玻璃看着,然后把保温杯放在门口,自己走远了。

二两出来的时候,看着地上的保温杯,叹气。

二两把糖球介绍给木头,说:"这段时间都是他熬夜照顾你。"
木头感激地对糖球说:"谢谢。"
糖球不屑一顾,说:"你不用谢我,我是帮二两。"
木头汗颜。
二两感激地看着糖球。

二两来接木头出院。
糖球姗姗来迟,鼻青脸肿。
二两呆住:"你脸上怎么了?"
糖球满不在乎地摆摆手:"没事,练拳练的。"
两个人把木头送到住处,开门的大汉鼻青脸肿,看到木头,连声套近乎:"哎呀大哥,回来了?伤没事了吧?快进屋。"
木头受宠若惊。
二两不可思议地看着糖球,糖球装作若无其事。
二两进进出出地给木头打扫卫生。
公寓终于焕然一新。
二两下去丢垃圾,去超市买菜,准备做饭,回来的时候发现糖球不见了。

二两一慌,问木头:"糖球呢?"
木头说:"他……他刚走了。"
二两拿着拖把,呆住。
木头拿出一沓钱,说:"这是他留下的,让我还钱,还要走了我的卡号,他还说……"
二两急了,几乎是喊出来:"他还说什么?"
木头拿出一张纸:"他还说,要是我还是个男人,就好好疼你。否则,他打断我的腿,让我全身骨折,包括前列腺。他说,你喜欢吃长在地里的东西,山药、土豆、笋。他还说,你不爱吃胡萝卜,但是你缺乏胡萝卜素,要监督你吃。你痛经是因为宫寒,应该多喝点汤补一补,没有汤,泡党参片也行……说了好多,我记不住,只能做笔记……"

二两听着听着泣不成声,顾不上还在复述的木头,夺门而出。

二两打车冲回莲花路的小区,却猛然发现,自己并不知道糖球具体住哪儿。

二两打电话给糖球,电话里传来忙音。

二两急坏了,冲回公司,抓住人就问:"你知道糖球住哪儿吗?"

一个同事被二两的反常吓到:"他……他住浦东啊。"

二两呆住:"他……他不是住莲花路吗?"

同事不明所以:"他一直住浦东啊,他亲戚的房子,每天往返要两个多小时,我们都叫他候鸟。"

二两呆住了,糖球不是说,他和自己顺路,住在自己家附近吗?

二两默默地换算从糖球在浦东的地址到自己家的距离——如果地铁不停运的话,全程要两个半小时,如果地铁停运了,时间更长。

二两的眼泪止不住了,也就是说,糖球每天送自己回家,帮自己开门,然后再花两个半小时赶回住处。不是一天,是每天。

二两发狂地在路上狂奔,好不容易打上车,直奔浦东。

出租车上,二两泪流满面。

司机看着后视镜里的二两,连声安慰:"别哭啊,小姑娘,失恋了?侬吃饭了哇?"

二两终于找到糖球的住处,疯狂地砸门。

糖球打开门,看着一脸泪痕气喘吁吁的二两,呆住。

二两一把抱住糖球,狠狠地在他肩膀上咬了一口,糖球疼得叫出来。

二两泣不成声:"你干吗!你为什么要骗我你住在我附近啊?"

糖球有些心虚:"我……我想多跟你待一会儿。"

二两哭得更伤心:"那你为什么不跟我说你喜欢我?"

/115

糖球脸色通红："我说了你就是那个我想要给你做饭的女人，可你没什么反应。我以为你忘不了木头。"

二两哭得更狠，说不出话。

糖球接着说："这世上就只有一个你，再也没有第二个，我就想让你高兴。你高兴我就高兴。"

二两抱住糖球，又狠狠地咬了他一口，说："现在我才高兴呢！"

糖球愣住。

二两又是哭，又是笑，她仿佛听见咔嚓一声，自己心里那把丢了钥匙、锁眼焊死的锁，被打开了。

我们都会经历一些波折和打击。

让人痛彻心扉，无力前行或失去勇气，不再相信，负能量爆棚。

出于自我保护的应激反应，我们会把心里的一把锁锁上，钥匙丢掉，锁孔焊死，就好像壁虎断尾，龙虾折断自己的钳子。

这很正常。

不怕，因为这些都是暂时的。

在锁上这把锁的日子里，继续前行，直到遇上那个命中注定的，为你我开锁的人。

他会用他独有的方式，打开那把我们都以为再也开不了的锁——咔嚓。

配角传奇

林蔻说："性格不合就是不爱。"

今年七月,我去参加陈旭的婚礼。

陈旭在大学毕业之后的第四年,终于结婚了。

宿舍的兄弟们先后赶到。

新娘是谁,没有人知道。

陈旭坚持,要在婚礼上才肯揭开新娘的面纱,给我们一个惊喜。

陈旭能这么早结婚,我们都替他高兴。因为大家都担心他命犯天煞孤星,注定孤独终老。

大学的时候,陈旭很传奇。

他是我们学校建校史上唯一一个记得全系每一个女生生日的男人,也是唯一一个给全系每一个女生都送生日礼物的男人。

为了给女生准备生日礼物,陈旭一日三餐豆腐乳拌饭,浑身上下每一个毛孔都散发着豆腐乳的味道。

陈旭对女生大方起来,就好像自己是个挥金如土的富二代。

但是对自己,陈旭抠门得像葛朗台。

陈旭的毛巾实在用得太久,看起来像是古董,挂在阳台上,硬得风吹不起来;泡在水里,很久都软不下来。

这条传奇的毛巾能把一盆清水变成墨汁,只要拿支钢笔灌进去,下笔如有神。

陈旭对女生的好,已经到了令人发指的地步。

系里有个女生跟异地的男朋友在电话里拌嘴吵架,闹分手,男朋友一气之下挂了电话。

女孩急了，打算千里夜奔，连夜坐船去跟男朋友和好，但是自己又害怕。

于是就找到了陈旭。

陈旭当即就和女生上了船。

六个小时之后，船靠岸，天色已经蒙蒙亮。

女生和男朋友找了一家旅馆，充分证明了异地恋的很多误会见一面聊一聊就能完美解决。

陈旭自己一个人在街上跟一群流浪狗玩了一整天。

女生和男朋友缱绻结束，匆匆告别，陈旭又陪着女生连夜坐船赶回来。

陈旭操心每个人，希望能解决每个人的问题，他渴望自己被需要。别人对陈旭心存感激，就是陈旭获得满足的最好方式。

同时，陈旭也是我们的八卦杂志。

比如说，你想打听班里哪个男生又谈了恋爱、什么时候谈的、怎么谈的，陈旭都一清二楚。

没有人知道陈旭的信息来源，可能陈旭自己也不清楚，但他就是明白，他就是知道。

这是他的天赋。

陈旭知道自己坠入爱河的时候，吓了一跳。

他久久不能相信，自己爱上了一个女孩。

女孩的名字叫林蔻，身材高挑，笑起来雨雪霏霏，英语讲得好，婉转动听，有一股独特的清冷气质。

陈旭为了追林蔻，无所不用其极，秉承着"凡是林蔻喜欢的，我无条件喜欢"这一理念，陈旭成为我们整个学校最为著名的苦情男。

林蔻第一次见到大海，尤其钟爱贝壳和螃蟹，陈旭就天天去海边捡贝壳和螃蟹，整个渤海的贝壳和螃蟹都差点被陈旭捡绝种了。

在破坏生态平衡之前，林蔻又不喜欢螃蟹了，转而喜欢旁听各种稀奇古怪的选修课。

陈旭就买了一辆自行车，天天载着林蔻去周围的学校旁听选修课，分别上过医学院的麻醉药理、农业大学的无土栽培，还有师范大学的犯罪心理学。

陈旭骑自行车载着林蔻几乎逛遍了这个城市的所有角落。

林蔻享受着陈旭对她的好，但是她无法忍受陈旭对每个人都好。

林蔻希望独占陈旭，甚至让陈旭亲吻和拥抱，默许了陈旭对她做坏事的权利。

但是陈旭并没有停止对别的女生好，这是他的生活方式，根本停不下来。

林蔻很快就受不了了。

林蔻说："我凭什么要跟整个经管系的女生分享一个男人？"

林蔻开始跟陈旭闹，陈旭一开始有所收敛，但他无法压抑内心帮助别的女孩的冲动，在一次偷偷给数学课代表送生日礼物的时候，被林蔻逮了个正着。

陈旭一脸无辜。

林蔻一脸愤怒。

本来两个人就缺一场正式的告白，这下林蔻直接给陈旭下了宣判书："咱俩彻底完了。"

陈旭懵懵懂懂，很伤心，但是第二天，他还是忍着伤心，帮女生去南校的传达室取快递，并亲自送到了女生宿舍。

结果又被林蔻当场抓住。

林蔻彻底绝望了。

很快，林蔻喜欢上了一个体育生，两个人迅速坠入爱河。

陈旭仍旧秉承着"凡是林蔻喜欢的，我无条件喜欢"这一理念，很快就和体育生成了无话不谈的好朋友。

陈旭熟知林蔻的一切爱好和习惯，并且无条件地说给体育生听，体育生有时候会听得有些嫉妒，就开玩笑似的问陈旭："那你知道林蔻内裤的颜色吗？"

陈旭一下子愣住了，胸口像是被砸了一拳，闷闷的。

体育生说："你不知道吧？但我知道，粉色小碎花。"

陈旭脑海里想象着林蔻穿粉色小碎花内裤的样子，觉得很伤感。那可能是他这辈子都无缘得见的东西吧。

一次半夜，在海边，体育生和林蔻吵架了，林蔻情绪崩溃，说什么也不肯原谅体育生，站在海边不肯走。

体育生无奈之下，只好打电话给陈旭，说明了情况。

陈旭就像是林蔻的召唤兽一样，恨不得直接跳下楼，骑上自行车，就往海边狂奔。

陈旭气喘吁吁地赶到，体育生无奈地站在林蔻身后，林蔻正面对大海洒泪，好像要抬高整个海平面。

陈旭扔下自行车，走到林蔻身边，和她聊了一节课的时间，不断强调体育生的种种好处，林蔻的情绪终于平复下来。

陈旭走到体育生面前，对体育生说："这时候你要上去抱她，无论她怎么挣扎，都不要松手，就狠狠地、紧紧地抱住，像是快淹死的人抱紧一根木头。"

体育生恍然大悟，冲过去抱紧林蔻，林蔻果然开始挣扎。

陈旭就站在旁边看着，直到林蔻慢慢放弃了挣扎，瘫软在体育生怀里，捶打着体育生的肩膀。

陈旭脸上露出了复杂的笑容。

他骑上自行车，假装车后座上还坐着林蔻，飞驰在夜色中的马路上。

你喜欢的人不喜欢你，大概是世界上最残酷的刑罚吧。

我骂陈旭，这都是你自找的。

陈旭就傻笑。

林蔻用心读书，体育生用心玩耍。

一个想要把青春有限的日子精确到秒，另一个只想着挥霍过了这个村就没这个店的美好时光。

很快，林蔻和体育生分手了。

分手那天，林蔻约了陈旭到海边。

林蔻哭得双眼通红，陈旭骑着心爱的自行车风驰电掣地赶到，远远地就看到林蔻站在海边，看起来像是伤心欲绝，打算跳海。

陈旭二话不说，扔了自行车，像一条中华田园犬一样射出去，扑到林蔻身上，自己和林蔻一起摔进了海里。

陈旭手忙脚乱地把林蔻拉起来之后，林蔻动作利落地给了陈旭一个耳光："你想害死我？"

陈旭愣住："你不是要跳海吗？"

"你才跳海！"

陈旭松了一口气："不跳海就好，不跳海就好。"

两个人就坐在沙滩上吹海风。

陈旭怯怯地说："要不回去把湿衣服换了吧？"

林蔻不动，也不说话。

陈旭不敢再吱声，从口袋里掏出已经泡水的手机，看了看，心里想："这下需要我帮助的人都找不到我了。"

突然一只手伸过来，一把抢过手机。

陈旭呆呆地看着林蔻把自己的手机，哦，也就是他的全世界，扔进了茫茫大海。

林蔻抱着胳膊瑟瑟发抖。

陈旭想了想，站起来跑开。

林蔻也没动，看着大海，脸上带着漂亮女孩伤心之后独有的茫然。

五分钟后，陈旭抱着一大摞参考资料，气喘吁吁地跑回来。

林蔻不明所以地看着陈旭。

陈旭化身土拨鼠，很快在沙滩上挖了一个坑，把一摞书丢进去，又拿出打火机点着了。

陈旭对林蔻傻笑着："烤烤火，别着凉。"

一边说，一边撕着书，丢进火里。

林蔻觉得好笑："你从哪儿弄的？"

陈旭说："花了二十块钱，从学校收废品的老头那儿买的。"
两个人就像是祭祀祖先烧纸一样，靠在海边烤火。
两个人全身都冒着热气，又像是两个刚蒸熟的大馅儿包子。

陈旭还是没改掉爱帮助别人，尤其是帮助女人的毛病。
林蔻也无法忽略自己对男人的要求——专属。
两个人还是没在一起。
林蔻长得好看，自然不乏追求者。
每一次在确定关系之前，林蔻都会约陈旭一起去见那个男孩。
陈旭说："还不错。"
林蔻就跟男孩谈恋爱。
陈旭说："我觉得他是个流氓。"
林蔻就跟男孩说，我要好好学习，不谈恋爱。
一如既往地，陈旭会和每个跟林蔻谈恋爱的男孩成为好朋友，甚至相约去打篮球，替人家送快递，春游的时候跟在林蔻和她男朋友后面，规划路线，准备饭菜。
人家两个人亲热的时候，陈旭就远远躲开。

林蔻每次恋爱都很难超过三个月，所以林蔻定期分手，特别规律。
每一次分手，林蔻都要去海边，陈旭都要想办法生火，有一次差点把整个海岸线的可燃物都烧光。
那场大火引来了消防队，消防员把两人带回去进行了好一番思想教育，看他们认错态度良好，才放了人。
一路上，林蔻惊叹这神奇的经历，笑得上气不接下气。
陈旭目瞪口呆，浑身发抖，一整夜都没缓过劲来。
林蔻谈了几场恋爱，就有几次分手。
谈恋爱和分手成为林蔻的日常。
生火和安慰林蔻也成为陈旭的日常。
陈旭对经管系，甚至是八竿子打不着的土木工程系的女生都很好，但他没跟其中任何一个女生谈恋爱。

傻子都看得出来，他心里只有一个林蔻。

可他就是不表白。

他不表白，林蔻就跟别人谈恋爱。

我不知道陈旭是真傻，还是林蔻太倔强。

大学临近毕业，林蔻说要考公务员，可是自己复习怕不能持之以恒。

陈旭就说："那我跟你一起考。"

陈旭的功课烂得要命，为了考过英语四级，就去培训班学那种莫名其妙的课程，什么"三短一长选一长，三长一短选一短"。

陈旭回来之后，兴奋地跟大家叫嚣："第一，'game'在俚语里是淫荡的意思。第二，这次四级我一定能过。"

四级成绩下来，陈旭还是没过，他安慰自己，好歹学到了"game"在俚语里是淫荡的意思。

就这样一个学渣，要陪着学霸林蔻考公务员，你很难说他不是神经病。

在陪林蔻备考的日子里，陈旭其实没花多少时间学习，他大部分时间都在照顾林蔻的饮食起居。

林蔻胃不好，他得准备一日三餐的菜单，帮林蔻买各种稀奇古怪的复习资料，给林蔻泡柠檬水败火。

我们放暑假，林蔻提出要留下来，报考政治培训班。

陈旭就花了不菲的学费，跟着林蔻一起报班。

公共教室没有空调，几百号准备考公务员的学子挤在一起，空气都是黏腻的。

陈旭给林蔻买了那种里面有奇怪液体的坐垫，坐上去凉凉的。

陈旭手里还抱着一个，林蔻把屁股下面那个坐垫坐热了之后，陈旭就赶紧给她换上那个凉的。

林蔻认真听着口音浓重的政治培训老师讲马克思主义。

陈旭昏昏欲睡，但永远能保持林蔻面前泡着柠檬的杯子里装满水。

两个人在学校附近租了一个房子。

房子里只有一张床。

没办法挂蚊帐，陈旭担心一个暑假下来，林蔻被蚊子吸干了血。

陈旭就骑着自行车飞驰而去。

两个小时后，陈旭骑着自行车回来，自行车后座上绑了四根长长的竹竿，还是新鲜的，翠绿欲滴。

陈旭成功地把一张破旧的双人床改造成了拔步床，挂上蚊帐，颇有古意。

晚上，林蔻在洗手间洗澡，陈旭就给林蔻铺床，仔细地把溜进蚊帐的蚊子一个一个干掉。

林蔻洗完澡，穿着睡衣出来，头发湿漉漉地冒着热气。

陈旭已经躺在地铺上呼呼大睡。

床头的桌子上，有一杯热牛奶。

林蔻等头发干了，喝了牛奶，穿着睡衣翻身睡去。

林蔻从来不邀请陈旭上床睡，陈旭也从来不越雷池一步。

两个年少如花、干柴烈火的适龄男女，就这样相安无事地在一个房间里睡了一个暑假。

陈旭从此成为传奇。

一年之后，大学毕业，同学们天南海北，四散而去。

林蔻考上家乡的公务员，职位很好。

陈旭自然没考上，对自己的未来也没有什么打算。

林蔻问陈旭："你怎么办？"

陈旭一脸茫然。

毕业前聚会，大家都喝多了。

我发现一个规律：男生喝多了就吹牛，女生喝多了就哭泣。

林蔻喝多了没有哭泣，陈旭去扶她，她拼了命地捶打陈旭。

以至于我们很担心陈旭被林蔻捶打到重伤不治，呕血三升。

林蔻拼了命地捶打，陈旭动也不动，就任由林蔻捶打。

毕业要离校，陈旭帮林蔻打包好大包小包，送林蔻去火车站。

到了火车站，陈旭和林蔻上车，陈旭把行李安置好，一屁股坐在林蔻身边。

两个人没什么话，就干坐着。

一直坐到列车广播员广播：列车即将运行，送旅客的乘客请尽快下车。

陈旭还是不动。

直到车子缓缓动了，林蔻催促，陈旭才从屁股口袋里掏出一张车票，在林蔻面前晃了晃，说："我送你回家。"

林蔻重重地捶了一下陈旭："你傻了，四天三夜，你送我回家？"

陈旭傻笑。

林蔻不说话了，她眼角有泪水流下来。

四天三夜的绿皮火车上，陈旭像往常一样，照顾林蔻的饮食起居。

睡前给林蔻掖被角，早起给林蔻挤牙膏，中午给林蔻泡方便面，方便面里有香肠，有榨菜，有卤蛋。

林蔻会把方便面吃个精光，把汤碗递给陈旭，陈旭看也不看，端起汤碗就喝。

陈旭说："我最喜欢喝的就是方便面汤。"

旅程再长也会结束，青春再短也不会虚度。

列车在林蔻的家乡靠了站。

林蔻看着陈旭，陈旭说："我坐下午的火车回去，宿舍里的东西还没收拾。"

林蔻木然地点头。

在车站，林蔻看着陈旭拖着大包小包，去拦出租车。

路过的出租车没有空车，车水马龙。

陈旭穿梭在车水马龙之中，奋力拦车，像个螳臂当车的螳螂。

陈旭终于拦到一辆出租车，高兴地一边挥手一边跑过来，刚要喊出声，却发现林蔻已经泪流满面，冲着自己扑上来。林蔻死死地捶打陈旭，号啕大哭，眼泪流进陈旭的脖颈里。

冰凉的、滚烫的，陈旭说，那是他第一次知道，什么叫心碎。

出租车司机把车停在路边，看着这对拥抱哭泣的年轻男女，熄了火，点了根烟，等着。

林蔻哭得眼泪一把、鼻涕一把，上气不接下气。

陈旭哄着林蔻："我还来看你。"

送走林蔻之后，陈旭一个人坐了四天三夜的绿皮火车回来，走在校园里，像是掉了魂。

后来陈旭说，毕业之后，他花了很长时间才习惯不频繁地帮助别人，但他一直都没有习惯林蔻不在他身边的日子。

我们分散到五湖四海。

陈旭在父母的安排下，进了一家单位，工作单调而顺利。

林蔻长相甜美，能力出众，同事们都很喜欢她。

其中一个同事，对林蔻展开了疯狂的追求。

时间倏忽过去。

陈旭如约去看林蔻。

林蔻就带着陈旭，见了这个同事，三个人相谈甚欢。

送走同事后，林蔻问陈旭："你觉得他怎么样？"

陈旭沉默了一会儿，说："挺好的，很适合你。"

林蔻笑了笑，又问："你想好再说，我现在可不是要谈恋爱，是要结婚的。"

陈旭又沉默了一会儿，说："真的挺好的，很适合你。"

林蔻不再说话。

陈旭也不再说话。

四个月之后，陈旭收到了林蔻的婚礼请柬。

请柬上只有一句话，是林蔻的字迹：我希望你能来见证我的幸福。

陈旭特意请了假，包了五千块的大红包。他甚至有些骄傲地对我说："这是当年我给林蔻的承诺，她比我先结婚的话，我就包个大红包给她。"

我苦笑，阴损的，天哪，真是活雷锋，真应该给你颁一个最佳前男友勋章。啊，不对，你连前男友都不算。

陈旭这次没有笑，他看着我，眼神和表情突然都不像是陈旭了。

陈旭的婚礼在即。
宿舍里的兄弟们晚上打了一夜的扑克，一直昏睡到十点多才陆续醒来。
而陈旭八点多就去接新娘了。
我们生怕错过婚礼，胡乱地穿上衣服，直奔婚礼现场。
《婚礼进行曲》响起来，我们按照事先约好的，齐唱"我的兄弟就要结婚了，再也不能胡来了。如果你还放心不下另一个她，放心还有我们呢"。
全场哄堂大笑。
直到新娘的父亲扶着头戴白纱的新娘走上红毯，笑声才停住。
陈旭从岳父手里接过新娘的手，掀起新娘的头纱。
我们都呆住了。
新娘是林蔻。
林蔻笑得一脸春风，陈旭笑得像个傻子。
两个人交换戒指，亲吻，掌声，音乐。
我们呆呆地看着，心里感叹造化弄人。

婚礼之后，陈旭请宿舍的兄弟喝酒，才把后来的事情告诉了我们。
林蔻和同事结婚之后，过了不到一年，两个人就因为性格不合要分手。
性格不合这种事，很难界定。
到底什么是性格相合，什么又是性格不合？
性格不合因为无法解释，自然而然地就成了情侣分手的借口。
离婚之后，林蔻很难过，打电话给陈旭，陈旭又坐上了火车，绿皮火车变成了高铁，四天三夜变成了十个小时。这好像意味着陈旭和林蔻的距离也缩短了。
林蔻的老家没有海，她没有地方可以去宣泄她的伤心，只好找了树林里面的一个水洼凑合。

陈旭点了两束仙女棒，风很大，仙女棒小小的火星子很快就被吹着了。

林蔻对着手拿仙女棒的陈旭喊："你求我嫁给你吧。"

陈旭愣住。

林蔻等待。

手里的仙女棒噼里啪啦地爆开，这一次没有消防队。

陈旭终于缓过神来，重重地点头。

林蔻的脸上绽开了最灿烂的笑容。

到底什么是性格不合？

林蔻谈了那么多次恋爱，每一个分手的理由，似乎都是性格不合。

那究竟什么是性格不合？

林蔻说："性格不合就是不爱。"

陈旭骄傲地宣布："我和林蔻就不会性格不合。"

我们都损他："废话，在林蔻面前，你像她儿子似的，你敢性格不合吗？"

陈旭就傻笑。

笑容里满满的全是幸福。

鱼不怕冷

　　微博上一个女孩,用私信的方式,断断续续地敲下她的故事片段发给我。
　　她多年前痛失爱人,虽然时过境迁,但她的字里行间还是难掩悲伤。她希望我把她这些断裂的回忆变成一个故事。
　　我答应了。
　　我写下这个故事,隐去了他们的姓名,变更了细节,增加了我的祝福,希望通过这个故事鼓励女孩,把过去变成回忆留在心底,然后继续勇敢往前走,去讲述关于自己的新故事。

根据六度分离法则,世界上任何两个人之间最多只隔着六个人。
　　也就是说,你想要认识一个人,无论他是谁,你都可以通过六个人和他产生联系。

何水清汤挂面,身材高挑却又显得娇小,一心想找个男朋友保护自己。无论是跟谁聊天,三句话里总有一句:"哎,你帮我找个男朋友呗。"
　　何水的小学女老师王老师退休之后,在家闲来无事,变着法儿消磨时间。某一天,她突发奇想,决定利用自己多年教书、桃李满天下的资源,开始做起媒来。
　　王老师面容慈祥,性格温和,习惯直视对方的眼睛,让人如沐春风。说起话来引经据典,能谈量子物理学,也能说街头巷尾的八卦。在她手上成就的姻缘,不比她教过的学生少。
　　何水找到王老师,说:"王老师,你给我也找个男朋友呗。"
　　王老师说:"那你有什么要求吗?用三个词儿总结。"
　　何水想了半天,憋出来三个词儿:强壮、人好、有趣。
　　王老师闭上眼睛,在脑海中搜索自己的数据库,很快就加载完成。

王老师目露精光:"有了。"

在王老师的引见之下,何水和陈鱼见面了。

陈鱼和何水都是王老师的学生,只不过两个人相差了一年。

陈鱼算是何水的学长,两个人在一个学校里彼此不认识地共同度过了五年。

两个人约在公园见面。

何水从来不化妆,但这一次,她有些紧张,花了三个多小时捯饬了一个造型,临出门之前,何水看着镜子里的自己,怎么看怎么别扭。一看时间来不及了,赶紧胡乱把妆又卸了,匆匆出门。

何水赶到公园时,陈鱼已经在长椅上等着了。

陈鱼看到何水,呆呆地看了她半天,一句话也说不出来。

何水心里乐开了花,看来自己还真是天生丽质,男人看了都说不出话来。

何水做娇羞状,打算让被自己惊艳到的陈鱼好好缓一缓,直到陈鱼拿出手机,对着何水咔嚓拍了一张照片,递给何水看:"你的假睫毛掉了。"

何水大窘,看着照片里自己的脸,假睫毛挂在下眼睑上,好像新版《西游记》里造型失败的变异蜘蛛精。

两个人开始聊天。

何水问陈鱼:"你为什么叫陈鱼呢?"

陈鱼说:"我喜欢游泳,从小到大泡在水里,说不定哪天就能进化出鱼一样的鳃。"

何水笑着说:"那你就成了一条巨大的男人鱼了,脸变成鳃,双腿变成鱼尾巴。"

陈鱼说:"男人鱼好啊,这样一来就永远不会劈腿了。"

何水笑得更开心,陈鱼又及时补充:"你叫何水,我叫陈鱼,我遇到你就像是鱼遇到了水,这说明我跟你天生一对啊。"

奇怪的是,这话明显有些冒昧,但何水一点儿都不生气。

两个人都觉得在公园里见面有点傻，陈鱼提议："要不我带你去我常去的护城河边吧。"

不管是什么季节，也不管男女见面谈什么，只要环境里有了水，立马就诗意了。

不知道是不是太久没有跟男人约会的缘故，无论陈鱼说什么，那个时刻，何水都想说好。

两个人来到河边，陈鱼说："我游泳给你看。"

何水抬头看看深秋里大树上枯黄的树叶，嘴角抽搐了一下，这个天气在这里游泳？想想都觉得冷。

陈鱼说："鱼从来都不怕冷。"

说罢，他脱了衣服，做了热身运动，一头扎进了深秋护城河的河水里。

何水眼看着水里的陈鱼真的变成了一条鱼。

他游泳的姿势可真好看啊。

何水觉得自己整个人都汩汩地冒出水来。

陈鱼还在水里欢腾地游着，直到环卫工大爷拿着大竹竿冲过来，赶鸭子一样把陈鱼赶出来。

何水看着大爷拿着竹竿追赶陈鱼，陈鱼边跑边说："大爷，大爷，你冷静一下，给我点面子，那是我未来的女朋友。"

何水笑了。

何水和陈鱼的进展尤其顺利，不知道是不是沾了名字的光。

陈鱼开始把自己的死党石头介绍给何水。

三个人深夜在胡同口撸串。

陈鱼拉着石头告诉何水："他是石头，我的发小，我们一起游过黄河和长江，将来还打算一起去北极游泳，挑战人体极限。"

石头看着何水笑，笑容干净得像是下过雨的湖面。

何水就跟石头干杯："石头，你帮我看着陈鱼，别让他跟别的女孩勾搭，尤其是好看的。"

石头点头。

陈鱼说："扯淡，这世界上还有比何水更好看的女孩？石头你说，有没有？"

石头看着何水，说得很慢："没有。"

大家都笑。

陈鱼、何水和石头就开始腻在一起，骑着摩托车，无所事事。

陈鱼和石头在何水的见证下，几乎游遍了大大小小的江河湖泊，连公园里的人工湖都不放过。

有一次，陈鱼和石头在湖里潜水，两人都扎进淤泥了，上岸的时候，两人成了半截泥人。

何水看守着他们的衣服，拒绝和他们相认。

三个人有时候也去游泳池。

在游泳池里，陈鱼和石头一左一右地教见水就喝的何水游泳。

何水在游泳池里一改往日娇弱的形象，随时都是一副溺水的姿态，在水里拼了命地张牙舞爪。

陈鱼被打爆过鼻子，石头被击中过眼窝，两个人都被何水踢中过敏感部位。

而何水自己也不好过，每次下游泳池，都要喝一肚子的水，上岸的时候不停地打嗝，晚饭基本没有胃口，呼吸间都是消毒水的味道。

何水终于勉强学会蛙泳的时候，陈鱼报名参军，要离开两年。

何水出乎意料地愤怒，问陈鱼为什么不跟她商量就参军了。

陈鱼说："参军一直是我的梦想，我没想过你会反对。"

何水哭着说："可你要离开两年啊。我等不了！"

陈鱼说："不就是两年吗？等等我怎么了？"

何水一口咬定："就是等不了，你要是敢走，我就跟石头好！"

陈鱼生气了："石头是我兄弟，你要是跟了石头，我也放心。"

何水没想到陈鱼会这么说，气坏了："你别后悔！"

两个人不欢而散。

临别前的晚上，何水和石头撸串，哭得天昏地暗。

天蒙蒙亮的时候，石头拉着何水就走。

何水问去哪儿。

石头说："陈鱼一早的火车，谁不去送他都行，但你必须得去。"

两个人到了火车站，见到了陈鱼。

何水看着即将长久分开的恋人，也忘了昨天晚上两个人的不愉快，抱着陈鱼哭得泪水淋漓，差点儿把火车站变成码头。

何水在陈鱼耳边说："我想通了，两年，我等。"

陈鱼离开的两年里，石头一直照顾何水。

陈鱼每年回来探亲一次，三个人就一起去游泳。

陈鱼说："在水里像是回到了母亲的子宫，很有安全感。"

何水说："我也是水，我也能给你安全感。"

石头会贴心地在适当的时机离开，让陈鱼和何水好好享受鱼水之欢。

两年的时间很快过去，陈鱼退伍。

三个人再一次去撸串。

陈鱼和何水都对石头表示了感谢。

陈鱼说："石头，没有你，我和何水可能走不到今天。谢谢你替我照顾何水。"

石头总是温和地笑笑，说："应该的。"

陈鱼渴望自由，受不了朝九晚五的上班生活，就找到了石头，要和石头一起去游怒江。

怒江水流湍急，危险性很大，陈鱼怕何水不同意，就瞒着她，跟她说："我和石头去出个差，准备创业。"

何水问："那你们去多久？"

陈鱼说："顶多一个礼拜。"

何水说："那行，石头，你帮我看着陈鱼，别让他跟别的女孩勾搭，尤其是好看的。"

石头点头。

陈鱼说:"扯淡,这世界上还有比何水更好看的女孩?石头你说,有没有?"

石头看着何水,说得很慢:"没有。"

一个礼拜之后,何水去火车站接陈鱼和石头。

等到人都走光了,陈鱼和石头还没有出来。

何水以为他们又在恶作剧,直到接到了石头的电话。

石头在电话里说:"何水,我们现在没办法回去,你坐飞机过来吧。"

石头语气沉重,不像开玩笑。

何水想,怎么就没办法回来?

但她还是搭了最早的航班飞过去。

在机场,何水见到了石头,石头接她去了公安局。

陈鱼躺着,脸上虽然被仔细地擦洗过,但还是看得出来伤痕累累。

何水看起来很冷静,她问石头:"陈鱼怎么了?你说话!"

石头说:"我们去横渡怒江,水流太急,出了事。陈鱼为了救我,卡在石缝里,溺水了。"

何水给了石头一个耳光:"你们不是说去出差吗?"

石头没说话。

何水又给了石头一个耳光:"你不是答应我替我看好陈鱼吗?"

石头说不出话。

陈鱼的葬礼,都是何水在忙碌。

事无巨细,她坚持自己来,拒绝石头的帮助。

何水说,这是她最后能为陈鱼做的事情。

何水无法排解失去陈鱼的痛苦。

唯一的方法就是和石头一起不断回忆陈鱼的点点滴滴。

何水像是酗酒一样酗回忆。

每次何水回忆起陈鱼,就又变成了那个清汤挂面、天真无知的小女孩，手舞足蹈，全身都在笑，连头发都在笑。

可是，每次回忆的末端，何水都会陷入沉默。

每回忆一次，何水都比以前更加沉默。

石头看在眼里。

到了秋天，石头骑着陈鱼的摩托车，停在何水住处的门口。

何水走出来，看到石头骑着陈鱼的摩托车，讶然。

石头拍拍后座："上车。"

"去哪儿？"

"到了你就知道了。"

何水坐到摩托车后座上，抱着石头的腰。

何水恍惚间，好像自己抱着的不是石头，而是陈鱼。

石头带何水到了护城河。

何水看着护城河平静的河水和头顶上深秋枯黄的树叶，难过再一次袭来。

扑通一声，何水回过头，才发现石头跳进护城河里，变成了一条鱼。

石头在水中翻腾着浪花，何水呆呆地看着。

这一瞬间，何水忘记了难过，她看着正在水中翻腾的石头，脸上露出了久违的笑容。

直到大爷拿着竹竿出现，石头边跑边告饶。

看着被大爷追逐、狼狈逃窜的石头，回忆排山倒海地袭来，何水泪流满面。

石头竟然再现了何水和陈鱼的记忆。

奇怪的是，何水喜欢穿什么，喜欢吃什么，对什么过敏，做什么动作的时候是有心事，这些原本陈鱼知道的事情，石头全都知道。

何水问石头原因，石头总是沉默不语，或笑而不答。

此后的日子里，石头带着何水，游遍了城市里所有的水，成功地教会了何水游泳。何水在水里游泳的时候，似乎陈鱼就在自己身体里，她感觉自己找到了一生的事业。

石头默默地引导，甚至纵容何水在回忆里沉溺。

直到何水提出，要去游怒江，完成陈鱼没有完成的事情。

石头犹豫了，不敢答应何水。

何水说："你放心，我不会死的。"

石头准备了整整两个月，做了几十个方案，买了无数套装备，和何水进行了不下一百次模拟训练，终于带着何水来到了怒江。

下水之前，何水对石头说："你放心，陈鱼会保佑我的。"

石头点点头，非常紧张。

石头保护着何水一路往前游，就像当初陈鱼保护他一样。

他们顺利地经过了当初卡住陈鱼的缝隙，经过了藏着暗流的浅滩，经过了水流最急的一段，顺利地完成了当初陈鱼规划的路线。

石头把何水推上岸，两个人精疲力竭地躺在岸上，听着波涛汹涌，仰头看着天上白云纵横。

石头从怀里掏出一枚戒指，递给何水，说："何水，嫁给我吧。"

何水愣了一会儿，看着那枚鱼形戒指发呆。

三个月之后，两个人举行了小型的婚礼。

石头在台上，说起了一段往事。

当初他和陈鱼去游怒江的时候，陈鱼告诉他："我要娶何水，专门定制的婚戒我都准备好了。"

没想到下水之后，遭遇了意外。

最危急的时候，陈鱼奄奄一息，最后一句话是告诉石头："我知道你喜欢何水，替我娶她。"

陈鱼的遗物里，有那枚鱼形戒指，还有一个日记本，里面用简短的语言记录了他和何水相处的一点一滴。

石头每次重演陈鱼和何水的记忆，每次对何水的了解与体贴，都是靠着这个日记本。

石头"继承"了陈鱼对何水的爱。

参加婚礼的很多人都哭了。

只有何水没哭。

何水笑了,她说:"石头是陈鱼送给我的礼物,我要好好爱石头,好好爱石头,就是好好爱陈鱼。"

何水和石头的孩子生下来,满月,朋友们去看他们,他们给儿子起的小名是陈鱼。

大家打趣,你这是占陈鱼的便宜。

两个人就笑,石头说,这才是对陈鱼最好的纪念。

经受痛苦的人,熬过了痛苦,会更懂得爱情。

爱情不是虚无的,不是抽象的,爱情是特别具体的一点一滴,爱情是生活细琐,爱情甚至不会局限在两个人之间,爱情也可以传承。

如果我们没有走到最后,别难过,别埋怨,别停下,往前走。爱的能量也守恒,这份爱会有人继承,有人传递,有人发扬,有人把爱变成一点一滴,变成生活琐碎,变成睡前的亲吻,醒来的早餐,深夜里远在他乡的思念。

如果我们没有走到最后,我们都不要沉溺于回忆,前面有更美的风景,还有个更好的人,怀揣着满腔的爱,在等我们。

我们都还年轻,我们一直在路上。

情窦晚开

如果我们深深爱上了一个深深爱着别人的人,
我们应该如何自处?

12月23日。

乔伊二十四岁生日。

这个冬天出奇地冷。

乔伊裹着厚厚的羽绒服,提着一个蛋糕,在虹桥机场苦等。手机响,乔伊连忙接起来,电话里传来彭欢带着寒气的声音。

"雪太大了,整个辽宁省,除了大连,其他机场都关闭了。"

乔伊几乎都带了哭腔:"那你是不是来不了了?"

彭欢沉默了一会儿,然后说:"你等着我,十二点之前,我一定赶到。"

乔伊没来得及回答,电话就挂了。

一千公里外,彭欢匆匆地从机场里跑出来,跳上车,疾驰而去。

车子在加油站猛地停下,彭欢跳下车,语气急促:"加满。"

大雪下得很猛,高速公路也封了,彭欢只能走国道。

雨刷奋力地冲刷着沾在挡风玻璃上的雪,彭欢不住地抬手看表,猛踩油门。

四个多小时以后,彭欢冲进大连周水子机场,直奔柜台,喘着粗气:"给我一张到上海的票,最快的那班。"

与此同时,乔伊在虹桥机场焦急地等待。

午夜11点45分,彭欢风尘仆仆地从出口跑出来,气喘吁吁。

乔伊看到彭欢,热泪盈眶,冲过去狠狠地抱住了他,似乎都能感受到他从北方带来的寒冷。

彭欢开口:"我说我十二点前一定赶到。"

乔伊抱紧了彭欢,流下眼泪:"谢谢你,师父。"

乔伊把重音落在了"师父"两个字上。

乔伊在大一那年认识了彭欢。

乔伊家在江浙一带,长这么大,第一次离家那么远,去了北京。陌生的环境让乔伊有些不适应。军训的时候,乔伊实在受不了北方干热的天气,眼前一黑,整个人砰的一声摔倒,砸在了身后队列里的彭欢身上。

教官一声令下,让彭欢送乔伊去卫生室。

彭欢背着乔伊,气喘吁吁地跑到卫生室门口,刚要进门,乔伊突然拍了他脑袋一下:"傻大个,放我下来。"

彭欢呆住,手一松,回头看着活蹦乱跳的乔伊:"你……"

乔伊狡猾地笑笑:"你什么你?没见过装病的?"

彭欢也笑了。

从那天开始,乔伊就认识了彭欢。乔伊充满恶趣味,强迫彭欢当自己的师父。彭欢不明所以:"为什么要叫我师父?"

乔伊胸脯一挺,眼睛一竖:"看到我的C罩杯了吗?以后我要罩着你啊。但为了你的面子,我决定让你做师父。"

彭欢无奈地笑笑。

尽管彭欢拒绝承认和乔伊的师徒关系,但是走在校园里,乔伊蹦蹦跳跳地追着他,喊他师父。

彭欢不肯答应,乔伊就追打彭欢。

校园里,常常看到这样一幕:一米八四的彭欢被一米六五的乔伊追着满校园跑。

乔伊内心深处的暴力因子都被彭欢激发出来,追着彭欢满校园跑。

彭欢惨叫着:"你这是欺师灭祖!"

乔伊神经大条,属于情窦晚开的少女。那时候,乔伊最迷恋的人是系里篮球队的队长沈帅。沈帅身材高大,在篮球场上纵横捭阖,引得无数少女尖叫。

乔伊和彭欢坐在篮球场边,看着沈帅打篮球,乔伊犯了花痴:"沈帅真的好帅,帅得犯规。"

彭欢冷哼一声:"我不觉得。"

乔伊拍了彭欢的脑袋一下:"比你帅!我要追他!"

彭欢不以为然:"那你去追啊,光说不练有什么用?"

乔伊立马蔫了:"我不敢。"

彭欢问:"怕啥?"

乔伊叹气:"怕被拒绝呗,我不风骚又不好看,没有魅力。"

彭欢严肃地说:"你有。"

乔伊看着彭欢认真的样子,笑了。

彭欢突然站起来,拉着乔伊就往篮球场上走。乔伊震惊了,莫名其妙地被彭欢拉到了篮球场上。正在打篮球的队员,被突然闯进来的两个不速之客惊呆了。

彭欢拉着乔伊站在沈帅面前。沈帅不明所以。

乔伊腿都软了,脸红得像火炭。

彭欢把一罐可乐塞到沈帅手里,指着乔伊补了一句:"她给你的,她叫乔伊。"

沈帅接过可乐,还没反应过来,乔伊便落荒而逃。

操场上,乔伊快疯了:"你你你你……你疯了吧你!完了完了完了,我的第一次告白没了!没了!这太不矜持了!都怪你!"

彭欢安静地看着抓狂的乔伊,淡淡地来了一句:"你听我的,一个月之内,我保证你追上他。"

乔伊不相信地看着彭欢:"真的?"

彭欢高冷地笑笑:"师父什么时候骗过你?"

乔伊砰地跪倒在彭欢面前,双手抱拳,一脸诚恳:"请师父指教!"

彭欢冷冷一笑:"乖。"

接下来,乔伊成了篮球场的常客。

只要是沈帅在打篮球，乔伊一定在旁边欢呼，高喊沈帅的名字。

中场休息，乔伊殷勤地递纸巾、送可乐。沈帅开始很不习惯，后来竟然觉得很有面子。

沈帅打完篮球，浑身冒着热气，乔伊斜刺里冲过来，递上一罐可乐。沈帅就在队友羡慕的目光里，喝着可乐。

乔伊笑着看沈帅："把衣服脱了！"

沈帅呆住。

乔伊补充："我给你洗，你的汗都结晶了，大哥。"

乔伊宿舍的阳台上，晾晒着沈帅的球服。同宿舍的室友们花痴地看着球服，感叹："这就是沈帅的球衣啊，我请求今儿晚上抱着球衣睡！"

乔伊一脸骄傲地微笑。

如此坚持了一个月。

这天，乔伊又要去给沈帅加油，刚要出教室，就被彭欢拦住。

乔伊不明所以。

彭欢高深莫测："现在该进行第二步计划了。"

乔伊一脸期待。

沈帅在篮球场上奋力地打着篮球，不时地看看场边，乔伊没有出现。沈帅有些心不在焉。突然间，乔伊夸张的笑声传过来。沈帅下意识地去看，只看到乔伊和彭欢追逐着打闹，看起来像恋人一般亲密。

沈帅眼睛一跳，脸都绿了。

此时，篮球猛地飞过来，砰的一声，把沈帅砸翻在地。

当天晚上，乔伊胆战心惊地在教室里上晚自习。彭欢趴在乔伊旁边，呼呼大睡。突然间，沈帅出现在教室门口，喊了一句："乔伊，你出来一下。"

所有人都看向乔伊。

乔伊摇醒了彭欢，急坏了："怎么办？怎么办？"

彭欢淡淡地说："冷静，按计划进行。"

乔伊颤颤巍巍地出了门，看着沈帅，不说话。

沈帅比乔伊更急躁："那个男的是谁？"

乔伊回想着师父的教导，原版复制："你是我的谁啊？你管得着吗？"

沈帅气得声音都颤抖了："那……那我怎么才能管得着？"

乔伊冷笑："你又不喜欢我。"

沈帅急得话都不会说了："我喜欢我喜欢啊，你做我女朋友吧！"

乔伊傻了，努力压抑着心中回响起来一万遍的"我愿意"，硬生生地从牙缝里挤出来一句："我考虑考虑吧。"然后，她奋力控制着自己的腿，转身离开。

留下沈帅一个人站在门口，惊疑不定。

乔伊走回来的时候，整个人软得站不住。回到座位上，乔伊忍不住又要给彭欢跪下："师父，你果然是高手中的高手！"

彭欢高冷一笑："事了拂衣去，深藏身与名。"

就这样，乔伊和沈帅确定了恋爱关系，这让系里很多迷恋沈帅的女生都抓狂。

乔伊享受着女生们羡慕嫉妒恨的目光。

但是，随即问题就来了。

乔伊惊讶地发现，自己迷恋的沈帅，跟现实中的沈帅完全不同。

自己迷恋的那个人，完全是她一厢情愿虚构出来的。

沈帅是处女座，占有欲非常强，不允许乔伊跟别的男生说话，定期查看乔伊的手机，乔伊几乎都要被沈帅折磨疯了。

乔伊带着疑问向彭欢讨教："师父，请为小女子传道授业解惑。"

彭欢拈了拈自己并不存在的胡须："要么驯服他，要么被驯服。你自己选吧。"

乔伊撇了撇嘴，叹了口气。

起初，乔伊选择了容忍。

但是想不到沈帅却变本加厉，提出让乔伊和彭欢断绝往来。

乔伊当场就跳了起来："那是我师父啊！"

沈帅反应更激烈："什么师父？我看你就是想脚踏两只船！"

乔伊被气疯了，给了沈帅一拳，就跑了。

沈帅在她身后喊："你不跟他断，就别跟我好！"

教室里，乔伊跟彭欢哭诉。

彭欢陷入沉默。

乔伊急了："你倒是快说啊。"

彭欢还没说话，教室的门被砰地踢开，沈帅带着两个人，怒气冲冲地杀进来。

乔伊还没反应过来，沈帅就扑了上来，把彭欢扑倒，噼里啪啦地打起来。

全程，彭欢都没有还手。

乔伊疯了一样地去拉沈帅，沈帅不为所动。

砰的一声，一个拖把棍砸在了沈帅的背上，断成两截。

沈帅愕然回头，乔伊手里握着另一半拖把棍，声嘶力竭："咱俩完了！"

乔伊给彭欢处理伤口，沈帅骂骂咧咧地往外走："乔伊，我警告你，谁敢跟你好，我就揍谁！你给我等着！"

乔伊看着鼻青脸肿的彭欢，眼泪止不住地往下流。

彭欢若无其事："哭什么哭？这点小伤算啥。"

乔伊带着哭腔："你听到沈帅的话了吗？他怎么还要挟我？"

彭欢擦了擦流到嘴里的鼻血："怕什么？有师父在。"

乔伊专注地给彭欢擦脸上的血。

两天之后，彭欢和沈帅约好在操场见面。

少年时代，很多矛盾都用武力解决，简单直接。

沈帅骂骂咧咧："你自找的！"

沈帅冲上去就对着彭欢下狠手，彭欢一脚踹在沈帅的脚踝上，沈帅惨叫一声身子就往前扑，彭欢膝盖一顶，顶在了沈帅的鼻子上，砰的一声，沈帅倒在了地上，天旋地转。

彭欢转身走的时候丢下一句话："以后别再惹乔伊了。"

沈帅在地上躺了一个多小时才爬起来。

以后，沈帅再见到乔伊都低头走。

乔伊跟室友们说起这件事情,语气里竟然满是骄傲:"我师父说了,爱情里,要么驯服,要么被驯服。我师父还说了,当断不断,反受其乱。"

室友们打趣:"整天你师父你师父的,你为什么叫他师父啊?"

乔伊一脸骄傲:"他教会了我好多事情啊。好的坏的,都是他教的。当然坏事多一点。哈哈哈哈。"

室友们起哄:"你看你说起你师父来,一脸的花痴,你是不是爱上他了?"

乔伊一下子愣住,心里默默地问自己:"我真的爱上师父了?这算不算乱伦啊?"

乔伊被自己的想法吓得打了一个冷战。

晚上,乔伊约了彭欢,心里想着探讨一下"我是不是爱上你了"这个问题。

两个人在小树林里散步,彭欢看起来心事重重。

乔伊问:"师父,你怎么了?"

彭欢叹了口气:"乔伊,我给你讲个故事吧。"

乔伊莫名地心里一酸,点点头。

彭欢高中的时候,认识了后来被乔伊称为"小师娘"的女生林晓晓。那是彭欢的初恋。

两个人都是第一次恋爱,爱得很热烈,甚至都立下了"你不娶我,我就不嫁"的誓言。直到高考临近,两个人的地下情暴露。

班主任通知了两个人的家长,家长们如临大敌,激烈反对,硬生生地把一对少年情侣拆散。彭欢很痛苦,但也不想耽误女孩的前途。

高考结束,两个人去了不同的城市。

临别的时候,彭欢对女孩发誓:"将来有一天,我一定娶你。"

大学开始了。

彭欢省吃俭用,定期去找林晓晓。

开始的时候,一切都好,两个人分别太久,颇有点干柴烈火的味道。

但是时间一长,林晓晓对彭欢的态度发生了明显变化,开始埋怨、争吵,甚至有一次,在彭欢去找她的时候,她不肯见他。

彭欢不明白,逼问之下,林晓晓终于告诉了彭欢:"我有喜欢的人了。"

彭欢被来自心爱女孩的话重重一击,半天说不出话来。

一个人默默地坐车回校,难过得连呼吸都困难。

彭欢说完,苦笑着自嘲:"我也不知道为什么她可以变化得这么快。但我总觉得,她现在只是不成熟,她还没有意识到我才是最适合她的那个人。"

乔伊听完彭欢的讲述,感觉心里噼里啪啦地响,仿佛所有建筑顷刻崩塌,但表面上还是努力嘻嘻哈哈,拍着彭欢的脑袋:"师父啊,今天让小徒弟教教你爱情的道理好了。你没得到小师娘,当然不甘心了。解决的办法很简单啊,你去把她抢回来。她要是接受,你们就Happy ending;她要是拒绝,你就死了这条心。"

彭欢摇摇头,苦笑,没说话,脸上是难得一见的伤感。

乔伊心里更难过,觉得夜风吹过来的时候,心脏都生疼。

但随即一想,自己也不是没有希望。

大二那年寒假结束,乔伊返校,遭遇了有史以来最惨烈的返航路。

从上海坐飞机,天下着大雨,飞机遇到气流,颠得乔伊饭都溢出来了。

下了飞机之后,乔伊站都站不住了。

万般无奈,乔伊给彭欢打了电话,声音里都带着哭腔:"师父,你能不能来接我?"

彭欢说:"好,你等我。"

挂了电话,乔伊很心安,好像从来没有这期盼过师父出现。

乔伊在机场等了好久,结果等来一通电话。

电话里,彭欢很抱歉地对乔伊说:"林晓晓来北京了,我好久没见她了……"

不等彭欢说完,乔伊打断他:"师父,你去看小师娘吧,我自己可以。"

彭欢如释重负:"你自己小心。"

挂了电话,乔伊一屁股坐倒在地上,号啕大哭。

机场里经过的行人，纷纷看过来。

彭欢和林晓晓断断续续地联系。
而乔伊始终没有进入彭欢的内心。
大四那年，彭欢去三亚培训，打电话给乔伊："我在三亚呢，你想要什么礼物？"
乔伊不抱希望，随口敷衍："你要是有空，就帮我捡几个贝壳吧。"
彭欢回来以后，给了乔伊一个盒子，盒子里面包着十几层纸巾。
乔伊小心翼翼地打开，才发现里面有六枚闪着光的贝壳。
彭欢说："三亚海边没什么贝壳，我多留了一天，去文昌捡的。贝壳太脆弱，我怕它们碎了。"
乔伊内心几乎沸腾了，这简直就是她二十多年生命里最浪漫的一件事情。
乔伊很难想象，只是因为自己一句玩笑话，一个粗枝大叶的大老爷们儿，细心地跑去海边捡了一整天的贝壳，然后小心翼翼地包好，带回来送给她。
乔伊感觉自己的少女心又活了过来。

毕业轰然而至。
毕业生聚餐，彭欢喝了酒，掩饰不住地兴奋："林晓晓要来北京工作了。"
乔伊听到这句话，心里被重重一击，站在桌子上和大家划拳，眼泪狠狠地憋在了眼眶里。
离别前夜，想到从此就要和师父天各一方了，乔伊缠着彭欢不让他走。
两个人在操场上走了一整个晚上，说说笑笑，打打闹闹，好像根本就没有分别这回事。
一直到天亮，乔伊才发现，自己的鞋子都走破了。

毕业之后，乔伊选择回到南方，准备在离家很近的杭州工作。

彭欢留在了北京。

乔伊在杭州开始了安静的生活。

乔伊常常想念彭欢，心里瞎想，如果杭州也有他的话，该有多好玩。但她又不愿意让彭欢知道，只是自己默默忍受着思念的折磨。

直到有一天，乔伊和彭欢的同学要去香港读书。

乔伊像是找到了救命稻草，没有什么比这个更好的借口了。

乔伊打电话给彭欢，努力把离别仪式说得非常重要，好像大家此生都不复相见了一样。

终于成功地把彭欢"骗"来了杭州。

大家聚会。

像是回到了大学时代。

虽然分别很久，但乔伊和彭欢依然很默契，互相攻击、打闹，没心没肺。

几杯酒下肚，乔伊突然想，她和彭欢的关系如此亲近，但是又如此不稳定，任何一个人结束了单身，这种关系立马就会消亡。

乔伊故意没问彭欢和林晓晓怎么样了，借着酒劲，乔伊醉眼迷离地凑在彭欢耳边："你来杭州吧，你来杭州，我立刻就嫁给你。"

彭欢看着乔伊，半晌没说出话来，只顾着喝酒。

终于，彭欢也喝高了，他苦笑着告诉乔伊："林晓晓有男朋友了。"

乔伊一惊。

彭欢情绪失控，在乔伊怀里哭得像个孩子。

那一刻，乔伊内心几乎是撕裂的，她看不得自己深深爱着的男人，因为另一个女人而在自己怀里痛哭。

当天晚上，彭欢醒了酒，认真地看着乔伊，一字一句："我们俩好吧。"

乔伊呆住："你确定吗？如果我们是朋友，可以一辈子，哪怕渐渐疏远。可如果我们是恋人，不能善终，以后就是陌路。这个赌注很大，我舍不得。"

彭欢沉默了一会儿，认真地回答："我从来不打没把握的赌。"

乔伊愣了好久，然后用力地点了点头。

彭欢不能离开北京，于是乔伊就辞掉了杭州的工作，跟着彭欢回到了北京。

两个人在北京开始了新的生活。

乔伊觉得自己很幸福，提出要先拍一组婚纱照，让彭欢看看自己穿婚纱的样子。

彭欢一直忙，这件事就一直耽搁。

乔伊想象着自己要成为一个好妻子，但又被内心强烈的恐惧和不安全感折磨。

恋爱中的女人都是小气的。

彭欢始终没有忘了林晓晓。

这件事瞒不过乔伊，乔伊无法容忍彭欢心里还住了一个人。

乔伊开始任性，肆意消耗着彭欢对她的宠爱，甚至不去顾及彭欢的感受，说刻薄的话，折磨他，也折磨自己。

就在这种折磨之中，乔伊分明能感觉到，自己已经把彭欢对她的宠爱一点点消耗殆尽。

终于，在一次激烈的争吵之后，彭欢提出了分手。

乔伊一怒之下回了杭州。

整整一个月，彭欢都没有联系乔伊。

乔伊这才发现事情的严重性。

她服软、求饶，甚至希望自己得到惩罚，希望给彭欢一个伤害自己的机会，这样就能扯平了，这样就能继续了。

但是，彭欢很决绝。

乔伊害怕了，晚上买了一张机票，赶到北京，想当面跟彭欢道歉。

她匆匆赶到彭欢的住处，迎接她的是彭欢和一个女孩往回走的身影。

遭遇战。

彭欢呆住。

乔伊愣愣地看着女孩，说不出话。

倒是女孩很大方，伸出手要和乔伊握手："你好，我叫林晓晓。"

乔伊呆住，木然地看着彭欢，彭欢一言不发。

乔伊永远护住自己表面上的坚强，伸出手跟林晓晓握手："你好啊，小师娘。"

后来，乔伊跟我说起往事，她笑着说："兜兜转转一圈，能回到彼此身边，可能才是真正的缘分吧。既然师父终于和惦记了多年的小师娘牵手了，我反而释怀了。"

当天晚上，乔伊不顾彭欢的挽留，回到了杭州。

乔伊说："失去彭欢对我来说，就像是灯塔轰然倒塌，天花板上的灯再也不会亮起，我的整个世界都重新洗牌。别人分手失去的是一段爱情，我失去的是这六年的亲情、友情、爱情，系数乘以三。"

吃不下，睡不着，经历了三个月的暗无天日，乔伊终于好了一点。

冬天来了。

12月23日。

乔伊生日，她已经三个多月没有联系过彭欢。乔伊心里突然有了一个念头，就打电话给彭欢。彭欢接电话的时候小心翼翼："喂。"

乔伊语气平静："师父，你能陪我过最后一个生日吗？就当是满足我最后一个愿望。"

彭欢接到电话之后，冒着大雪，开车去大连，从大连乘机到上海，在午夜十二点之前赶到，给乔伊过最后一个生日。

吃了饭，许了愿，乔伊说："师父，你能送我最后一件礼物吗？"

彭欢点头。

第二天一大早，婚纱店里，乔伊穿着婚纱，出现在彭欢面前，光彩照人。

乔伊笑得很幸福："师父，我好看吗？"彭欢说不出话，拼命地点头。

乔伊穿着婚纱，走过去轻轻抱住了彭欢，在他耳边轻声说："我终于让你看到我穿婚纱的样子了。"

彭欢的眼泪流下来。

乔伊接着说:"你知道我昨天许的愿是什么吗?"

彭欢摇头。

乔伊说:"我希望师父和小师娘永远幸福,再不分离。我希望小师娘像你爱她一样爱你。"

彭欢抱紧了乔伊,滚烫的眼泪砸进乔伊的脖颈。

你拿命爱的人,拿命爱着别人,大概是这世界上最残忍的刑罚吧?

如果我们深深爱上了一个深深爱着别人的人,我们应该如何自处?

是哭着嫉妒,还是笑着祝福?

是选择挣扎,还是选择成全?

是自我放逐,还是轻轻地放下?

人生那么长,不是每个故事都能圆满。但我们这么好,世界又怎么忍心让我们一直忍受痛苦、孤独?亲爱的,放手吧,由他去幸福,由他去跟别人书写缠绵的爱情故事。

这段感情会像时间里的琥珀一样,永远停留在记忆里,不必思量,永远难忘。它以最好的或者最坏的方式,改变着我们的人生,指引着我们遇上更好的爱情,让我们把"爱你就像爱生命"说给更懂的人听。

最后,我想把乔伊给我留言的一段话送给大家,请大家跟我一起祝福乔伊——

一切的一切好像就在昨天发生的一样。

我原本是想把这个故事写成书的。

后来想想,还是交给会讲故事的人转述吧。

宋小君,我希望这个故事由你来转述,我也希望,他能看到。

乔伊,祝你幸福。

二姑娘的三家酒馆

二姑娘喝了酒，
双颊有一点红，
像这条街上最大的那间水果店。

　　人一生分四季，谁也不知道冬天什么时候来。

　　南方人陈华足足用了三个月，才和妻子，噢，不，前妻，把离婚手续办妥，财产分割好。
　　成年人凡事妥帖，和妻子没有大吵大闹，平平静静地把婚离了。
　　只是想不到，这种事后劲太大。
　　陈华三个月以后才开始难受，心理上，生理上，都没光，他说，自己被关进了一个黑屋里，伸手不见五指，一丝光都没有。
　　朋友们劝，不如换个环境。
　　陈华想了想说，得换个气候。

　　把杭州的事情处理好，陈华只身一人到了北京，从南方到北方，气候换得狠，可能更容易好起来吧。
　　第一件事是租房子。
　　生活就是这样，不论你多么难过，琐事不会放过你。
　　找来找去，看中了一个小区。
　　小区幽深，算是闹中取静了。
　　从中介这里得知，不巧的是，房源不多，只有一个二楼。
　　陈华跟着中介看了看，一室一厅，不大，倒也温馨。
　　怕孤独的人，不适合住太大的房子。
　　就这里吧。

交了钱,办妥了手续,新工作还不知道在哪儿,陈华又百无聊赖了。
陈华不抽烟,不喝酒,以前觉得是优点。
可现在想想,不抽烟,不喝酒,难受的时候少了一些宣泄的手段。
宅着不出门。
他还给自己写了一幅字——"一宅一生"。

无事可做,无人可想,索性就睡觉。
睡着了,又睡醒了,尽可能把清醒的时间压缩。
别人酗酒、酗烟,自己酗睡。
睡着的时候,世界是混沌的。
时间整块地过,不用论秒计算。
不知道睡了多久,夜很深了,突然被吵闹声惊醒。
陈华蒙住了头,吵闹声却更大了。
陈华不知道哪里来的怒气,砰地坐起来,从窗户探头出去看,这才发现,自己楼下是个门面房,不知道什么时候开了一家酒馆。酒馆里,灯光耀眼,人头攒动,所有人都带着酒后的冲动劲,动作夸张,说话大声。

这都几点了!
陈华穿着睡衣,趿拉着鞋,冲下楼,绕开人群,直奔吧台,怒气冲冲。
陈华莫名其妙地就锁定了坐在吧台里低头看手机的女老板,刚要开口质问,女老板抬起头,美貌几乎是激射出来,陈华打了个激灵,把已经到了嘴边的话,又赶紧拦住了。
看着睡得头发纷乱的陈华,女老板先开了口:"睡不着?"
陈华中了邪一样,点头。
女老板砰地拍出一瓶啤酒:"喝点?"
陈华又点了点头,啤酒瓶上画着一条妖艳的狗,仔细看,Raging bitch(愤怒的泼妇)。
莫名其妙地,陈华的睡意和怒意全都不见了,乖巧地坐在吧台前,喝着啤酒,看着招呼客人的女老板。
甜麦芽,松子,还有一股古怪的辛辣,从舌尖儿冲进了胸腔里,让人有点眩晕,想干点什么坏事。

陈华不知道这是啤酒的味道,还是女老板的味道。

陈华心里似乎有了一道光。

以前从不喝酒的陈华,那天晚上喝了六瓶 Raging bitch。

最后自己也不知道怎么回的家。

第二天早上醒来,头没疼,胃里还有啤酒的味道。

他想到了什么,坐起来,打开窗户,探出头看,春桃酒馆。

真骚啊,他心里莫名其妙地想。

从那天开始,一到了晚上,春桃酒馆开门,陈华就成了常客。

坐在固定的位子,看着,不,应该说观赏着,女老板张牙舞爪地招呼,又风骚又得体地应付着酒后言语和动作轻佻的客人们。

坐到客人都走光了,陈华得了空,没话找话,老板娘,你这里的啤酒种类有多少啊?

女老板擦完桌子,走过来,看着陈华:"别叫我老板娘。"

陈华不解。

女老板说:"老板娘听着像寡妇。我明明是一少女。"

陈华被逗乐:"那叫什么好?"

女老板脱口而出:"叫我二姑娘。"

二姑娘,这名字有意思。

陈华从窗户里探出头,用绳子吊下去一个筐,筐里放着现金,喊:"二姑娘,两瓶 Raging bitch。"

把啤酒吊上来,坐在窗口喝,像个上帝一样,俯视着各怀心事的酒客,俯视着二姑娘头发上的发卡、鼻梁上的汗珠、吊带衫的透明带子。

又一个深夜,吵闹声把陈华从一场久违的春梦里吵醒。

陈华听着听着,感觉不对劲,走到窗户边。

不好,二姑娘正被居委会大妈率领着大爷大妈们围攻:

"你这是扰民!"

"还让不让人睡觉了?"

"我要投诉你!"

"什么素质?!"

二姑娘左支右绌,一张嘴斗不过一整个军团。

这时候,大爷大妈的腿突然向两侧分开,他们愕然地低头看,都吓得发出惊呼。

陈华艰难地爬在大爷大妈的腿脚中间,像一条穿越丛林的蛇,爬到了二姑娘面前,二姑娘也愣了。

陈华声音平静:"我瘫痪两年了,全靠我老婆开个酒馆养着,各位大爷大妈,我给你们赔不是了。"

大爷大妈同时安静了下来。

二姑娘还没反应过来,陈华拧了一把二姑娘的腿,二姑娘的眼泪及时地流下来了。

居委会大妈招呼着:"都散了散了吧,走之前,一人买瓶啤酒吧,小年轻也不容易。"

意外地卖出去十几瓶啤酒,送走了大爷大妈,二姑娘看着端坐着喝啤酒的陈华,笑了。

两个人第一次这样坐下来,喝着酒,有一搭没一搭地聊着。

面对着二姑娘,陈华一不留神就暴露了自己的秘密:

和平离婚,能分的东西都分了,谁也不恨谁,除了难过,没有别的感觉。

你得承认,有些女孩,让你特别愿意跟她袒露自己的秘密。

二姑娘听完,有意无意地说了句:"有伤的男人,有魅力。"

听得陈华一呆。

"那你呢?怎么想到来这里开酒馆?"

二姑娘喝了酒,双颊有一点红,像这条街上最大的那间水果店。

她说:"这只是我酒馆中的其中一家。"

"嗯?还有几家?"

二姑娘竖起两根手指头。

陈华看着她指甲上镶着的 Hello Kitty，心里奇奇怪怪地一软。
"还有两家？在哪里啊？"
"不告诉你。"

接着喝，啤酒瓶散落了一地，脚一不小心碰到，发出清脆的声响，像一首情歌。
二姑娘软成一团，仰着头，指着屋顶，问："这里是你的客厅？"
陈华说："是的，客厅里放着很多啤酒瓶。"
二姑娘又指："这是你的卧室？"
"是，有一张挺大的床，是我的主要活动范围。"
"那这里是你的厕所？"
"是，厕所是人在尘世的出口。"
"噗，那这里呢？你的厨房？"
"对，厨房是我最后可能毒死自己的地方。"
"哈哈哈哈哈。"

两个人都喝得脑袋沉了，看出去，觉得自己像是被罩在雾气里。
二姑娘突然站起来，摇摇晃晃地往外走。
陈华跟着站起来："哪儿去？"
二姑娘没回头，说了句："去看看你的床有多大。"
陈华一瞬间醒了酒。
二姑娘耳朵贴在陈华的床上，偷听，问："你晚上是不是就在这里偷听我？"
陈华被问得囧了，极力否认："我没有。"
二姑娘看着陈华，眼神里全是挑衅："想不想去我的第二家酒馆看看？"
陈华一呆："在哪儿？"
二姑娘整个人都已经腻了上来。
陈华如愿看到了二姑娘的第二家酒馆。
这大概是这个星球上最小的，也是最容易喝醉的酒馆了。

/155

这个晚上,陈华彻底明白了一个成语:醉生梦死。

晨光耀眼,陈华从醉生梦死中醒来,身边空了。

四处看,没有二姑娘的影子。

陈华套上衣服冲下楼,发现春桃酒馆关着门。

陈华觉得自己做了个梦,上了楼,看到床头柜上放着一把钥匙,钥匙下面压着一张便笺。

便笺上写着:我有事离开几天,替我照看春桃酒馆,酒馆价目表和进货电话在吧台。

陈华抚摸着钥匙,至少确认了昨天晚上不是梦。

常来的酒客们,看着吧台里的老板换了个男人,还笨手笨脚的,有些不爽,问:"老板娘呢?"

陈华嘴上说:"出门了,过几天就回来。"

但心里却不太敢确定。

他在二姑娘的第一家酒馆里忙碌,满脑子想的都是二姑娘的第二家酒馆。

有时候想得猛了,陈华就抽自己,大骂自己,无耻淫贼!

日子一天一天地过,陈华已经和酒客们打成了一片。

有时候和酒客们一起怀念着二姑娘。

陈华试图从酒客们的只言片语中,拼凑出二姑娘的秘密。

不然,她也太像一个梦了。

还是个春梦。

可这个春梦,真让人想念啊。

三个月后,夏天快要过去了。

北京的秋天,是一年四季里最舒服的季节。

送走了最后一拨客人,陈华一个人开了一瓶 Raging bitch,看着外面那些树,抖搂着自己的叶子。

这时候,二姑娘迎面走进来了。

陈华很平静,至少看起来很平静,递出去自己喝了一半的啤酒,喝点儿?

二姑娘接过来,喝了一大口。

"你不问我去哪儿了?"

"你想说自己会说的。"

"还记得你问我,为什么要开这个酒馆吗?"

"记得。"

"这是我和前男友的约定。"

"哦。"

"我是个有始有终的人,说好的事情没做完,我心里难受。这三个月,我把以前打算要和他一起做的事情,都做完了。我想,我准备好了。"

"准备好了干吗?"

"请你来我的第三家酒馆。"

"在哪儿?"

二姑娘指了指自己的心口。

陈华笑了,觉得自己心里在那一刹那,星光四射。

人一生分四季,谁也不知道春天什么时候来。

辑 四

这样的时刻

这样的天气

你这样年轻

风吹过来

除了相爱

还有什么可以给你

初恋教会我们爱

青春教会我们少留遗憾。
初恋教会我们怎么去爱。
长大了,变老了,
缅怀青春的话,
不敢多说,
只愿我们永远像初恋一样,
最揪心、最开心。

  青春期有一件事能影响男人的一辈子——初恋。
  初恋,让男人开始懂得姑娘和爱情。
  我想讲一个有关初恋的故事。
  在故事里,回到青春期,看看那时候年少的自己,还有穿裙子、迎风生长的姑娘。
  十周年同学聚会。
  班主任谭哥逐一发短信通知大家,要求谁也不许缺席。
  我因为堵车,迟到了一个小时。
  等我到的时候,大家都已经酒酣耳热。
  有个位子是空出来给我的,旁边坐着姚静。
  她看着我,有些醉眼迷离,我走到她旁边坐下。一瞬间有一种回到高中岁月的恍惚感,说起来,我和姚静有十年没见了。

  时间回到少年时代。
  我们正在军训,那是我第一次见到姚静。
  在此之前,我从来没有见过这样好看的女孩,尤其是她的背影,在队列里熠熠生辉。

我很想问问她:"姚静,你长得这么好看就不怕遭天谴吗?"

休息时间,我偷听姚静和闺密说话,姚静说:"我来那个了,一会儿就不跑步了。"

闺密羡慕地看着姚静:"要是我家那位也来了就好了。"

我心领神会,走到姚静身边,说出我这辈子对姚静说的第一句话:"姚静,你能借我一片卫生巾吗?"

姚静和闺密都惊呆了。

两分钟后,列队跑步,我脚下踩着姚静的卫生巾,像是踩在云端,整个人飘忽不定,仿佛在一瞬间羽化登仙,连看教官的眼神都温柔起来。

姚静的卫生巾就是我的七彩祥云啊。

飘在空中的我,看向正在树荫下抱着膝盖读书的姚静,恨不得让全世界都听到我的宣言:"姚静,我会把这一生的热爱分期付款全都给你,直到人类灭亡。"

我和姚静正式成为同班同学,而且坐邻桌。

我坚信,这一切都是上天注定。

我每天都会用温柔的眼神浇灌姚静。

姚静在我的眼睛里变换着各种形象:有时候她穿得像个天使,有时候又穿得像个妖精……

在我想象的世界里,我在各种场合以不同的姿势牵了她的手,地点包括学校大门口的传达室、篮球场边的冬青丛,以及她回家必经之路的路灯下。

数学课上,我一边算概率一边看着她,心里盘算着她突然跑过来对我说"我们一起浪迹天涯吧"这件事究竟是不是小概率事件。

生物课就更不得了了,我托着腮看姚静的侧脸、侧胸、侧小腿弯,不由得感叹上帝对待男人和女人是多么不公平。为什么姚静的每一个细节都美得丧心病狂?

此后的日子里,我经常忘了带笔、忘了带橡皮、忘了带课本、忘了带修正液、忘了带纸巾……

一切能忘记带的我都经常忘记带。

这就意味着我可以冠冕堂皇地跟姚静说:"哎,橡皮借我。"

姚静这个时候往往正在目光炯炯地看黑板,她伸手递给我橡皮,我伸手去接的时候故意碰她的手背,有时甚至情不自禁摸两把,这个时候她往往会啪地反过手拍我一下,然后继续听课。

我常常发呆走神,姚静用眼角余光看我,愠怒地拍我的桌子,我一惊,侧脸看她,她皱着眉头,小声但严厉:"听课!"

我理科不好,常常凑过去问她:"洛伦兹力左手定则到底怎么用啊?"

这个时候她就会吐出一个字:"笨。"然后手把手地教我洛伦兹力左手定则到底该怎么用。

说来也奇怪,我每次一学就会,可是下次用的时候就又忘了,我只好再问她,她就骂我笨,然后再握着我的手教我。

后来有人问我:"怎么才能牵起姑娘的手于无形之中?"

我就教他们:"笨!洛伦兹力左手定则啊。"

在生物界,美好的雌性绝对不止一个追求者。

姚静当然也不例外。

那天,我打完篮球满头大汗地回到教室,一进门,就看到肖轩奇坐在姚静旁边,两个人脑袋凑在一起,头发都碰到了,低头小声说着什么。

我气得头发直竖,猛地冲过去,站在两个人面前,大声质问:"你们在干什么?"

肖轩奇和姚静同时抬起头。

姚静莫名其妙地看着我,有些不高兴:"你喊什么?肖轩奇在给我讲三角函数。"

三角函数?我最讨厌三角函数!

肖轩奇高傲地瞥了我一眼,继续给姚静讲题:"这里解出来之后是Sin3。"

姚静看了我一眼,低下头认真地听着,不时附和。

两个人完全把我当成了空气。

我站在原地,尴尬得好像没穿衣服的雕塑大卫。

我气呼呼地抱着篮球走出教室，故意把门摔得震天响。

我走在操场上，觉得路过的所有人都在嘲笑我，所有人都面目可憎。

回去上课，政治老师让课代表发下一本练习册，要我们把所有的答案都抄录一遍，强化记忆，明天一早上交。

我当时正在气头上，完全心不在焉，时不时偷瞄正在奋笔疾书的姚静，希望她偶尔能抬头看我一眼，没想到，姚静压根就当我是空气。

我难过极了，心里胡思乱想，她一定是跟肖轩奇好了，她劈腿了，她不是人，她伤害了我。整整一下午，我一个字也没写。

晚上回到宿舍，我累坏了，原来跟姚静冷战这么耗费元气。

想到明天没法交政治作业，我心里更加郁闷，真是倒霉的一天。算了，管它呢。我和姚静赌气，顺便和全世界赌气。

我蒙上被子，气呼呼地睡着了。

小树林里，肖轩奇拉着姚静的手，搂着姚静的腰，两个人在月光下说情话。而我只能站在一旁傻傻地看着，肖轩奇时不时对我投来挑衅的目光，而姚静根本就不看我。

紧接着，肖轩奇俯下身去亲吻姚静。

我惨叫一声，从梦中惊醒，汗流浃背。

我喘着粗气，惊魂未定："大志，大志，我做了一个噩梦，梦见肖轩奇这小子要亲姚静的嘴。"

欧阳大志迷迷糊糊撂下一句："你神经病吧！"然后就打起了呼噜。

我看向窗外，月亮很大，月光照得外面一片明亮。

我擦了擦额头上的汗，慢慢地躺下，心里不停地安慰自己，幸好只是个梦。

姚静是走读生，家就在本市，每天姚静都骑着一辆自行车上下学。

而我因为离家远，只能住校。

所以每天早上，我都早早地去教室，等着姚静的到来。

姚静终于来了，我特别傲然地瞟了她一眼。

姚静看起来有些疲倦，眼睛红红的，我虽然心疼极了，但又暗自高兴。这说明她在乎我啊，说明她想我想得孤枕难眠啊。

政治课代表开始收练习册，到我这里，我没好气："我没写！"

课代表愤怒地瞪着我，恐吓道："你不交作业，我告诉老师去！"

我冷笑："你告啊，去告啊。"

课代表不可思议地看着眼前这个"大逆不道"的我，气呼呼地走开。

姚静突然从抽屉里掏出一本练习册，拍在我面前。

我疑惑地看了姚静一眼，慢慢翻开练习册，惊呆了。

练习册里每一道题下面都工工整整地抄满了密密麻麻的答案，全部都是姚静的字迹。

我一页一页地翻着，一直翻到最后一页，最后一道题下面，用铅笔画了一个可爱的笑脸。

我看着姚静，她眼睛红红的、眼圈黑黑的，看着我。

我惊讶地问："你一晚上没睡？"

姚静冷笑："你别做梦了，我睡不着，拿着你的练习册练字呢。"

她话还没说完就掩着嘴打了个哈欠。

我看着姚静，原本已经结冰的心脏突然融化得开始滴水。

都说彻底爱上一个人需要一个决定性的瞬间，那一刻，我心里所有的鲜花怒放，我爱上她了。

学校大门口，我屁颠屁颠地跟在姚静后面。

我说："姚静，我错了，我以后一定好好学习，就算让我弄懂三角函数都不在话下。"

姚静推着自行车往外走，忍住笑。我一把握住车把："我送你吧。"

姚静有些犹豫："让我妈看见了不好。"

我坚持："没事，在你妈看到之前，我会消失的。"

晚上，我骑着自行车，载着我心爱的姑娘，飞驰在夜色中。

我们有一搭没一搭地说了很多没有意义的话，但我觉得如此幸福。

从那个晚上开始，我和姚静的关系有了突破性的进展。

我们一起上自习，一起做作业。
晚上偷偷去操场说悄悄话。

有一天，姚静告诉我，有个胖子晚上尾随她。
我气坏了。
第二天，我在教室门外蹲点，瞧见了那个胖子。
胖子胖得跟熊一样，我目测良久，最终确认我一个人肯定打不过他。
但是不怕，我有哥们儿，我有宿舍里的兄弟。
欧阳大志一听，表示甘愿赴汤蹈火，万死莫辞。

据线报，那胖子正在篮球场上打篮球。
于是，我兴冲冲地领着人，起义军似的冲向篮球场，讨伐尾随姚静的死胖子。
当时的气势特别震撼，连我们头顶上的乌云都带着噼里啪啦的闪电。
篮球场周围有一圈铁栅栏，上面是尖的，每一根都像是起义军使用的长矛。
欧阳大志这次特别仗义，他指着篮球场上正在运球的胖子，转头问我："是不是他？"
我点点头。
欧阳大志冷笑一声："他不要命了吗？敢跟我兄弟抢女朋友？"
然后他一手撑着铁栅栏作势要翻过去，姿势相当帅气。
不知道是铁栅栏太高，还是欧阳大志裆太肥，只听一声惨叫——
当他两腿叉开骑在长矛一样的铁栅栏上的时候，我身后的兄弟们都惊呆了……
欧阳大志捂着裆瘫软在地上，面如金纸。
胖子投篮命中，转过头来愕然地看着我们，看着躺在地上的欧阳大志，一脸迷茫。
我们慌了神，七手八脚地把欧阳大志送到学校的卫生室，医生说："睾丸瘀血。"

于是，我那个月的生活费全部砸在他的瘀血上，欧阳大志在床上躺了三天，下床上厕所都得我扶着。

什么叫出师不利，什么叫士气大减？那一天，我学到了军事理论的第一课。

一鼓作气，再而衰，三而竭。

可是我们第一鼓就竭了……

后来，虽然没有欧阳大志，但架还是打了。

我无法容忍一个胖子晚上尾随我都舍不得碰的女孩。

我们在操场上打成一团，几乎分不出敌友，我到处找那个该死的胖子。

直到教导主任领着一众老师冲过来，我也没找到他。

级部主任绝望地看着我："你挺能耐啊你。"

我低头不语。

我是主犯，学校说我教唆打群架，记大过处分。

我爸被叫来跟教导主任吃了两次饭，我写了六份检查，罚站一个礼拜。

我在办公室罚站，姚静偷偷给我送可乐。她看着我，泪眼盈盈的，然后偷偷地塞给我一条手机链，上面有两个字：勇气。

我的心都要融化了，觉得自己特别悲壮，为了姚静，一切都值了。

我们始终没有表白，但这不妨碍我们的关系越来越近。

周末，趁她父母不在，我就去她家，两个人手牵着手去菜市场买菜，回家做饭，说一些幼稚可笑的话。

然后一起趴在床上，纯洁地复习功课，做三角函数题，讲英语语法。

我至今都无法相信，我曾经如此纯洁。

美好的日子虽然短暂，但在我的记忆里，这段时光被无限拉长。

直到那个周末，我和姚静手牵着手去菜市场买菜，当面遇到了正在和猪肉小贩讨价还价的级部主任。

级部主任看着俨然小夫妻的我们,当天就通知了双方家长。

我被家人教育,姚静被父母勒令和我分开。

事情闹得沸沸扬扬。

我们两个人一商量,要不就先分开吧,好好考试,将来一起考同一所大学,上了大学我们就可以自由自在地在一起了,说亲嘴就亲嘴,谁也管不了我们。

高二分班之后,在级部主任的干预下,我和姚静被分到了两个班,虽然只隔着一层楼,但我仍旧感觉像是异地恋。

功课越来越多,我们见面的次数越来越少。

我们每次在操场上诉说思念,都像是在偷情。

姚静的妈妈辞了工作,专心照顾她,我们更失去了在她家里独处的机会。

高三每天都有做不完的卷子,我被数理化搞得焦头烂额。

姚静每天除了做功课,还要补习物理。

我怕耽误她学习,不敢打扰她,每次我们就在去食堂吃饭的路上,匆匆打一个照面,她一天比一天瘦,我很心疼。

高考前一天晚上,我想早一点回宿舍。

我刚走出教室,就看到姚静和肖轩奇并肩走在我前面,肖轩奇书包的带子反了,姚静很自然地替他翻过来。

这个动作深深地刺激了年少的我。

我愣在原地,觉得整个世界都对不起我。

原来姚静跟我不在一起的日子里,和肖轩奇已经好上了!

一夜无眠。

第二天,不出意料,本来我理科就不好,再加上前一晚的刺激,我考砸了。

我拒绝再听到姚静的任何消息,删掉她所有的联系方式,不再和她说话。

我没有大学可以上。

整个暑假，我都在家里无所事事。

爸妈生怕我在家憋出什么毛病，给我在驾校报了名。

我每天早早起床，去驾校学车，试图忘掉没到来的前途和注定要失去的姚静。

我拿到驾照那天，我爸让我收拾东西。

我愣住。

我爸一路开着车，把我送到了学校，只说了一句话："复读手续我都办好了。"

我知道木已成舟，大学还是要上，不然我在哪里长大呢？

高三（27）班，全是复读生，班主任是风趣幽默的谭哥。

我一进教室就看见了姚静，她抬头看看我，给了我一个微笑。

我胸口一疼，站在门口，不知道自己是什么表情。

这下我们俩都成了因为"谈恋爱"考不上大学的反面例子了。

谭哥知道我和姚静轰动校园的事情，在我入学第一天，就找到我和姚静。

在办公室里，谭哥说得很诚恳："你们复读了，已经比别的同学晚了一年。我也是从你们那时候过来的，喜欢一个人不丢人，考不上大学可就丢人了。我希望你们两个收敛自己的感情，多为对方想想。上了大学，你们随便爱，没人管。"

我和姚静对望一眼，心里莫名其妙地难过。

谭哥说完，站起来："给你们一个小时，说说话吧。"

谭哥走了出去。

我和姚静对望，谁都不知道该说什么。

我耿耿于怀："肖轩奇考得好吗？"

姚静回答我："他去了北师大。"

我一方面为他们没有考到同一所大学而暗爽，另一方面又心疼姚静也像我一样，要被耽误一年。

我试图故作轻松："这一年我们都好好学习，就不要打扰对方了。"

姚静点点头:"怎样算不打扰?"

我说:"我不知道,尽量少说话吧。"

姚静低下头,我装作没看到她的眼泪滴下来。

复读这一年,谭哥把我和姚静安排在相隔最远的两个座位,如同南极和北极。上课下课,我从来都是控制住自己,不看姚静在干什么,不听姚静在说什么。

形同陌路。

比高三那一年更夸张,我甚至故意避免和她有眼神接触。

我努力地学习我极为讨厌的数理化,把所有的力比多和荷尔蒙都发泄在试卷里。

晚上,我总是梦见姚静,梦见她走在队列里,扭来扭去,背影好看,对着我笑;我总是梦见我踩着姚静的卫生巾,像是踩在云端。

醒来的时候却更加难受。

我曾在语文课本上读到鲁迅的句子:"人生最痛苦的是梦醒了无路可走。"

我那时候觉得人生最痛苦的事情,就是我明明喜欢死了姚静,却要装作对她视而不见。

成长一定要这么变态吗?

年少的我,努力压抑自己的感情,学会了在喜欢的人面前表演怎么不喜欢,学会了跟别的女生嘻嘻哈哈,残忍地想象着姚静吃醋又没有办法的表情。

黑板上距离高考的时间在倒计时,我们都知道,这已经是平白得来的机会,我们都不能再失败了。

整整一年,我没有跟姚静说过一句话,所有的思念都写进了日记本里,不然你们以为我今天怎么可能成为作家?

在别人眼里,我和姚静就是陌生人,我为自己的演技感到骄傲。

高考那一天,我和姚静坐大巴去考场。

进考场之前,我不知道哪儿来的勇气,冲过去狠狠地抱住她,在她耳边说:"好好考。"

姚静回答:"你也是。"

高考最后一天,最后一门考完,回去的大巴车上,谭哥让我给大家唱一首歌,同学们起哄。

我看了一眼姚静,唱了一首刚学会的新歌,时至今日我仍旧记得那首歌的歌词,其中有两句是我特别想说给姚静听的——

"要你记得,又怕你记得,相爱会不会让你因此快乐。"

我唱得很难听,同学们都听不下去,只有姚静哭了。

高考成绩下来,我们回去填志愿,我和姚静考得都算不错。

姚静大方地坐到我身边,问我:"你报哪个学校?"

我笑得很调皮:"要你管?反正我想离你越远越好。"

姚静看着我,眼泪在眼眶里打转。

我心疼得直不起腰,但脸上还是拼命堆着笑。我知道,我的分数肯定比她低很多,注定去不了同一所大学,那又何必让她为难?

离开学校的时候,下着雨。

姚静推着自行车走在我前面,我突然对着姚静的背影大叫:"姚静!"

姚静回过头,在雨里看着我。

我喊:"姚静,这四年,我只喜欢过你一个人,我不后悔。"

说完,我大步跑向了相反的方向,不敢回头看姚静的反应。

我和姚静去了不同的大学,隔得很远,偶尔发短信说说近况,彼此都很收敛。

那时候,校内网已经更名为人人网,我把姚静从特别好友的位置取下来,准备开始新生活。

大学毕业之后,我们联系更少,其间只偶尔听到她的消息。

她考了公务员,就在我们上高中的城市工作。

生活平和安宁。

再见到姚静,已经是十年之后谭哥召集的同学聚会了。

谭哥特意给我留了姚静身边的座位。

我和姚静喝酒,我们都喝多了。

姚静醉眼迷离,她凑在我耳边说:"如果我们当时考同一所大学,会不会在一起?"

我喝了一口酒,哈哈大笑:"废话,当然会了。"

心里却已经泪如雨下。

我上厕所撒尿,谭哥也在,我们并排着打击小便池的卫生球。

谭哥侧过脸来看我,告诉我:"姚静高三考得比高四好,她是为了你复读一年。她求过我,让我不要告诉你。现在你们都过得很好,我也可以说了。"

我盯着小便池里的卫生球,难过得只能笑出声来。

我再一次和姚静走在校园里,姚静跟我说:"你成作家了,看来以前说的话不是在吹牛。"

我笑了:"有一天我会把我们的故事写出来鞭尸的。"

姚静微笑:"写出来一定要发给我看。"

我说:"一定。"

操场还是原来的样子。

我闭上眼,好像就能回到我和姚静走在夜色里,我故意碰她肩膀的少年时代。

临别之际,姚静跟我说:"我一直不敢在人人网上放我的婚纱照,就是怕你看见。"

我笑着对她说:"我其实比谁都想看到你穿婚纱的样子。新婚快乐。"

姚静笑着看我,一如高一那年,我第一次见到她。

每个人都有过初恋,爱得热烈,爱得不计后果,爱得轰轰烈烈。

每个人都说过永远,说的人和听的人都一样坚信。

每个人都许过勇敢的诺言,有多美丽就有多脆弱,无数次被戳穿,又无数次被相信。

每个人都有过莫名其妙的倔强,伤害过自己,也伤害过深爱的人。

但不就是这些才组成了美好的青春和短命的初恋吗?

青春教会我们少留遗憾。

初恋教会我们怎么去爱。

长大了,变老了,缅怀青春的话,不敢多说,只愿我们永远像初恋一样,最掏心、最开心。

谢谢你,我初恋里美好单纯的姑娘,就让十八岁的我们,留在那里,继续相爱。

食爱少女

食爱少女，新物种，
无害，迷人，聪明乖巧，
最大的心机就是没有心机，
如同吸血鬼一样，
靠"吸食"男人给她们的爱活着。

在这个故事的开始，我需要下一个定义。

食爱少女，新物种，无害，迷人，聪明乖巧，最大的心机就是没有心机，如同吸血鬼一样，靠"吸食"男人给她们的爱活着。

她们必须不断进食，不断接受新鲜的爱，否则皮肤会变差，情绪会变坏，精神会变空虚。

没有爱，她们也可以活着，但绝对活不好。

贝影有个习惯性的动作，就是撩头发。

贝影一头长发，黑且直，撩头发的时候嘴角微微翘起，眼睛里有光，杀伤力巨大。

贝影是个神奇的女孩。

很少有女孩可以用"神奇"两个字形容。

贝影的神奇表现之一，是她的工作。

先前贝影在一家化妆品公司上班，上司刁钻古怪，没有年假，工资低，待遇差，关键是还有各种各样变态的规章制度，比如不准在办公室吃东西；上班迟到每五分钟扣三百块；着装必须得体，裙、裤必须过膝。

贝影强忍着上了几个月班之后，终于忍不住，在找到一份她认为非常适合她的工作之后，毅然辞职。

新工作让朋友们大吃一惊。

贝影买了一辆折叠电动车、两部手机,开始了她的新工作。

深夜代驾。

贝影昼伏夜出,穿得漂漂亮亮地穿梭在三里屯一带,用手机软件抢单,把喝醉的客人送到目的地,然后再骑电动车返回三里屯,等待下一单。

我们都很吃惊:"一个女孩子大晚上给别人代驾,万一出事怎么办?"

贝影从包里掏出防狼喷雾,对着我们晃晃:"我有这个,实在不行,我包里还有扳手。"

贝影喜欢这种深夜里载着陌生人游走于城市的感觉,她觉得自己像是一个守护城市的骑士,有时候还能顺便泡泡男人。

说到泡男人,贝影的神奇体现之二就是在感情方面异于常人。

人们往往习惯于通过一个女孩交往过多少个男朋友来判断,这个女孩是良家女还是浪荡子。

如果按这个标准来判断,贝影则是当之无愧的浪荡。

她自己也从不讳言,甚至把微信名改成火热辣妹。

贝影其中一个男朋友就是在深夜代驾的时候认识的。

一般来说,客人通过手机下单,被女代驾司机抢到,客人们都会很开心。

毕竟花点钱就能让一个女孩在深夜里奔向自己,是一种很爽的体验。更何况,整个行业里,还是以男司机居多,女司机自然是宠儿。

客人们看到贝影都会大吃一惊,很难相信这么年轻漂亮的女孩会做代驾。

喝了酒的男客人借着酒劲儿调戏贝影,贝影轻易化解。碰到动手动脚的客人,贝影会直接踩刹车。

习惯了各色人等,贝影没觉得这个行业有多危险。

一个下雨的晚上,贝影抢了一个额外小费已经加到三百的单子,目的地是京郊别墅。

以贝影的经验,这一定是个有钱人,开的车不会差,贝影非常喜欢开好车。

赶到酒吧,果不其然,是一辆保时捷。

客人上了车就昏睡过去。

上了四环,客人才醒过来,看代驾的司机是女孩,客人也吃了一惊:"你怎么是个女的?"

贝影从后视镜里一看,客人长得不错。

贝影笑了:"为什么不能是女的?"

客人也笑了:"我倒是第一次遇到女代驾司机,你叫什么名字?"

贝影撩了一下头发,嘴角带笑,眼睛里有光:"我叫贝影。"

客人赞叹:"名字好听人好看,我叫豆沙。"

豆沙和贝影有一搭没一搭地聊起来。

豆沙酒意上涌:"你开得太慢了,给油啊,给到底,我这车拼的就是速度。"

贝影无奈:"这里限速90。"

豆沙坚持:"怕什么,超速算我的,给油!给到底!"

贝影没听他的,还是原来的速度:"我们要遵守交通规则。"

送到了别墅区。

豆沙看着外面的大雨,问贝影:"你怎么回去?"

贝影从后备厢里拿出折叠的电动车:"这个。"

豆沙摇摇头:"这太危险了吧?大晚上的,还下着雨。"

贝影一脸无所谓:"那也没办法啊,下雨单子多,我还想折回三里屯呢。"

豆沙想了想:"要不这样吧,我和你一起回去,晚上跟着你一起代驾,我也体验体验生活。"

贝影笑:"你就是传说中闲着无聊、体验生活的富二代吗?"

豆沙也笑:"行不行吧?"

贝影耸耸肩:"行啊。"

保时捷又折了回去。

贝影抢到一个单子，赶到的时候，客人看到两个人都要上车，愣住："怎么你们还两个人？"

贝影还没说话，豆沙先开口："她是我女朋友，一个人我不放心。"

客人愣了愣，也没说什么。

贝影看着豆沙，觉得豆沙还挺可爱的。

送完最后一单，贝影骑着电动车和豆沙一起奔驰在公路上，好在雨小了很多，但两个人还是淋成了狗。

贝影喊："体验好玩儿吗？"

豆沙趁机抱紧了贝影的腰："特好。"

从此以后，每次贝影代驾，豆沙就开着保时捷跟在后面。

客人奇怪："后面那车干吗的？老跟着我们。"

贝影觉得好笑："可能是个神经病吧。"

送客人到了目的地，豆沙就开着车再把贝影送回三里屯附近。

有时候豆沙开玩笑："你挣的钱是不是得分我一半啊？"

贝影"喊"了一声："你好意思要我的血汗钱吗？"

豆沙开着车，带着一大束玫瑰，在三里屯跟贝影表白。

贝影虽然觉得这阵势有点土，但还是答应了。

两个人顺利地在一起。

恩爱了一段日子，两个人便开始无休止地争吵。

豆沙希望贝影不要再做代驾，这让他很没面子。

贝影说豆沙干涉她的生活，而且很不喜欢豆沙天天混夜店。

终于有一天，豆沙被贝影抢白得无言以对，给了贝影一巴掌。

贝影从小到大哪里被人打过，当即就疯了，一脚踢在豆沙裆部，宣布分手。

分手之后，贝影继续做代驾，昼伏夜出。

时间长了，豆沙受不了了，特意组了一个局跟贝影道歉，局上豆沙带来了他的一众好友。

其中就有豆沙众多好朋友之一,乌冬。

唱歌的时候,贝影忍不住多看了乌冬几眼,乌冬报以微笑。

局上,豆沙喝多了,跪在贝影面前痛诉衷肠,哭得稀里哗啦,在场的人都很感动,只有贝影觉得尴尬,心里想着:"他什么时候对我这么好了?我怎么都不知道?"

突然间,贝影看见豆沙鼻孔里冒出来的鼻毛,心里觉得无比厌恶,再仔细看,发现豆沙全身都是毛病,怎么看都不顺眼,厌恶之情更甚。

后来贝影说:"我也不知道怎么了,那一瞬间我觉得我对豆沙死心了。"

贝影气冲冲地准备离开,一只手拦住了她:"就这么走了?"

贝影一抬头,发现是乌冬,她一愣。

乌冬说:"我送你呗。"

贝影撩了一下头发,微笑着说:"我家很远的。"

乌冬笑笑:"我有的是时间。"

贝影成了乌冬的女朋友。

豆沙大受刺激,找到乌冬,和乌冬大打出手。

乌冬保持着风度,豆沙歇斯底里。

贝影给受伤的乌冬擦药,道歉:"对不起。"

乌冬满不在乎:"挨一顿打,换来你,值啊。"

朋友们觉得贝影对待感情太草率,贝影说:"我就这样,感情就像水龙头一样,开得快,关得也快。你们不都说我浪荡吗?我就应该表现得像一点才对。"

贝影和乌冬的感情也没有持续太久。

贝影去乌冬的住处看他的时候,发现乌冬正和一个陌生女孩翻云覆雨。

贝影往沙发上一坐,把乌冬和陌生女孩看得惊呆了,她点了根烟:"没事,你们继续,完事了我们再谈。"

乌冬把夜店女打发到洗手间。
贝影冷笑:"你就是这样爱我的?"
乌冬也急了,大吼:"她知道!她只是玩玩!"
贝影绝望:"算了,你们俩好吧,朋友们问起来,我替你保密。"

贝影当天晚上找我喝酒。
我很生气:"你换男朋友比换内衣还勤,这样有快感吗?"
贝影抽着烟:"有啊。我就是吸血鬼,只不过我吸的不是血,是爱。我得靠爱活着,一天不谈恋爱,我就想死。"
我叹气:"这是你的生活方式,别人没办法评判,但你真的开心吗?"
贝影抽了几口烟,看着我:"我跟你说起过拿铁吗?"

拿铁是贝影的高中同学。
从高中一年级开始,贝影就暗恋拿铁。
拿铁是学霸,长得又好看,还会乐器,是当之无愧的少女杀手。
年少的贝影一直不敢表白,怕自己配不上拿铁。
所以贝影一直在努力,希望自己变得像拿铁一样优秀。
为此,贝影学英语、学吉他、学芭蕾,把每天的时间表命名为"征服拿铁计划"。
除了睡觉,每个小时都被贝影掰开揉碎,用来学习进步。
成长过程中,每个人都为了爱情努力把自己变得更好。

努力了三年,贝影如愿和拿铁考入同一所大学,在拿到一个芭蕾舞的奖项之后,贝影决定去向拿铁表白,却发现教室里拿铁抱着一个女生,两个人正在调笑。
贝影愣在原地。
这也就算了,更令贝影觉得无法接受的是,她发现,拿铁同时交往着很多女生。同学校的、隔壁学校的,甚至是外地的。
贝影试探着问其中一个女生:"你是拿铁的女朋友吗?"
女生愣了愣,说:"算是吧。"

拿铁对每个女孩说着精心设计过的情话，左右着女孩们的情绪，享受着这种众星捧月而自己又掌控一切的状态。

贝影的世界观崩塌，她伤心欲绝地大哭一场，终于忍不住去质问拿铁。

拿铁听完贝影的一番哭诉之后，无所谓地笑笑："这就是我，我就是这样的人，你喜欢就喜欢，不喜欢就滚蛋，怎么着，想来审判我吗？"

贝影呆住了，没想到自己日思夜想的男生竟然这么不堪。

她无论如何也想不通。

几天没睡觉，贝影觉得自己可以改变拿铁，让拿铁喜欢上自己。

拿铁还是周旋在很多女孩之间，如鱼得水。

每当贝影想要放弃的时候，拿铁就抛给贝影一根恰到好处的橄榄枝，让贝影死不了，也活不好。

贝影知道，拿铁享受着这种左右别人情绪的快感。

他是个变态。

而自己竟然甘心被他左右，贝影觉得自己也是个变态。

这种情况持续了整个大学阶段。

贝影努力改变拿铁，拿铁努力不被贝影改变。

两个人在某种对抗之中，反而无话不谈。

一旦拿铁遇到问题，总会找贝影出来喝酒。

贝影没有一次爽约。

拿铁从没给过贝影承诺，贝影就麻醉自己，总有一天他会给。

这种奇怪的信念支撑着这个为爱"变态"的少女。

大学毕业之后，两个人都留在了北京。

熟悉贝影的朋友们都知道，她还没有放弃。

拿铁仍旧在泡妞，领地越来越广，上至外企高管，下至新入学的无知学妹，甚至倨傲地和贝影讲述自己搞定女孩的几个步骤。

开始的时候，贝影每次听了，心都疼得滴血。

后来渐渐习惯了，拿铁说，贝影就听着，暗暗努力把自己变成更好的女孩。

一个晚上,贝影接到拿铁的电话,让她开车送自己回家。
贝影赶到的时候,发现拿铁抱着一个女孩,两个人都喝多了。
贝影没多说什么,自顾自地开车,尽可能装作若无其事。
拿铁和女孩坐在后座,因为酒精的作用,两个人劈头盖脸地亲吻起来,拿铁摸着女孩的大腿。
车内的后视镜里,贝影嘴唇都咬出血来,泪如雨下。
在女孩的呻吟声中,贝影猛打方向盘,车子砰地撞在了隔离带上。

拿铁和女孩都住了院,所幸伤得不算严重。
贝影小腿骨折,精神恍惚。
贝影每天都躺在病床上,双目无神地盯着天花板,不知道在想什么。
在骨折康复的日子里,贝影多了一个习惯——撩头发、嘴角微笑、眼睛里有光。
后来贝影自己也察觉到,只要她对着陌生男人撩头发、微笑,就说明自己动了杀机。
她像一个猎人一样,猎杀着爱情。
贝影自己都觉得奇怪。
第一,即便拿铁如此伤害她,她也没有动过放弃拿铁的念头。
第二,自己竟然可以在喜欢拿铁的同时,也和别的男人谈情说爱,并且敏感地感受到爱与被爱。
人类可真复杂。

贝影会很快喜欢上一个人,当然也会很快厌恶一个人。
对贝影来说,喜欢和厌恶都是突如其来的。
喜欢可能是因为这个人会唱歌、会弹琴、会写诗,手指好看。
厌恶可能是因为这个人邋遢,白衬衫的衣领上有污垢,头发不打理,嘴唇干裂。
贝影觉得自己真的变成了吸血鬼。

靠着吸食别人对她的爱活着。

贝影常常打趣说:"上帝最恶趣味的设计,就是给一个有害的女人一张完全无害的脸。"

贝影觉得自己找到了对抗拿铁的新方式。

她甚至高傲地跟拿铁说起自己的经验:"我做得比你好,你不给任何一个人名分,只给暧昧,但我给。我是很多人的前女友,很多人是我的前男友。

"男人挺可悲的,总是相信自己看到的、感受到的。实际上,他们所看到和感受到的,都是我想让他们看到和感受到的。"

拿铁听完贝影的诉说,沉默了许久,喝干了一瓶啤酒才开口:"你是在模仿我?"

贝影醉眼迷离:"我有吗?"

拿铁斩钉截铁:"你有!"

贝影笑了:"但我比你更狠。你在伤害别人的时候,极其善于保护自己,懂得全身而退。我不一样,我是真投入,真爱,我伤害别人,也伤害自己,我比你狠。"

拿铁听完,说不出话来,不敢相信眼前这个女孩就是曾经那个单纯的贝影。

贝影看着拿铁的反应,很满意,补了一句:"我给自己取了一个外号呢,叫'食爱少女',酷不酷?"

拿铁把酒瓶摔在地上。

贝影变本加厉,故意挑拿铁常常出没的夜店和别的男人搭讪。
拿铁实在看不下去,冲过去钳住贝影的手,把贝影塞进车里。
车子疾驰而去。
后视镜里,拿铁看着贝影挑衅似的目光,气得猛踩油门。
拿铁把贝影拉到自己的住处,推倒在床上,给了贝影一个响亮的耳光。
贝影捂着脸:"你有什么资格打我?你是我的谁啊?"

拿铁没说话，解开领带，动作粗鲁地绑住了贝影的双手。

贝影激烈地反抗，又踢又抓又咬，拿铁不管不顾，横冲直撞。

疼痛直冲贝影脑门的时候，贝影脸上反而带了微笑。

拿铁在冷静下来之后，看着贝影身下，完全呆住："你还是……"

贝影散着头发看他："如果你现在跟我表白，我就答应做你的女朋友。我一直都想留给你的。"

拿铁抱紧了贝影。

贝影脸上带着久违的微笑。

第二天早上，太阳升起。

贝影早早地醒来，素颜下楼去买早饭。

走进便利店，买了一堆拿铁爱吃的，贝影觉得自己从此以后要做个贤妻良母了。

游戏时间终于结束了。

贝影不自觉地松了一口气。

贝影拎着东西往外走的时候，迎头撞上一个人，东西撒了一地。

贝影低头去捡，一抬头，一双修长的手出现在她面前，再看，一个男人正微笑着对她说："对不起。"

贝影看着眼前干净的男人，不自觉地撩着头发，嘴角微笑，眼睛里有光："没关系。"

贝影被自己下意识的自然反应吓了一跳，但脸上还是保持着迷人的微笑，那个男人直直地看着贝影，呆了。

食爱少女，新物种，无害，迷人，聪明乖巧，最大的心机就是没有心机，如同吸血鬼一样，靠"吸食"男人给她们的爱活着。

她们必须不断进食，不断接受新鲜的爱，否则皮肤会变差，情绪会变坏，精神会变空虚。

没有爱，她们也可以活着，但绝对活不好。

所以，她们永远在寻找——

下一个。

爱吃辣的人有故事

以前我以为自己爱吃清淡的，
跟你一起吃了这么多次饭之后，
才发现原来我爱吃的是辣的。

故事得从成都的一个路边摊说起。

路边摊叫刘嬢兔头，是很有名的成都小吃，尤其是麻辣兔头，闻名遐迩。

辣子高一脸落魄，扛着行李，异常狼狈地在路边摊坐下来，点了一碟串串、两个兔头、几瓶啤酒，左右开弓，辣得难受，眼泪直流。

此时，一碗冰粉递过来。

辣子高一抬头，看到一个短发女孩正对着他笑，声音好听极了："辣着了吧？来吃点冰粉嘛。"

两个人坐在同一张桌子上，吃起了串串。

女孩很豪爽，主动和辣子高攀谈："我叫核桃。"

一低头看到辣子高的行李，核桃很奇怪："带着这么多行李啊？"

辣子高几口酒下肚，心里莫名其妙地觉得委屈，就把自己一段堪称奇葩的经历说给眼前这个陌生的四川女孩听。

辣子高在北京有一份不错的工作和一个交往多年的女朋友白卉。

两个人在四环租了一个房子，一起在北京朝九晚五，生活平和宁静。

辣子高是性情中人，为人豪爽，朋友众多。白卉喜欢热闹，也是个爱交朋友的人，辣子高就把自己的一众好友介绍给白卉认识。

白卉在辣子高的朋友们面前表现得体，让辣子高很有面子。

朋友们都羡慕辣子高交到一个这么好看的女朋友，辣子高自己也很满足。

辣子高的工作单位讲究的是论资排辈，谁都想要往上爬，溜须拍马，不在话下，职位越高，待遇自然越好。

单位里流传着一句名言：你得敢舍。

辣子高的直属上司霍心比辣子高大八岁，很照顾辣子高，辣子高几次工作上的失误都多亏了霍心帮忙善后。

辣子高心里很感激，就召集大家一起去家里吃饭，重点感谢霍心。

白卉忙里忙外，做了一桌子菜，大家边吃边喝，聊得很开心。

从那天开始，霍心私下里常常和辣子高喝酒，有时候辣子高会带上白卉。

辣子高觉得，在北京这样一个地方，有朋友，有爱人，才能活得爽快。

那天，辣子高和霍心都喝醉了，两个人醉醺醺地在路边摊上嗨聊。

霍心拍着辣子高的肩膀："有个职位空出来了，盯的人可多了，你可得努力啊。"

辣子高连忙点头："哥，这事儿还得你多帮衬。"

霍心拍拍自己的胸口："包在我身上。"

说完，他就醉醺醺地昏睡过去。

辣子高打电话给白卉，白卉打了一辆车过来接他们。

霍心醉得厉害，两个人就把他带回自己家，安顿他睡在沙发上。

半夜，白卉起来上厕所，突然被霍心一把抱住，劈头盖脸地亲过来。

白卉吓得大叫。

辣子高迷迷糊糊地冲出来，看着眼前的一幕，气坏了，扑上去就开始狂揍霍心，霍心也被打得醒了酒，满脸是血，求饶："哥们儿我喝多了，你别见怪。"

毕竟是直属上司，辣子高也没有太过分，就把霍心赶出了家门。

辣子高觉得愧对白卉，反而是白卉很大度："没事，小事。"

第二天上班，霍心脸上带着伤，把辣子高叫到了办公室，一个劲地道歉："我真是喝多了，希望兄弟原谅我这一次，新职位我已经跟领导推荐你了。"

辣子高心里压着火，但也不好太计较，这事儿就这样告一段落了。

从此以后，辣子高和霍心除了工作往来，私下里很少交流。

顺利得到新职位那天，同事们一起为辣子高庆祝，霍心说家里有事情，要先走，招呼大家让辣子高喝好。

喝到后半夜，辣子高怕白卉在家等急了，喝了几杯酒，就赶紧逃回家。

一开门，辣子高的人生就遭遇了翻天覆地的变化。

卧室里，传来男人和女人聊天的声音。

男人说："今天晚上他不喝醉是不会回来的。"

女人回答："去你家不行吗？为什么一定要在这里？"

男人笑了："这里刺激啊。"

两个人的声音都再熟悉不过。

男人是霍心。

女人是白卉。

辣子高从门外抄起一个啤酒瓶，冲进去拍在了霍心头上。

一段时间之后，辣子高办好离职手续，换了一家公司。

同事们不明白刚刚升职的辣子高为什么要走。

这件事成为悬案，自然也被同事们各种八卦加工。

白卉也从原来的房子搬走。

孤家寡人的辣子高，陷入了巨大的痛苦之中。

他死活也想不通为什么白卉会和霍心好上，这个问题困扰着他、折磨着他。他无处发泄，除了喝酒，只能拼命工作。

因为工作关系，辣子高结识了一个成都女孩林沫。

两个人通过微信建立了微妙的感情，在辣子高痛苦得就要溺死在悲伤中的日子里，林沫成了他的救命稻草。

一个雨夜，辣子高喝多了，胆子大起来，给林沫发微信："咱俩好吧。"

林沫也没废话，回复："那你来成都。"

第二天一大早,辣子高买了最早的机票,飞奔成都。

一落地,辣子高给林沫打电话,林沫接下来说的话,让辣子高哭笑不得:"欢迎你来成都,但一个月之内请你不要找我,找我我也不会见你,我想看看你在成都能不能活下去。你就当这是一个考验吧。"

说完,林沫就挂了电话。

辣子高以为是开玩笑,再拨回去,发现自己被拉黑了。

无奈之下,辣子高又饿又困,也没找酒店,直接找到了路边摊,吃串喝酒,结识了川妹子核桃。

核桃一听,也没骂娘,反而动了恻隐之心:"你不是没地方住吗?住我家。"

辣子高呆住:"那你呢?"

核桃一脸无所谓:"我住我闺密家。"

辣子高连忙拒绝:"不合适。"

核桃一拍桌子:"就这么定了,老板,结账!"

当天晚上,核桃安顿好辣子高,自己去了闺密家。

辣子高有些莫名其妙地在一个刚刚认识的女孩家里睡了一晚上,早上醒来,身上还有女孩身上独有的体香。

辣子高觉得有些恍惚。

在核桃的帮助下,辣子高顺利找到了工作。

辣子高找到工作后的第一件事,就是找房子,说什么也不肯继续住在核桃家里。

核桃就帮辣子高大包小包地搬家。

两个人整理房间的时候,辣子高接到了林沫的电话。

辣子高说:"我找到工作了,也找到房子了。"

林沫回复:"你来天府广场吧,我有事儿找你。"

辣子高看看核桃,莫名地有些内疚。

核桃似乎完全没听到,自顾自地整理东西。

天府广场的一家川菜馆子。

辣子高走进包厢就吓尿了。

包厢里密密麻麻地坐满了人。

林沫介绍,在座的都是她的七大姑八大姨。

林沫说:"我心眼少,所以我家里规矩多,你想跟我好,得先过我家人这一关。"

辣子高咬牙点头。

三堂会审。

"你是做什么工作的?"

"学历?"

"双亲都健在吧?"

"原来在北京月薪多少?"

"在成都打算几年内买房?"

辣子高回答完所有的问题,已经力尽虚脱。

吃完饭,林沫送辣子高到门口:"你回去等我通知吧。"

辣子高灰溜溜地走了。

晚饭,辣子高和核桃诉说了遭遇:"你说她是不是有点过分?"

核桃感叹:"这女孩也太事儿了。不过女娃子嘛,天生小心谨慎,也可以理解,你既然都为了她来成都了,就忍忍吧。"

第二天,林沫约辣子高,告诉他:"我家里人同意咱俩好了。"

辣子高松了一口气。

林沫掏出一个日记本,摊在辣子高面前。

林沫说:"我也不瞒你,谈恋爱最重要的是坦诚相待,这是我欠的账,我家里人不知道,都是我自己在还,你要是跟我好,要帮我还这些账。你要是不愿意,现在就可以回去,我也不勉强你。我这个人习惯把丑话说在前头。"

辣子高一翻,再一次吓尿了,粗略一算,至少小二十万,而且都是信用卡欠账。

辣子高刚想说不,但随即一想,这里面肯定有事儿!也许是子虚乌有的考验呢?

他当即拍着胸脯装大象:"我帮你还。"

林沫也被惊着了:"你确定?"

辣子高心想坏了,但已经箭在弦上,只好硬着头皮上。

林沫说:"那好,这个月先还交通银行的,最低还款额是八千。"

辣子高的心在滴血,还是忍不住问:"你怎么欠了这么多钱?"

林沫回答:"这个我不想说,你也不能问,总之你要跟我好,就得先帮我把这些钱还了!"

辣子高一咬牙:"好!"

回到家,辣子高把事情说给核桃听。

核桃听了终于忍不住:"怎么感觉是个骗子呢?"

辣子高坚持说:"绝对不是,不可能是骗子,退一万步来说,就算是骗子,为了爱情也值得试试。"

核桃问:"你现在月工资才三千五,上哪儿给她每个月还八千多?"

辣子高想了想,说:"我有办法。"

辣子高一天的时间表是这样的:

早上五点起床,六点赶到一家早餐摊,从六点到八点卖早餐。

九点赶到公司上班。

除了完成工作要求,辣子高还会承接一些别的工作,替客户介绍资源,从中赚取佣金。

晚上六点半下班,回到家七点左右。

吃完饭之后,开始写每千字 150 元到 200 元不等的稿子,从星座到鸡汤,无所不包。写到十二点,大约可以产出三五千字,具体看那天的感觉。

很多时候,稿子会直接被编辑毙掉,于是又不得不重写。

辣子高开始叫自己码字狗。

第一个月,辣子高成功地替林沫还掉了八千块。

林沫开始和辣子高约会,看完电影,吃完饭,林沫说:"作为我的男朋友,你每个月要给我零花钱,现在你刚到成都,我先要每个月两千块,三个月之后开始,每个月三千块,半年后,每个月五千块。"

辣子高压着火,点头。

核桃听完,忍不住吐槽:"她是把你当银行了吗?"

辣子高咬着牙:"也许是考验呢?我总不能半途而废。"

核桃感叹:"这样考验不是要玩死你吗?"

辣子高说:"我心里有数。"

于是,辣子高开始了暗无天日的日子。

每个月除了给林沫还八千到一万不等的信用卡,还要负责给林沫零花钱。

林沫倒是也尽到了女朋友的责任,牵手、拥抱、亲吻,尽职尽责,一点不含糊。

甚至在她生日那天,辣子高送她礼物之后,她和辣子高滚了床单。

辣子高骄傲地和核桃炫耀,说自己成功了。

核桃叹息:"我也没说的,每一对情侣都有自己的相处方式,你开心就好。"

辣子高说:"虽然累点,但挺开心的。只要把信用卡的透支都还上,日子应该就好过了。"

核桃听完沉默不语,只顾着吃兔头。

林沫生活很精致,花起钱来不知道心疼。

辣子高虽然一直忍着,但终于有一天,因为林沫非要买一双一千块的拖鞋,辣子高忍不住爆发了。

两个人激烈争吵。

辣子高怒吼:"我挣钱容易吗?帮你还信用卡,我问过一句吗?给你零花钱也是应该的,但是你花起钱来能不能眨眨眼睛?我的钱也不是白来的!"

林沫反应虽然很淡定,但火药味十足:"你是我男朋友,钱的事儿你一定要跟我算得这么清楚吗?我以前的男朋友就不这样!"

辣子高竟无言以对。

辣子高找核桃喝闷酒。

核桃劝道："你就真的不想知道林沫到底为什么欠了那么多钱？"

一句话提醒了辣子高。

辣子高去找林沫，发现她不在。问了林沫的闺密，才听说她去监狱了。

辣子高一听，魂都吓没了。

辣子高匆匆赶到监狱，等了半天，在门口见到了出来的林沫。

林沫看见辣子高，也很淡定，两个人就在监狱外面聊了起来。

林沫说了一段狗血却又足以令辣子高心里翻江倒海的往事。

林沫的前男友叫沈奕。

两个人一起做过外贸，实际上属于走私的范畴。

沈奕一个人顶了罪，进了监狱。

林沫非常内疚，答应沈奕会把欠的外债都还上。

林沫在成都的工作还算不错，办了七八张信用卡，透支了一大笔钱，还上了外债。

但她从此过上了卡奴的生活，非常辛苦。

辣子高心里在滴血。

林沫很坦白："我是真心喜欢你，但我答应了要还债，就一定会还，如果你不理解，你给我还的钱，我都可以原封不动地退给你。"

辣子高几乎要疯了，搞了半天是在替林沫的前男友还债。

但是林沫的一番话说得又合情合理。

辣子高一股邪火憋在胸口，说了一句："我算过了，还有十万块钱就能还清了，既然要和你长久，这笔钱我帮你还，理所应当。"

看得出来，林沫深深地被感动了，扑在了辣子高怀里，第一次在他面前哭得花容失色。

辣子高心里却是说不出来的滋味。

核桃听后沉默不语。

看着辣子高瘦了一圈儿的脸，她不住地喝闷酒。

辣子高也喝多了。

核桃连拉带扯地把辣子高送回家。

辣子高像是唱歌似的:"古有花木兰替父从军,现有辣子高替女朋友的前男友还债,也是醉了。"

核桃照顾好辣子高,心里难受。

第二天,辣子高醒来,头痛欲裂。

桌子上有一杯水,一张卡,一张字条。

"卡里有十万,密码六个零,先把信用卡还上。核桃。"

辣子高愣在那里,一句话也说不出来。

刘嬢兔头。

核桃一个人吃串串,眼泪直流。

老板问:"没事吧?"

核桃笑着挥手:"辣的。"

核桃眼泪流个不停,嘴里念叨着:"兔头辣吗,辣得可真过瘾啊。"

此时,一碗冰粉递过来。

核桃眼里还噙着泪呢,一抬头,看到了辣子高。

辣子高看起来一身轻松,坐在了核桃对面:"辣着了吧?来吃点冰粉。"

核桃眼泪流下来,端起冰粉,吃了一口,眼泪却更多了。

两个人相对无言,一起吃起了串串。

辣子高的手机响了,他拿出来看,微信来自林沫,只有短短的一行字:"我们结婚吧。"

辣子高苦笑,回了一条:"还有两年沈奕就出来了,祝你们幸福。"

然后辣子高一使劲儿把手机丢到马路上,一辆车疾驰而过,手机四分五裂。

核桃呆住:"你干吗?"

辣子高笑着说:"这款手机不适合我,该扔了。"

核桃愣愣地看着辣子高。

辣子高掰开一个兔头:"以前我以为自己爱吃清淡的,跟你一起吃了这么多次饭之后,才发现原来我爱吃的是辣的。"

核桃看着辣子高,辣得眼泪流出来。

而辣子高脸上,却都是笑。

擦亮双眼,直面内心。

别被你自己幻想出来的表象所迷惑,用五脏六腑好好感受一下,谁才是你在深夜里痛哭,带你去撸串的那个人;谁才是静静地看着你被虐、自虐,心疼得要死,却又不忍心拆穿你的那个人。

爱情还有一个名字叫爽快。

何必拼尽全力地出演一个不被爱的可怜人?

让我们从那些不对称的、变态的、虐心的感情中解脱出来,撒着欢儿奔向那个真正属于你的爱人,她就是你一切糟糕生活的终结者。

人人都缺爱

人人都缺爱，
事到临头，
却不敢爱，
不够爱。
这大概是世界上最可怜的事情吧。

今天要讲的这个故事，来自柠檬。

回家过完节，柠檬坐飞机回京，但因为天气不好，航班晚点，落地首都机场时已经是深夜十二点。

打车软件排队数量惊人，柠檬只好拖着巨大的行李箱去打出租车，一出门就惊呆了，打出租车的人排着长长的队伍，从队尾到队首，恐怕有数十万光年。

天气很热，柠檬又饿又困，感觉自己的内衣都化进肉里了，汗水流出来，头发粘在额头上。她站在队伍里，异常烦躁。

柠檬翻包找纸巾，没找到。

正气急败坏，身后一张纸巾递过来，柠檬一回头，身后一张微笑的脸，是一个穿白T恤的男生。

柠檬接过纸巾，擦了额头上的汗，道了声"谢谢"。

男生主动开口："你叫什么名字啊？你可以叫我咸菜。"

柠檬一愣："咸菜？因为你很下饭吗？"

咸菜笑了："我们一个航班的，刚才我就坐在你身后的身后。"

柠檬"哦"了一声。

咸菜看了看长长的队伍，对柠檬眨了一下眼睛："我有一个办法，可以不用排队。"

柠檬一愣："什么？"

咸菜凑到柠檬耳边说了些什么，问柠檬："你敢不敢？"
柠檬将信将疑地看着咸菜。

队伍缓慢推进。
突然间，柠檬眼前一黑，身子一歪，整个人直直地倒下去，咸菜一把抱住，拼命地摇晃柠檬，就差把柠檬摇成脑震荡了。
咸菜焦急地大喊，几乎是声嘶力竭，嗓子都喊哑了："宝贝，你怎么了宝贝？"
正在排队的人纷纷看过来。
柠檬直挺挺地躺着，昏迷不醒。
咸菜急得眼睛都红了，大喊着："宝贝，宝贝，你别吓我啊，宝贝！"
身边的乘客好心提醒："中暑了吧？"
一语点醒咸菜，咸菜横抱起柠檬就往前冲，旁边好心的乘客帮两人拉着箱子，跟在他们身后。
咸菜抱着柠檬一路小跑，不停地跟队伍里的人道歉："对不起，对不起，让一让，让一让，我女朋友晕倒了，医院，我得去医院。"
队伍纷纷让开，让他们先走。

坐上出租车，柠檬靠在咸菜肩膀上，仍旧昏迷不醒。
咸菜急得不行："师傅，最近的医院，快！"
师傅猛踩油门，车子疾驰而去。
远去的队伍里人群还在骚动。

出租车司机从后视镜里看着昏迷不醒的柠檬。
柠檬靠在咸菜肩膀上，慢慢睁开眼睛。
咸菜松了一口气："好点了吗？我这就送你去医院！"
柠檬摇摇头："不用去医院了，我好多了，直接回家吧。"
咸菜松了一口气："师傅，那不去医院了，去三里屯吧。"
出租车司机答应了一声，车子掉头。
柠檬和咸菜对望一眼，两个人都拼命忍住笑，人生如戏，全靠演技。

在目的地下了车，两个人相对哈哈大笑，为彼此的演技点赞。

咸菜提出请柠檬喝一杯，柠檬犹豫了一下。

咸菜调侃："你好歹对我表示一下感谢吧。"

柠檬不好再推辞，于是答应。

两个人在酒吧里聊到半夜才互相告别。

临走之前，咸菜问："我还可以再约你吗？"

柠檬愣了一下，随即点头，坐进出租车的时候，柠檬看着还在朝自己挥手的咸菜，神情突然有些落寞。

周末，柠檬和女朋友们聚餐吃火锅。女孩们起哄，要不要叫几个精壮小伙子过来壮壮声威。大家纷纷答应，柠檬面露难色。

姐们儿取笑她："柠檬就不用叫了。"

柠檬一听不乐意了："什么意思？你们以为我就没有仰慕者吗？"

说完，柠檬就一个电话把咸菜叫来了。

姐们儿看到帅气的咸菜，多少都有些吃惊。

吃火锅的时候，爱挑事儿的姐们儿把一碗变态辣的丸子递到咸菜面前。

咸菜看着丸子里冒出来的红油，有些不知所措。

姐们儿一脸认真："我们的规矩，初次见面先吃四个变态大力丸，以后就是自己人。"

咸菜一愣："能不吃吗？"

姐们儿笑了笑："不吃辣的人得不到幸福。要是不吃的话，很遗憾，我们这个圈子就得拉黑你了。"

柠檬还没反应过来，咸菜夹起丸子，一口一个，囫囵吞枣似的吃完。

所有人都惊呆了，大家愣愣地看着咸菜跳起来，像是脱离了束缚的电风扇，惊叫着，疯狂地四处找水。

直到把桌子上所有的液体都喝完，咸菜才平静下来，脸通红，一句话也说不出来。

姐们儿都竖了大拇指。柠檬看着咸菜，突然觉得这孩子脑子缺根弦。

聚餐结束，咸菜送柠檬回家，走在马路上，咸菜觉得胃里翻江倒海，憋得脸色通红，来不及和柠檬说话，就一头扎进了马路旁边的绿化带里。

随即，绿化带里响起一声咒骂，然后一对情侣逃也似的跳出来，男人咒骂："脱了裤子就拉，也不看看有没有人。"

柠檬看着情侣骂骂咧咧离开的背影，忍不住笑出声来。

半个多小时后，咸菜终于走出来，走路已经外八字，整个人仿佛还冒着热气，连呼吸都是一股火锅味儿。

柠檬又好笑又有些心疼："不能吃辣你逞什么能？"

咸菜捂着肚子，声音虚弱："还不是怕你跌面儿。"

柠檬看着咸菜，觉得咸菜扭曲的五官突然很迷人。

柠檬一个人在北京习惯了，虽说练就了一身独立自主的生活技能，但也磨损了小女孩的很多小情小调，习惯了一切从简。

咸菜出现后，柠檬的很多情调似乎又被调动起来。

两个人常常一起吃饭，看电影，说一些有的没的。

柠檬偶尔耍耍小性子，咸菜也从不着恼，对柠檬无限宽容。

有时候柠檬自己都觉得过分，但是咸菜永远都主动妥协，又特别会哄人，一口一个"美人儿"叫着，柠檬虽然有时候觉得不妥，但在心底是乐意听的。

在咸菜看来，柠檬属于情绪多变型少女，可能前一秒还是个不管不顾的逗比，下一秒画风切换就突然忧郁起来，说话她不回答了，发信息她不理会了，或者总是蹦出一些悲观的看法。

好在柠檬的忧郁不会持续太久，过一会儿，她又主动黏上来，缠着咸菜讲笑话。

咸菜对自己的家庭绝口不提，柠檬也从来不问，两个似乎都有心事的人，在努力扮演着没心没肺的角色。

一段时间后，柠檬主动约咸菜来家里吃饭。

柠檬头天晚上想菜单想到失眠，第二天早上六点就去菜市场买菜，折腾了整整六七个小时，终于在咸菜到来之前，做好了一桌子菜。

咸菜贴心地带了红酒。两个人都没喝多，但都想让自己看起来是喝多了。柠檬给咸菜盛饭的时候，咸菜抱住了她，两个人滚到地上。

本就破旧的小餐桌被挣扎中的柠檬一脚踢断了桌腿，一桌子的锅碗瓢盆噼里啪啦地砸碎在地，汁水淋淋。

两个人都顾不上这些，还在撕扯，直到柠檬咬了咸菜的肩膀一口，咸菜才突然停下来，愣愣地看着柠檬，像是刚刚还在燃烧着的一块炭突然掉进了冰窟窿里。

两个人对视了十秒，咸菜要起来，却被柠檬死死抱住，咸菜一愣，柠檬翻了个身压住了他。

两个人的反应完全出卖了他们的内心，但那一刻，彼此心里在想什么，对方却完全不知道。

偃旗息鼓之后，两个人和一堆瓷片玻璃碴躺在地板上，各自平复着呼吸，没有人想先开口。

直到视频聊天请求的提示音急促地响起。

柠檬几乎是一个鲤鱼打挺跳起来，抄起手机，冲进了卧室，关上门。

咸菜慢慢坐起来，发了会儿呆，一动没动。

半个小时以后，柠檬才走出来，坐到了咸菜旁边。

两个人坐了一会儿，柠檬突然趴在咸菜的肩膀上哭了起来，哭得伤心欲绝。

咸菜也没问，抱着柠檬，任由她哭湿自己的肩膀。

柠檬泣不成声："对不起。"

咸菜一下子没领会到柠檬这句"对不起"的含义。

柠檬哭得全身发抖，说出了她一直藏在心底的秘密："我其实有男朋友。"

咸菜看着柠檬，大脑一片空白，第一反应居然是希望柠檬像两人第一次见面那样，又在表演。

柠檬在哭泣声中，说起了她一直没有告诉咸菜的往事。

柠檬和海星早在大学就认识，在大二下半年就确立了关系，两个人很恩爱。

大学毕业后,海星成功地拿到了英国一所大学的录取通知书。

柠檬一直以为海星要去英国深造三年,然后回国发展。

临走之前,海星才告诉柠檬,其实他计划在国外待满七年,除了完成英国一所大学的三年学业,他还会去欧洲深造四年。

这计划出乎柠檬的意料,柠檬急了:"七年之后我都快三十了,到时候你不要我,那我怎么办?再说了,你凭什么让我等你七年?"

海星发誓:"我每年都会回来,你等等我,七年之后我回国,咱们就结婚。"

柠檬为此和海星大吵一架,几乎闹到要分手,但是去欧洲求学是海星整个家族的梦想,柠檬知道自己再怎么闹也不会有所改变。

最终,柠檬选择了妥协,海星也答应柠檬,每年至少回国两次。

柠檬一个人留在了北京,一个人生活。

两个人通过电话、视频、网络诉说思念,虽说有些小情绪,但也相安无事。

一年,两年,三年。

熟悉柠檬的姐们儿问她:"你真的有男朋友吗?你确定你男朋友不是你幻想出来的?"

柠檬竟无言以对。

柠檬觉得自己是一个手机宠物,主人想起来的时候,就隔着千山万水调戏调戏,想不起来的时候,就自己一个人待机。

这样的生活柠檬一直坚持到现在,三年了。

柠檬想过放弃,但又劝自己:"都坚持一半了,再坚持坚持,海星就回来了,他回来就会跟我结婚。"

直到柠檬遇见了咸菜,在相处的过程中,柠檬才发现,这三年来,自己有多缺爱。

咸菜沉默不语。

柠檬泪眼盈盈："我知道我不应该和你继续，但我没忍住。刚才他发视频过来，我还假惺惺地和他说自己一个人在家，刚吃完饭，我觉得我对不起他，也对不起你。"

咸菜没说话。

柠檬接着说："还有一个月他就会回来看我，我不知道该怎么面对他，我也不知道该怎么面对你。我想要很多爱，我知道我不该要，但我就是想要，我太自私了，我讨厌我自己！"

柠檬说着开始捶打自己的胸口，咸菜一把握住柠檬的手，盯着她，良久才开口："柠檬，你也不用怪自己，其实，我也不是什么受害者。"

这下轮到柠檬愣住。

咸菜说："我父母都经商，他们最讲究的就是投资回报率，说出来你可能会觉得不可思议，但我的婚姻也是要根据投资回报率严格核算的。"

柠檬止住哭声，她没听明白。

咸菜和盘托出："也就是说，我跟谁结婚不是看我喜欢谁，而是看我跟谁结婚能给双方都带来商业上的利益。"

柠檬这下听明白了。

咸菜苦笑："我的婚事早就定了，但我又不甘心，我喜欢你，我也知道我不该招惹你，但事到临头，谁能忍得住？"

说完，两个人都陷入了沉默。

外面天也黑了。

一个计时器摆在了桌子上，上面的数字是"29"。

还有 29 天，海星回国。

柠檬和咸菜说好了，就做 29 天的情侣，像真正的情侣一样，约会、逛街、互相逗趣。

两个人都很开心，似乎没有人把 29 天之后即将到来的事情放在心里。

咸菜讲笑话。

柠檬笑，大笑。

离别前一天,柠檬和咸菜一起收拾屋子,在海星回来之前,屋子里柠檬和咸菜生活过的痕迹一点也不能留下。

柠檬战战兢兢,但咸菜说海星是无辜的,他不应该受到伤害。

收拾停当,已经到了晚上。两个人吃完晚饭,坐在沙发上,看着电视里的无聊节目,没有人说话。自从认识以来,他们没有一次独处像现在这样沉默。柠檬后来在日记里写道:"爱情有时候是相互折磨,有时候是自我折磨。"

突如其来的敲门声,打破了尴尬的沉默。柠檬起身去开门,惊恐地看着站在门口、风尘仆仆的海星。

海星微笑着解释:"比计划中早回来一天。"

柠檬僵在门口,努力让自己的身子不发抖,她不敢想象接下来会发生什么。

紧接着身后就响起了咸菜的声音:"小姐,电源开关换好了,下次不要同时用太多大功率的电器,二十块钱,谢谢。"

柠檬还没反应过来,海星已经递给了咸菜二十块,咸菜道了一声谢,也没看柠檬,就转身离开了。

柠檬看着咸菜离去的背影,一阵心疼,他演技可真好。

深夜,柠檬铺好床,努力适应着眼前这个陌生又熟悉的海星,心里却满满都是咸菜的样子,她真怕自己一会儿会喊出咸菜的名字。

海星坐在床上,看着柠檬,招呼她坐到自己身边。柠檬坐过去,心思却不在这里,直到海星开口:"柠檬,我这次回来是想告诉你……"

柠檬这才反应过来:"什么?"

海星沉默了一会儿,才继续说:"其实,我在英国遇到了一个女孩,我们……柠檬,我对不起你。"

柠檬猛地站起来,全身发抖地看着海星,几乎听不见自己的声音:"那你为什么要让我等你,我等了你三年,然后你跟我说你有别人了?"

海星一个劲地道歉,看得出来,他被内疚折磨得面容憔悴。柠檬发疯地把能摔的东西都摔烂了,直到用尽了力气,才瘫软在地上。

谁也不知道该怎么收场。柠檬和海星相顾无言，只剩下尴尬。

海星回老家去看望父母，柠檬一个人待在房子里，最鲜活的回忆都是和咸菜的，而海星似乎已经缺席太久了。

柠檬鼓足勇气，给咸菜打了几次电话，咸菜都没有接。

柠檬瘦脱了相。

日子一天一天过去。

海星回英国那天，柠檬把自己关在房间里，任凭海星敲门。

海星带着内疚离开了，给柠檬留了一封信，希望柠檬能幸福。

柠檬把信撕得粉碎，瘫软在满是碎玻璃的房子里，发着抖，嘲笑自己。

柠檬再次收到咸菜的消息，是一条微信："我订婚了，你们也好好的。"

柠檬一下子泄了气，把原本编辑好的"我们还有可能吗"改成了"祝你幸福"。

几个月后，柠檬出差回北京，特意选择了夜航。

回到北京，已经很晚了。

打车的人排着长长的队伍，柠檬以为听到熟悉的声音，下意识地回头去看，却没有看到她满心想看到的人，只看到一对情侣在打情骂俏。

排了长长的队，柠檬才打到了出租车，靠在车窗上，看着北京城的茫茫夜色，她自嘲地笑了。

我们常常想为自己在爱情里犯下的错误找一个理由，找一个借口，因为孤单，因为寂寞，因为距离，因为冲动，因为诱惑，因为城市里的柏油路太硬，因为人人都缺爱。

但这些借口并不能让我们真正原谅自己。

人人都缺爱，事到临头，却不敢爱，不够爱。

这大概是世界上最可怜的事情吧。

猎杀渣男计划

就算到了八十岁,
两个人只要凑到一起,
都能瞬间回到十八岁。

308国道上,一辆脏兮兮的红色起亚超速疾驰,车子里响起女孩的尖叫声,不断有东西扔出来:裙子、鞋子、包包、蕾丝花边内衣……

车子开过去,一路上散落着五颜六色的女性物品。

一件粉色的内衣飞出,像是断线的风筝,直直地飞翔在天空中,抛物线一般精准地落到了紧跟在后面的一辆警车车窗玻璃上。

警车车顶的喇叭里发出严厉的警告声:"前方车辆,靠边停车。"

红色起亚被逼停,交警敲了敲车窗玻璃,车窗玻璃降下来,露出两张女孩的脸,一个长发,一个短发,两个人浑身是泥巴,都脏兮兮得不成样子,一脸无辜地看着交警。

交警把粉色内衣塞到长发女孩手里,脸色一变:"超速,车窗抛物,驾驶证、行驶证。"

两个车门一前一后打开,两个浑身泥巴的女孩,一左一右地下车,凑到交警身边,求饶:"警察叔叔,我们错了,不知道这里限速啊。"

交警不为所动,抄下车牌号,一伸手:"行驶证、驾驶证。"

两个女孩对望一眼,短发女孩抠掉脸上的一块泥巴,转身要去车里翻驾驶证。

突然间,车子里响起了砰砰砰的敲击声。

两个女孩再一次惊恐地对望,交警显然也听到了,俯身看了看车子里,车里散落着一个箱子,箱子里塞满了乱七八糟的女性衣物。

长发女孩连忙凑过来:"警察叔叔,我们交罚款,能别扣分吗?"

砰砰砰的声音再一次响起，交警看了长发女孩一眼，直接绕到后备箱，仔细一听，声音是从后备箱里发出来的。

交警一下子心有防备："后备箱打开。"

长发女孩一脸求饶："里面……里面是我的宠物。"

交警把手放在警棍上："打开。"

无奈，短发女孩俯身进驾驶室，按了开关。

后备箱盖弹起来，交警一把拉开，被眼前的一幕惊得后退一步。

后备箱里，一个衣衫褴褛的男人，满身泥巴，被五花大绑，嘴里塞着丝袜，头上包着加长410毫米的卫生巾，奋力挣扎……

长发女孩叫绿萝，短发女孩江湖人称花爷。

要了解两个人的关系，我们得回到二十年前。

花爷和绿萝是连体婴儿。

当然这只是个比喻。

花爷和绿萝是形影不离的闺密，实际上，闺密和连体婴儿几乎是同义词。

花爷和绿萝从小一起长大，一起在青春期迎风发育，一起经历第二性征的成熟，一起初潮。

绿萝的胸脯像是雨后漫山遍野的蘑菇一样耸起来，花爷的却还没有动静。

绿萝上课的时候不得不把胸托在课桌上以减轻背部压力的时候，花爷一个吊带衫就能解决问题，天气热的时候，穿黑色的套头衫，连胸罩都省了。

绿萝嘲笑花爷是平原地带，花爷说胸罩就是刑具，穿胸罩和戴镣铐没区别。

花爷性格豪爽，和男孩子打成一片，打篮球能三百六十度旋转投篮。

绿萝利用自己充分发育的优势，在整个青春期都很红。

从小到大，追求绿萝的男生一个接一个，光是花爷挡下的情书都已经不计其数了。

绿萝像一只肥美的羊羔，走在校园里的时候，男生们虎视眈眈。

花爷走在绿萝身边，一切就安全得多，花爷是绿萝最好的护花使者。

饶是如此，仍旧经常有男生想要占绿萝便宜。

爆发冲突的时候，花爷和绿萝有明确分工，花爷负责正面攻击，扰乱对方视线。绿萝专攻下三路，屡试不爽。一旦被老师责问的时候，绿萝就哭着说："是男生欺负我。"

老师就接着教训那些坏孩子。

绿萝搂着花爷的肩膀说："我们是梦幻组合。"

教室里，花爷和绿萝是前后桌。

宿舍里，绿萝和花爷是上下铺。

花爷毫无悬念地当选了班长，绿萝选来选去，最后做了英语课代表，这直接导致班里的英语成绩成为年级第一。班里所有的男生都找绿萝辅导过英语，以至于每到下课时间，绿萝的座位附近都出现严重的交通拥堵，花爷不得不像个交警一样维持秩序，让大家自觉排队。

花爷贵为班长，但成绩实在不好，每到关键时刻，绿萝就把试卷给花爷抄。

而且绿萝拥有神奇的技能，那就是能模仿花爷的笔迹，几乎是以假乱真，一旦遇到了"难抄"的试卷，绿萝就直接替花爷做完，毫无破绽。

花爷自己也说，没准两个人真是连体婴儿。

绿萝空窗期间就把花爷当成护花使者，花爷这个角色扮演得很合格，爷们儿，体贴，又能大大方方地一起睡觉，绿萝开玩笑说："咱俩才是天作之合。"

周末，花爷一大早去绿萝家里找她玩，绿萝的父母几乎把花爷当成自家女儿，催促着正在洗手间里折腾自己脸的绿萝："磨蹭什么呢，赶紧的，人家小花还等着呢。"

绿萝一迭声地答应着，走出来，和花爷使了个眼色，挽着花爷的胳膊，蹦蹦跳跳地就走了。

两个人一起到了路口，绿萝对着花爷眨眼睛："那我今天该不该让他牵我的手呢?"

花爷想了半天:"是时候了,也不能晾太久。"

然后花爷就目送绿萝和男同学在公园里约会,自己则从书包里拿出旱冰鞋,一蹬脚,飞驰而去。

绿萝常常和一个男同学一起复习功课,保险起见,花爷就成了掩护。

绿萝的胆子也大起来,趁着父母都加班的周末,把男同学约到了家里,和花爷一起看当红的电视剧,两个人说悄悄话的时候,花爷就在门口望风。

突然门外响动,绿萝爸爸回来了,绿萝和男同学都慌了神,还是花爷反应快,一脚把男同学踢到沙发底下。

眼看着门就要打开,花爷对绿萝使了个眼色,然后就倒在地上,捂着肚子说不出话。

绿萝冲过去疯狂摇晃着花爷,夸张地大喊:"你咋了?"

绿萝爸爸开门进来的时候,看到眼前的一幕也吓了一跳:"咋了这是?"

绿萝急得都不会说话了:"她痛经。爸,你能把她送回家吗?"

绿萝爸爸点头,扶着花爷就往外走,花爷出门之前对绿萝眨巴眼睛,绿萝松了一口气。

绿萝爸爸骑着自行车走出一段路,花爷拍拍绿萝爸爸的后背:"叔叔,我好多了。"然后就跳下车,飞也似的跑掉了。

绿萝爸爸无奈地摇摇头,感叹:"小屁孩。"

绿萝不开心了,花爷就陪着绿萝去溜冰、唱KTV,两个人喝可乐都能喝醉,假装耍酒疯,在大马路上又唱又跳,一定要惹得堵住的汽车鸣笛才肯停下来。

大学期间两个人有短暂的分别,彼此都不适应,还夸张地说我们不能离开对方十公里以上,否则我们都会掉血。

绿萝在大学里也结识了很多朋友,但都没能超越花爷在绿萝心目中的地位。

两个人常常一起攒钱,相约一起去陌生的城市旅行,称之为"闺密之旅"。

绿萝开玩笑似的说:"人家都是异地恋,咱俩这下成了异地闺密了。"

两个人约定,这辈子,不管多忙,无论是失恋了、结婚了、生孩子了、坐月子了,每年都要抽出时间一起去一个城市旅行。

就算到了八十岁,两个人只要凑到一起,都能瞬间回到十八岁。

大学毕业之后,花爷辞了工作,到了绿萝所在的城市。

绿萝又有了伴,两个人又开始了一起犯傻的日子。

绿萝参加一个企业联谊,在联谊会上做游戏时认识了麦杰。

麦杰显然被深深地吸引,对绿萝展开了疯狂的追求。

绿萝请花爷做参谋,邀了一个局。

麦杰极力表现,体贴入微,举止得体,看得出来是努力要给花爷留下一个好印象。

但越是如此,花爷就越觉得这个人不靠谱。

绿萝去洗手间,麦杰凑到花爷身边:"能加一下微信吗?"

花爷犹豫了一下,还是给麦杰扫了码。

麦杰很开心:"我很喜欢你的短发。"

花爷礼貌地笑笑。

当天晚上,绿萝玩得很开心,花爷却有些忧心忡忡。

散了以后,绿萝余兴未尽,还沉浸在女人恋爱前独有的眩晕中。

绿萝凑到花爷耳边:"你觉得麦杰怎么样?"

花爷想了想,开口:"我觉得……他不是很适合你。"

绿萝显然吃了一惊:"为什么这么说?"

花爷说:"直觉。"

绿萝笑嘻嘻地看着花爷:"亲爱的,你不会是嫉妒吧?"

花爷呆住,这当然是一句玩笑话,但她分明从中感受到了那么一点点似有似无的疏离,而这种疏离是从小到大两个人从未有过的。

花爷不再说话。

绿萝自顾自地说着自己的女人心事:"我觉得他简直就是为我量身定做的,你说我是矜持一点,晾他一段儿,还是趁热打铁,把他给办了?"

花爷沉默了一会儿,说:"你做主吧。"

绿萝完全没发现花爷的担忧和沉默,还叽叽喳喳说个不停。

绿萝和花爷一起旅行的时间又到了。

麦杰听说之后,主动提出要加入。

绿萝不想拒绝,就来征求花爷的建议:"你说我们是带上他还是不带他呢?哎呀,好纠结。"

花爷冷笑:"你早就想好了还问我干吗,带着呗。"

绿萝高兴地抱着花爷:"我就知道你最爱我了。"

自驾游,花爷开车行驶在马路上。

后视镜里,花爷看着麦杰和绿萝打闹,绿萝被麦杰逗得咯咯娇笑。

麦杰动手动脚,绿萝欲拒还迎地躲开,一举一动中都展示着两个人突飞猛进的关系。

花爷掰歪了车内的后视镜,猛踩油门,车子疾驰而去。

因为是临时决定,没有订到合适的房间,三个人辗转找到只剩下标准间的旅馆。

绿萝说:"这不正好吗?我和花爷睡一张床,麦杰你自己睡一张床。"

麦杰看看绿萝,又看看花爷,开玩笑似的说:"我艳福不浅啊。"

花爷没说话,拿着行李往里走。

晚上入住旅馆,麦杰出去遛弯儿,绿萝和花爷一前一后地洗澡。

绿萝满身泡沫地探出头来,问正在收拾床铺的花爷:"不知道为什么,我心里有点紧张呢。"

花爷手里的动作一停:"什么意思?是要让我出去转两小时吗?"

绿萝没听出花爷语气里的不快:"哎呀,你说什么呢!我想好了,先要晾他一段儿啊,男人这种生物,一旦得到了自己想要的,就要开始逆袭了。你放心,在我彻底征服他之前,我一定不会让他得逞的。"

花爷继续手里的动作,没回头。

浴室里,绿萝缩回头,愉快地哼起了歌。

晚上,绿萝搂着花爷,呼呼大睡。

花爷却看着天花板,毫无睡意。

突然麦杰的声音在她耳边响起:"我喜欢你的短发。"

花爷猛地坐起来,精准无误地给了对方一个响亮的耳光。

绿萝迷迷糊糊地醒过来,顺手按亮了床头灯,迷迷糊糊地看见光膀子的麦杰正蹲在花爷旁边,而花爷欠起身子,脸色通红。

绿萝的大脑回路转了几转,终于明白了什么,但脸上还是保持着迷迷糊糊的表情:"大晚上的,干吗呢,赶紧去睡觉,困死了都。"

说着随手按灭了灯。

那一晚,三个人都没能继续入睡,各自想着心事。

旅行匆匆结束了。

返程路上,虽然绿萝努力调节气氛,但尴尬的情绪蔓延,整个大气压都发生了明显的变化。

回来以后,绿萝和花爷还是打打闹闹,但绿萝不再在花爷面前提起麦杰。

和麦杰约会时,也故意不让花爷知道,更不会再把麦杰和花爷带到一个局上。

花爷当然感受到了绿萝的变化,但她什么都没说。

情人节那天,绿萝一整天都没有联系花爷,晚上和麦杰一起吃烛光晚餐,很愉快。

绿萝也觉得时机到了,任由麦杰拉着她的手,送她回家,心里还有点儿期待麦杰对她做一些过分的事情。

到了楼下,看到明显是等了好久的花爷,麦杰和绿萝都愣住了。

花爷走到两个人面前,冷冷地说:"对不起,破坏你们的约会了。

但我有话跟绿萝说,麦杰你先走吧。"

麦杰心里极度不爽,但明白绿萝和花爷的关系,不好表现出内心的愤慨,就用无辜的眼神看着绿萝。

绿萝沉默了一会儿,对麦杰说:"你先回去吧。"

麦杰只好无辜地走开。

等麦杰走远了,绿萝收敛了脸上的一些不高兴,笑着去挽花爷的胳膊:"想我了啊?等很久了吧?"

花爷语气冷淡:"麦杰不适合你,你应该尽早跟他分开。"

绿萝愣了愣,还是笑着:"好了我的花爷,你是不是误会他了?他人其实挺好的,你别对他有偏见嘛。"

花爷不为所动:"不是误会,他不适合你。"

绿萝摇着花爷的肩膀,撒娇:"你是不是怕我跟他好了就冷落你啊?不会的,你放心好了,你才是我的真爱。"

花爷甩开绿萝的胳膊:"我这是为你好!"

绿萝脸上的笑容消失了:"是为我好,还是为你好?"

花爷呆住:"你什么意思?"

绿萝尽可能轻描淡写:"什么什么意思?我还真是害怕闺密抢我男朋友。你不会这样对我吧?"

花爷看着绿萝说不出话,脸上终于露出了一个落寞的微笑,盯着绿萝看了一会儿,转身走了,头也没回。

绿萝看着花爷远走的背影,被愤怒压着,心里的难受还没来得及漫上来。

整整几个月,绿萝都没有主动联系花爷,花爷也没有任何动静。

绿萝虽说是沉浸在恋爱里,但总时不时地盯着手机看。

麦杰开玩笑地说:"你是不是脚踏两只船啊,身在东直门,心在西二旗吗?"

绿萝这才放下手机,开始和麦杰打闹。

麦杰买卖基金赚了一笔钱,请绿萝胡吃海喝,给绿萝买包包、首饰、鞋子、内衣，几乎把她想要买的东西都买了下来。

绿萝沉浸在恋爱里，每天都恨不得和麦杰腻在一起。

麦杰说："我还打算买一只基金，如果赚了钱，就买房买车娶你。"

绿萝就豪气地把所有的积蓄都给了麦杰，希望大赚一笔，一起来完成麦杰规划好的理想生活。

麦杰说要出差一个月，绿萝去车站送他，两个人在车站依依惜别。

麦杰安慰绿萝说："小别胜新婚。"

麦杰离开以后，起初每天向绿萝汇报行踪，接下来电话越来越少，最后索性不接电话了。

绿萝觉得奇怪，再拨，就发现号码停机了。

绿萝慌了神，接连给麦杰发了十几条微信，收到一条系统回复：你的消息被对方拒收了。

绿萝瘫软在沙发上，脑海中这才把"骗子"这个词重复了两千万遍。

绿萝号啕大哭，想起当初花爷对她的忠告，心里更难过，拿出手机，看着花爷的头像发呆，不敢把编辑好的消息发出去。

整整一个礼拜，绿萝都不知道自己是怎么过来的。

她没想到这种国产电视剧里才会有的狗血桥段会切切实实地发生在自己身上。

这种欺骗几乎摧毁了绿萝的整个世界观，她每天恍恍惚惚，以泪洗面。

一个大雨天，绿萝情绪到了崩溃的边缘，她把麦杰买给自己的所有东西塞进箱子里，准备去楼下烧个精光。

绿萝刚抱着箱子下了楼，一辆红色起亚猛地在她身边停下来，她一愣。

花爷从车上跳下来，看了一眼绿萝，绿萝看着花爷，情绪瞬间崩溃，号啕大哭。

花爷也不说话，把绿萝手里的大箱子塞进车里，拉着正在号哭的绿萝，不由分说："上车！"

绿萝止不住哭声："去哪儿？"

花爷说:"去报复渣男。"

绿萝傻了。

花爷开着车,疾驰在风雨中。

绿萝头发上还滴着水,问花爷:"去哪儿找他啊?"

花爷盯着前方,雨刷奋力地清扫挡风玻璃上的雨水:"他发了朋友圈,炫耀自己的新战果,也就是你,下面自带了位置。"

绿萝惊呆了,自行脑补了一个电影名字《猎杀渣男计划》,看着认真开车、一脸杀气的花爷,绿萝突然觉得这段时间的经历都不是事儿了。

大雨中,红色起亚疾驰而去。

雨下得很大,外面没什么人。

麦杰从一家酒店里撑着伞走出来,身后突然响起一阵急促的轮胎摩擦声,麦杰一回头,一辆红色起亚正高速冲过来,麦杰下意识地扔了伞,拔腿就跑。

麦杰一路跑,起亚一路追,直到把麦杰逼倒在地上。

车子急停,绿萝和花爷仿佛自带配乐,慢动作一般,杀气腾腾地从车上下来。

麦杰惊呆了,两个女人配合默契地开始攻击麦杰,三个人滚在泥水中。

花爷正面攻击,扰乱对方视线,绿萝专攻下三路,就像小时候一样,闺密又成了梦幻组合。

麦杰还没反应过来,就被绿萝踢中了裆部,这下麦杰怒了,跳起来掐住了花爷的脖子,把花爷按在车身上,啪啪给了两记耳光,大骂着:"你敢打我!"

话音未落,砰的一声闷响,麦杰的头顶上绽开血花,他晃晃悠悠地回过头,发现绿萝手里握着一个巨大的修车扳手,惊恐地看着他。

麦杰软软地倒在了地上。

绿萝一脸无辜:"现在咋办?"

花爷看看倒在地上、脑袋开花的麦杰,又看看四下无人,当机立断:

"送派出所啊。"

绿萝指着麦杰的脑袋:"他……他在飙血。"

花爷想了想:"先找东西给他止血。"

两个人奋力把麦杰扔进后备箱里。

麦杰嘴里塞着绿萝的黑色丝袜,手被反绑,头顶上包着巨大的加长410毫米卫生巾,"呜呜呜"地挣扎。

花爷和绿萝对望一眼,砰地关上后备箱盖。

308国道上,一辆脏兮兮的红色起亚超速疾驰。

车里,绿萝看着大箱子里麦杰买给自己的东西,发呆。

花爷从后视镜里看着,说:"都扔了吧,扔光了,这件事就翻篇了。"

绿萝像是得到了最高指令,脏兮兮的脸上绽开了微笑,尖叫着一件一件地把东西丢出车外。

一件粉色的内衣飞出来,像是断线的风筝,直直地飞翔在天空中,抛物线一般精准地落到了紧跟在后面的一辆警车车窗玻璃上……

交警当着花爷和绿萝的面,把长长的黑色丝袜从麦杰嘴里掏出来的时候,麦杰迷迷糊糊地喊"救命"。

交警从麦杰头上扯下已经沾满了鲜血的卫生巾,不可思议地看着花爷和绿萝:"用卫生巾是止血还是吸血啊?"

交警把麦杰解救出来,了解了前因后果,对花爷和绿萝进行了一番教育之后,移交给了派出所。

警车开道,红色起亚疾驰在马路上。

行驶中,绿萝和花爷对望,两个人脸上都露出了酷酷的微笑。

报复前任计划

其实对前任最好的回应，
不是愤恨，
而是怀念；
不是报复，
而是祝福。

前几天和董咚咚吃饭，她说要写一篇文章，名字叫作"如何整死前男友"，并仔细列举了十条丧心病狂的方法。

有朋友就问她："你跟前男友多大仇多大怨，用得着这么穷尽心智地整死他？"

董咚咚冷笑一声："除了这篇文章，我还要写一篇番外，名字叫作'前男友的一千种死法'。"

我心里一颤，忍不住对她说："当你前男友也挺不容易的。"

董咚咚啪地把杯子往桌上一拍："我做别人的前女友就容易了？"

我们都看向董咚咚，她气急败坏地喝了一大扎果汁，开始痛诉她最近的悲惨经历。

董咚咚在一家公司做商务，每天大大小小的活动都需要她亲自跑，兼做策划和执行，每天累得像条狗一样，早上化妆出门，晚上回家基本已经面目全非了。用董咚咚自己的话来说，就是"出门是贵妇，回家就成了二哈"。

这一天，董咚咚结束了一天的工作，踩着高跟鞋回家，实在不想吃楼下的几个在"如何把食物做得巨难吃"这件事上达成高度一致的饭馆，加上又尿急，想了想，家里还有几个西红柿和鸡蛋，不如回家煮碗面。

董咚咚回到家，把高跟鞋踢飞，整个人飞奔到厕所。

掀开马桶,坐上去就开始释放。

然后,董咚咚感觉到屁股底下一股温热,低头一看,两条大腿已经湿了个通透,不能描述的液体正顺着大腿流到小腿上……

董咚咚愣了三秒钟,发出惨叫,整个人滚落到地上。

她挣扎着爬起来,去研究马桶,惊讶地发现,马桶上结结实实地套了一层保鲜膜……

董咚咚意识到了什么,以一种诡异的姿势冲进客厅,打开冰箱,发现冰箱里空空如也,牛奶、西红柿和鸡蛋,甚至是半瓶豆腐乳全都被洗劫一空,只剩下空空如也的包装袋。

董咚咚砰地关上冰箱门,一眼就瞥见桌子上一个包装精美的盒子。

董咚咚警觉地拿起盒子,盒子上有一张纸条,纸条上写着一行字:"这是我送你的分手礼物,你会永远记得我。"

董咚咚强忍着愤怒,颤颤巍巍地打开盒子,巨大的盒子里,安静地躺着一个小盒子。

董咚咚拿起小盒子,深吸一口气,像是拆炸弹一样猛地打开。董咚咚嘴角抽搐,不能相信自己的眼睛,这大概是她这辈子第一次这么近距离地端详这种东西——

是一坨屎。

具体地说,是一坨风干之后的屎,打着旋儿,冒着尖儿。

没错,这种形状只有一个人能制造出来。

董咚咚已经出离愤怒,拨电话时,手都忍不住颤抖。

电话响了两声,终于通了。

董咚咚歇斯底里:"麻花,你个神经病!你还是人吗?有你这么玩我的吗?我们已经分手了!你这个死变态,你有病吧?有病你赶紧治!别来恶心我!"

董咚咚一口气骂完,电话那端,麻花的声音传过来,同样气愤:"董咚咚,你还是不是女人?你懒到什么程度了?牛奶过期都多少天了,我从回家就开始拉,拉了五十多次了!"

董咚咚一愣,随即想起冰箱里的牛奶大概还是上个月买的,因为不喜欢那个牌子的味道,就一直没喝。

想到这里,董咚咚又哈哈大笑起来:"活该你,拉死你这个浑蛋,拉死了你世界就清静了!你要是死了,我一定带着一帮小屁孩去你的墓碑上乱涂乱画,哈哈哈哈。"

笑完了之后,董咚咚又冷静下来:"麻花,我告诉你,我和你已经分手了,以后你走你的高速公路,我过我的跨海大桥,咱俩最好是老死不相往来。你赶紧把我的钥匙还给我,否则我就报警了。"

麻花一听也来了气:"董咚咚,我早就跟你说了,咱俩的事儿,没完!你伤我都伤到细胞液里了,我要报复你!"

董咚咚恨不得钻进电话里给麻花一记耳光:"报复我?我还报复你呢!你放马过来啊,看看谁先死!"

董咚咚气得把电话丢到一旁,继续以诡异的姿势去洗澡换裤子。

麻花和董咚咚是我们所有朋友中最奇葩的一对情侣。

董咚咚初来北京的时候,路痴、人土、工资低,在这个城市受尽了委屈。

董咚咚租住的第一处房子,房东儿子要结婚,房东把董咚咚赶走了。

董咚咚为了节省中介费,看了七八处房子,最终选了离公司三站地铁的一栋。

董咚咚第一次见麻花是在一个深夜,她实在忍受不了三个室友共用的马桶,洗完澡之后,蹲在那里一阵猛刷,刷着刷着停电了。

而此时,麻花从睡梦中醒来,迷迷糊糊地摸到了厕所,睡眼惺忪地好像还在做梦,他推开厕所门,黑乎乎的,凭感觉找到马桶的位置撒起来。

董咚咚被一股热流惊得弹起来,一胳膊肘砸在了麻花的要害部位,麻花尿路中断,捂着肚子,瘫软在地。

两个人的第一次相遇令人惊叹。

同时也给两个人留下了终生的心理阴影。

董咚咚以后再刷厕所养成了眼观六路、耳听八方的习惯。

而麻花晚上起夜上厕所,一泡尿分成至少三段以上。

董咚咚初来乍到,业务能力有限,第三个月就搞砸了一个项目,老板气得扣光了她的工资,以示惩戒。

董咚咚气不打一处来,生生按住要辞职不干并且半路上堵截老板的冲动。

到了月底,没有工资,交完房租之后,兜里只剩下不到一百块。

董咚咚想着下个月的生活,不知所措,在去超市试吃区解馋的时候,董咚咚灵机一动,买了一袋十公斤的大米,还有一大袋咸菜,欢天喜地地赶回合租房。

厨房里,董咚咚焖了一锅米饭,散发出诱人的香味,等不及凉,就盛了一碗,站在厨房,就着咸菜狼吞虎咽,被烫得嘴里发出古怪的声响。

麻花下班回来,看见正在厨房里闷头苦吃第二碗白米饭的董咚咚,呆住。

董咚咚看到麻花,有些尴尬,讪笑:"你吃了吗?"

麻花点点头,看看桌上的咸菜,又看看锅里的米饭:"你怎么不吃菜?"董咚咚嘴里含着饭鼓鼓囊囊的:"哦,我减肥。"

第二天中午,董咚咚在微波炉里热了一饭盒白米饭,白米饭上撒着几粒芝麻,偷偷摸摸地在自己的工位上,就着咸菜,两分钟吃完了一顿午餐,心里还暗暗庆幸,幸好没有人看到。

晚上,董咚咚回家,一进门就闻到了米饭的香味。

董咚咚第一反应就是:可恶,有人偷吃我的米饭!

董咚咚杀进厨房,看到厨房里大鱼大肉的食材躺在水槽里,愣了几秒钟。

麻花从房间里走出来,像是颠勺的吩咐择菜的:"没吃饭吧?"

董咚咚愣愣地摇头。

麻花说:"正好我也没吃,菜我买好了,你做饭吧。"

董咚咚还没反应过来，麻花已转身回了房间。

董咚咚看到大鱼大肉，当即就咽了口水，风驰电掣地开始做饭，连锅里冒出来的油烟都忍不住大吸几口。

两个人窝在客厅吃晚饭。

董咚咚紧张地看着麻花夹起一块肉，麻花顺利地咽下去，说了一句："比我想象中好吃。"

董咚咚松了一口气，终于放弃了伪装，疯狂地吃了起来。

整整一个月，董咚咚回到家，麻花就买好了菜，等着董咚咚做饭。

恍惚间，董咚咚有了一种自己已经嫁作人妇的错觉。

两个人在饭桌上，把能聊的话题都聊了个遍。

月底，董咚咚下午早早回家，做好了一桌子菜，打电话叫了一箱啤酒，决定好好犒劳一下麻花。

两个人边喝边聊，从国际局势聊到现在的老板其实是个变态。突然间，麻花砰地倒在地上，嘴里吐出白沫，全身抽搐得像是通了电。董咚咚吓坏了，跪在地上扶麻花，花容失色："你咋啦？"

麻花嘴里冒泡："我……我有羊痫风。"

董咚咚吓得脸都绿了："那、那、那咋办？"

麻花努力吐出最后几个字："呼吸……人工呼吸。"

董咚咚看着麻花嘴里吐出的泡泡，面露难色。麻花抽搐得越来越厉害，董咚咚一咬牙，扑上去就要给麻花做人工呼吸。麻花终于忍不住笑了出来，泡沫喷了董咚咚一脸，随即在她愕然的目光中，在地上打滚，笑得上气不接下气。董咚咚终于反应过来，扑上去骑在麻花身上，掐住了他的脖子。

两个人滚落在地上。

第三位合租室友推开门进来，看到了董咚咚和麻花不能描述的姿势……

两个人进展之快超出他们自己的预料。

他们的相处方式也令人震惊，基本上可以用一句话概括——

两个人都以玩死对方为终极目的。

董咚咚津津乐道的经典案例如下。

第一回合：趁着麻花熟睡，董咚咚买了几十个电蚊拍，放在麻花的床上，麻花被电得惨叫了一个早上。

第二回合：麻花决定报复，把董咚咚的黄色染发剂偷偷换成了白色。董咚咚像个白发魔女一样，追打了麻花一整个晚上。麻花哈哈大笑着说："白头发也别有一番味道，就像三十年后的你。"

无奈之下，董咚咚只好顶着一头白发，度过了一个黑色的七月。

年轻人表达爱意的方式，真是挺拼的。

时间久了，问题也随之而来。

麻花有个最大的毛病，就是在女孩堆儿里，人缘出奇地好，女性朋友都喜欢他。据我们共同的女性朋友描述，麻花身上有一种中性气质，让女人对他产生好感的概率是其他男人的两倍。

麻花听了之后，心里一阵狂喜。但是董咚咚早就看不惯麻花这个毛病了。因为这个事情，两个人大吵不断，董咚咚都到了神经质的程度。

一天晚上，麻花接到一个电话，里面是个女人的声音："麻花，我家热水器坏了，你能来修修吗？"

麻花还没说话，凑在一旁的董咚咚抢过电话，劈头盖脸地破口大骂："哪来的不要脸的小妖精，大半夜的找谁修热水器？麻花是我的男人！你热水器坏了，找你的男人修去！"

麻花怒了，大吼："你有病吧，那是我姑！"

董咚咚看了看手机上的来电显示，嘴硬："我呸，你当我是傻子吗？"

董咚咚扑上来，开始打麻花，麻花气坏了。

两个人吵翻，互相说了狠话，一致同意分手。

董咚咚第二天就搬走了，住进了现在的一居室。

分手之后，董咚咚为了气麻花，火速找了一个男朋友，两人出双入对。

麻花知道以后,几乎气疯了,大骂董咚咚欺骗了他的感情。

董咚咚和男朋友约会,一出门,一辆厢式小货车猛地停下来。

董咚咚看着车厢上喷绘的自己和麻花舌吻的巨幅照片,整个人都不好了。

董咚咚的男朋友脸都绿了。

董咚咚气疯了,麻花从驾驶室里探出头,对着她露出一个阴险的微笑。

董咚咚扑上去要拼命,麻花一踩油门,车轮溅起污水,喷了董咚咚一个污水淋淋。

为了继续逼疯董咚咚,麻花不甘示弱,也飞速和一个叫丽莉的女人开始约会。

麻花约丽莉看电影,一转头,就看到了董咚咚坐在自己旁边,麻花猛地想起董咚咚拥有他任何一个电影票客户端的密码。

电影开场,董咚咚目不斜视,好像根本不认识麻花。

麻花心里七上八下。

电影到了最安静的桥段,声音静止,董咚咚站起来,啪地给了麻花一个响亮的耳光,震慑全场。董咚咚用尽吃奶的力气喊出来:"臭流氓!"

整个电影院里的人都看向麻花。

麻花被打蒙了,捂着脸,不知所措。

丽莉不可思议地看着麻花,假装不认识他,起身匆匆离开。

出了电影院,董咚咚大笑。

麻花气急败坏:"董咚咚,你……"

董咚咚冷哼一声,给了他一个挑衅的眼神。

麻花气得肺都快炸了。

两个人分别找我们吐槽,控诉另一个人的变态心理,我们都以为这是两个人花式秀恩爱,没理他们。

直到有一天麻花像是换了一个人一样出现在芥末和辣椒的火锅店里。

麻花西装革履，头发精心打理过，一改往日的邋遢。我、九饼、米饭还有芥末正在埋头苦吃，麻花闪亮登场。

麻花骄傲地宣布："我恋爱了！"

没有人抬头。大家心里的念头是一样的：这俩货又和好了。

麻花不爽："我就知道你们不相信，所以我把她带来了！"

一个女孩从门口闪进来，很自然地跟大家打招呼："大家好，我叫丽莉。"

一根金针菇卡在九饼嘴边，大家对视，面面相觑。我心里暗暗后怕，幸好董咚咚不在，要不然这里得发生血案。

纸包不住火，董咚咚很快知道麻花和电影院里那个叫丽莉的女孩好上了。

丽莉温柔乖巧，小鸟依人，没那么多整人的鬼点子，麻花似乎也收敛了许多，决心过正常人的生活，不再和董咚咚互相报复。

董咚咚的生活中一下子失去了一个劲敌，这让她非常不习惯，好像生活一下子没有了目标。

董咚咚跑来我们面前，痛斥麻花的卑鄙行为，并扬言要让麻花付出惨重的代价。

我们都噤若寒蝉，分明感觉到他们玩大了。

丽莉和麻花进展迅速。

丽莉很懂得在麻花面前示弱，而董咚咚生下来就不知道什么叫示弱。

但有时候，男人就是喜欢懂得示弱的女孩。

董咚咚不服气，她在我们面前发誓要将报复计划进行到底。

董咚咚找到麻花，丢给他一张卡："这是我所有的积蓄，给你买婚房用。"

麻花呆了，愣了老半天，把卡推给董咚咚："我买婚房用不着你的钱。"

董咚咚冷哼一声："怎么？怕你跟你未来的老婆睡觉时想到我吗？"

麻花无奈："你别闹了。再说，你有多少钱我还不知道？"

董咚咚急了:"瞧不起人是吧?这里面有十万。"
麻花傻了:"你哪来那么多钱?"
董咚咚冷笑:"卖肾。"
麻花吓惨了,跳起来就扒董咚咚的衣服,两个人在众目睽睽之下互相撕扯衣服,直到麻花确认了董咚咚两侧肾脏的位置都没有疤痕才放下心来。
麻花自然不可能要董咚咚的钱,董咚咚落寞地离开。
我听了以后,惊讶地问董咚咚:"你真的有十万啊?"
董咚咚呵呵一笑:"假装有十万,你就会真的有十万。"
我也傻了。

麻花和丽莉在麻花的住处吃晚饭。
有人敲门。
麻花一开门,发现是董咚咚,他嘴角一抖,心想坏了。
麻花嘴角抽搐地对着口型,让董咚咚赶紧走。
董咚咚做着鬼脸。
丽莉走过来,看两个人的样子,反倒很大度:"麻花的朋友吧?进来一起吃饭吧。"
麻花后来回忆说,那是他这辈子吃得最胆战心惊的一顿饭。

董咚咚没说别的,直接亮出一张体检报告。
麻花低头去看是什么东西。
董咚咚自己先开口:"我怀孕了,三个月。"
麻花盯着报告,彻底傻了。
丽莉脸色陡变,坐在那里一言不发。
董咚咚说完站起身:"麻花,我等你一个结果,没关系,你不要我,我可以自己把孩子生下来。"
董咚咚说完离开,留给两个人吵架的时间。

董咚咚关上门的时候,听到里面传来锅碗瓢盆碎裂的声音。

董咚咚脸上狡黠地一笑。

第二天,麻花气急败坏地砸响了董咚咚的门。

董咚咚打开门,看着一夜没睡好的麻花,突然有些心疼。

麻花开门见山:"我不能让我的孩子生下来就没有爹,跟我去医院做孕检吧。"

麻花拉着董咚咚就往外走。

董咚咚被麻花拖到医院门口,董咚咚死活不进去,无奈之下,只好坦承:"我……我骗你的,你怎么这么笨?"

麻花一听疯了,对董咚咚狂吼:"你骗我?你拿这种事骗我?骗我也就算了,你还去骗丽莉?你知不知道她离开我了!她让我回来跟你结婚!"

董咚咚从来没见过麻花如此失控的样子,噤若寒蝉,哭起来:"我……我就是不想你跟别人好,我舍不得你啊。"

麻花失控:"你怎么这么有心机!咱俩完了!"

麻花说完大步跑开。

董咚咚愣在原地,看着麻花跑远的背影,知道自己这次玩脱了。

麻花到处找丽莉,丽莉却不见他,所有的联系方式都被丽莉拉黑了。

麻花气急败坏。

直到有一天,丽莉主动出现。

两个人在咖啡馆见面。

丽莉叹气:"我都知道了,董咚咚找过我了。"

麻花一愣。

丽莉有些心疼:"她说她不该说谎,让我好好照顾你。"

丽莉拿出一个日记本递给麻花,说:"这个日记本是她给我的,说熟读里面的内容就能很好地了解你。"

麻花接过来,翻开日记本,里面密密麻麻地写满了字:

《整蛊麻花一百招,再接再厉》

《麻花最爱吃的菜谱,尝试中》

《麻花的雷区，试探中》

《麻花最敏感的部位，探索中》

麻花翻着日记本，说不出话来。

麻花打不到车，急得直接跑起来。

他耳边还回响着丽莉的话："我本来想把日记本扔掉，可我不忍心，我知道一个女人对男人爱到什么程度才能这么细心。"

"她说她要走了，没说要去哪儿，你快去找她吧。"

麻花打爆了董咚咚的电话，她就是不接。

麻花风风火火地冲进董咚咚上班的公司，问遍了所有的同事，才得知她辞职回老家了。

麻花莫名其妙地觉得事情不妙，调动了所有记忆和人脉，终于找到了董咚咚老家的地址，安徽的一个小县城。

麻花连夜杀到安徽，一路找，一路问，在县城郊区的农村里，见到董咚咚的时候，她正在一片菜地里浇水。

麻花不由分说地冲过去，拉起董咚咚就往外跑。

两个人跑了一路，才被董咚咚拽停："你来这儿干吗？"

麻花气喘吁吁："你不是被人贩子卖到这里来的吧？"

董咚咚冷笑："什么啊，这是我家。"

董咚咚领着麻花来到了她家，麻花呆住了，眼前一片空地上，坐落着两个集装箱，集装箱上安装了窗户和门框，做成房子的样子，老两口正在没有围墙的院子里腌咸菜。

麻花呆呆地看着董咚咚。

董咚咚说："我准备隐居一段时间，这是我的新家，我自己设计的，怎么样？"

麻花傻了。

董咚咚拉着麻花走到老两口面前："爸妈，这就是麻花。"

老爷子一听，手里拎着一个榨菜头就跳起来，要打死麻花，麻花拔腿就跑。老爷子叫嚣着："臭小子，你敢欺负我女儿，我打死你。"

麻花一路狂奔，老爷子身体太好了，不断用榨菜头砸着麻花的脑袋。

董咚咚忍不住哈哈大笑。

麻花和董咚咚结婚了。
中式婚礼，需要掀盖头的那种。
麻花掀起董咚咚的盖头，露出一张《电锯惊魂》里狰狞的面具，麻花吓惨了，本能地给了董咚咚一巴掌。
董咚咚被打了，分外不爽，拿出早就藏在手里的芥末粉，撒了麻花一脸，两个人扭打成一团。
参加婚礼的亲友们都惊呆了。

你有想过报复你的前任吗？
是希望他过得比你好，还是希望他一直不幸福？
在一些莫名其妙的时刻，你想起前任的时候，是嘴角带着微笑，还是心里骂着脏话？
前任永远是我们挥之不去的存在，前任们组成了我们的历史，好的、坏的、疯狂的、伤感的。
想一想，如果一个人没有前任，好像人生也挺不完整的。
其实对前任最好的回应，不是愤恨，而是怀念；不是报复，而是祝福。
爱过就是爱过，爷们儿一点，互相放过，彼此成全，就算做不了朋友，也可以做个熟悉的陌生人。
再次相见，笑问一句："你还好吗？"
最后，让我们一起祝普天之下所有的前任安宁喜乐，祝他们找到的现任，一个不如一个。

新增故事

真心玩笑话

生活本质上或许就是乏善可陈的,
所谓精彩的瞬间、斑斓的奇遇、热切的相爱和近乎残忍的伤害,
这些并不会经常出现,
也幸好不会经常出现。
平静的生活,
让我们活得久一点。

  周末,失散一周的我们,再一次聚集在芥末和辣椒的火锅店。
  火锅煮起来,红浪腾起,周围食客们熟悉的吵闹声,都在扯着嗓子讲述各自人生甘苦,一同组成人间烟火。
  火锅越煮越辣,四张和米饭在幼稚地掰手腕,芥末、辣椒默契地穿梭在店里,照顾着每一桌客人。等到上第二桌菜的时候,大苏已经成功用啤酒把自己喝得失重,他用筷子敲了敲自己的杯子,在火锅的雾气中眼神迷离地看着我们。
  我们都安静下来,看向他,他的嘴巴已经被辣得通红,似乎积蓄了许多话语要倾泻而出。
  他说:"我想通了,我愿意讲我的故事了。"
  我们都感觉有些难以置信,朋友们之间互相了解到解剖级别,对于各自的丑事了如指掌,可以具体到年份。毕竟大多数时候,只有讲出自己的秘密,才能换来别人的秘密。
  但大苏不同,大苏对自己最难以忘怀的一段感情故事讳莫如深,每次只有在酒后的只言片语里才会流露出一些破碎的细节。时间一长,我们也都不再问了,连最八卦的米饭,也已经放弃了对大苏这段感情故事的探究。
  今天大苏主动提议要讲,大家反倒有些猝不及防。

大苏说:"其实不是我不愿意讲,只是我这个故事不是典型的爱情故事。"

我们都打哈哈:"谁愿意听典型的爱情故事?我们就想听非典型的、奇绝的,最好还多少带点变态的。"

大苏笑了笑,说:"我现在发现我对这段经历的记忆越来越模糊,也许讲出来,大家可以帮我一起记住,不然总有一天,我会忘干净。要是忘了,就真没了。"

我把火锅调成小火,把剩下的食材倒进去,小火慢炖。

啪的一声,四张开了一瓶啤酒放在大苏面前。

大家也都洗耳恭听,等待着大苏的故事。

大苏喝了一口啤酒,眼睛深邃起来,喃喃自语:"该从哪里说起呢?"

每年四月一号,或许你会想到愚人节,想到离我们而去的哥哥,想到许多玩笑话,而我,会想到一个女孩。

我很少称呼她真名,我习惯叫她夏果,夏天的果实。

我在某一年的四月一号遇见她。

那是一个兵荒马乱的酒局。

酒局过半时,在座的已经鱼龙混杂,群雄混战,有人走了,又有人加入,大概有一半的人已经互不认识,但借着酒劲儿,每个人似乎都在失重,双脚或多或少离开地面,于是陌生感渐次消失,人和人的距离被拉得很近,仿佛昨天刚刚一起出生。

酒局就是线下的朋友圈。

因为红白黄混合,酒精流入血液,伴之以烤烟、雪茄和电子烟等二手烟熏陶,每个人都陷入一种不能自持的感官放大之中。

夜已经很深,众人还在拼酒,桌子上和我胃肠里一样杯盘狼藉,我挣扎着起身,想去一趟厕所。

离开包房,才发现餐厅里只剩下两个睡眼惺忪的服务员,半睡半醒地趴在那里,迷离的眼神看向我时还带着一股幽怨。我有点歉疚,向他们点头致意,说:"这就撤了。"

他们并没有理我,我几乎是跋山涉水地找到了厕所。

洗手池旁,一个女孩披散着头发,倒在那里,双臂抱着一个正在喷水的室内喷泉摆件,水顺着她的胳膊流下来,已经打湿了她像花一样开放在地上的裙子。

我看到她手腕上的手链,恍惚间认出她来,她也是我们这场酒局上的朋友,只是我已经想不起来她叫什么了。但我记得这条手链,银质的手链闪着寒光,一个多小时以前,似乎就是这双手拎着分酒器对每一个人狂轰滥炸。

我去扶她,她沉得很,我用劲用猛了,迷迷糊糊中自己的重心也不稳,脚下一软,倒在了她身上,等我再抬起头来,我们已经脸对脸了。

她的妆看起来很花,眼影晕了,脸颊上也卡了粉,睫毛看起来也已经不甚分明。

大概是被我惊动了,她睁开眼,看着我,辨认了一会儿,似乎认出了我,说了句:"你啊。"

她嘴里散发出一股抽完电子烟后的可乐味,身上夹杂着香水和烈酒的气息,我有点睁不开眼睛。

我说:"对,是我,你怎么睡这儿了?"

她这才四下里看看,立马被自己的处境逗笑了:"这不是我家啊,我就说怎么找不到我的床呢。"

我要起身,她拉住我,说:"我记得你,你这个人不错,喝酒实在,我喜欢实在的人,你送我回家吧。"

我拉她起来,有点犹豫。

我自己也喝多了,此刻正处于一种困倦和兴奋之间的虚无中,半夜送一个女孩回家,这个行为显然充满了危险,我跟她毕竟不熟,脑子里不知道怎么就冒出一句"君子不立于危墙之下",出点事情我真说不清楚,但看着她拖拽着自己湿漉漉的裙子,又有些于心不忍。

我去洗手间上了厕所,洗了把脸,冷水让我清醒了一点。

我扶着她出门,说:"要不我给你叫个车吧?"

她没说话,我手一松,她完全站不稳,眼看着又要倒下去,我只能再次扶住了她。

一上车,她就歪在我身上睡着了,头发上虽然有烟味,但洗发水的味道还是很好闻。

后视镜里,司机打量了我一眼,眼神中多少有些洞穿世事的笑意。

到了目的地,我扶着她下车,她指了指小区门口,我搀着她走进去,问她几号楼,她已经完全说不明白,我只好想办法叫醒她。我捏了捏她虎口上的穴位,她吃疼,惊叫一声,无力地推我,一弯腰,哇的一声吐了。

我有点心疼我的鞋子,不小心看了一眼地上的秽物,我也有点儿想吐。

她吐完似乎清醒了一些,努力抬起头扫了我一眼,脖子似乎支撑不起脑袋的重量,又垂下去,低声嘟囔了一句:"6号楼1单元705。"说完,她脚下又一软,似乎承受不住晚风的重量。

幸好是指纹锁,她径直开了门,直奔向床,整个人砸下去。

我关上门,打量四周,一只猫在窗帘背后愕然地打量我。

我伸手跟猫咪打了个招呼。

房间里呈现出一股独居女孩特有的整洁与杂乱:猫爬架,沙发上横七竖八的抱枕,晾晒中的内衣……

我看着她躺在床上,呼吸均匀起来,走过去给她脱了鞋。

起身的时候,我看到了她脸上的残妆,让她显得脆弱又疲倦。

我找到了洗手间,里面收拾得很干净,各种洗漱用品和化妆品几乎占据了每一寸空间。

镜子很大,我看着镜子里的自己,有些发虚,熬夜之后,胡楂钻出来,看起来憔悴不堪。

我感觉嘴里发苦,摸到一包一次性的漱口水,漱了漱口。

我从洗手间出来,看到她直直地坐在床上发愣,吓了一跳,不知道为什么我还有点心虚,问她:"你不是睡着了吗?"

她仍旧看着我,我几乎被她的目光定住,一动也不敢动。

她看了我一会儿，突然说了一句："今天是愚人节啊？"

我愕然地看了看表，可不，快两点了。我看着她，只能说："愚人节……快乐？"

她没什么反应，好像在思考什么事情，我能感觉到她有话要说，现在她这个状态就是在动态加载她想说的话。

她好像终于想出来了，说："愚人节一定要跟第一个见到的人开个玩笑，这样接下来的一整年，生活都不会跟你开玩笑了。"

我愣了愣，笑出声来，觉得这件事情本身就有点儿好笑。

但她很认真，她说："其实今天我是故意喝多的。"

我点头，只能说："看得出来。"

她说："其实今天我想放纵一下自己。"

我愣住了，一下子不知道该说什么，只能说："能理解。"

她说："你送我回来，应该也跟我想的一样吧。"

我只能说："也许大概是有点儿。"

她说："那你就应该直接来，但你不应该把我的妆给卸了，你给我卸了妆，这事儿味道就变了。你知道吧？"

我摇摇头，只能说："不知道你在说什么。"

她说："这就好比，你带一个女孩回家，只想着疯狂一夜，结果早上起来，女孩给你做了早餐。"

我恍然大悟，说："我知道你在说什么了。"

她疲倦地点点头："所以我没法跟你有什么了，对不起了。但还是谢谢你送我回来。"

我说："合理，那我走了。哎，不过你是什么时候醒酒的？"

她说："你进卫生间那会儿。"

我一时也不知道要说什么，突然沉默。

她说："我要睡了。"

我只能说："那我走了。"

我转身要走，她叫住我，跟我说："a piece of cake 41。"

我问："什么？"

她说："我的微信。"

我笑了笑,跟她说:"晚安。"
然后我转身出门,把这个夜晚关回到她的房间里。

夜风很凉,凉得恰到好处,或许是醉酒的原因,我觉得自己走路轻飘飘的,每踩出去一步,都如置身云端。不知道为什么,我有点快乐。

这个夜晚是液体的,像热红酒。

我一眼看出去,周遭的一切都沉浸在黑暗中,我已经完全迷了路。

在我花时间寻找小区出口的片刻,我突然想,她刚才说的那些话,到底哪几句是玩笑话呢?

第二天,我醒来已经是中午。

我打开手机,她已经通过了我的好友申请。

我看着空白的对话框,犹豫着要不要联系她,构思着自己的措辞。

这时候手机响了,她发来一条信息,简单的三字:"下午茶?"

我有点欣喜,赶紧给她回:"这句不是玩笑吧?"

她回复:"你猜?"

她选的地方不好找,我迟到了十五分钟,我进去的时候,她已经坐在那里,摆弄着手机自拍,手腕上的手链闪亮,就跟兵器一样。

我走过去,坐下来,有些拘谨。

她自拍了一张才看我,说:"我已经替你点了。"

我赶紧答应,随后看着她,她今天没化妆,素颜的样子使她看起来干净又憔悴,脸颊就像一个剥了壳的荔枝,给人的感觉是好吃、很甜,但容易上火。

她说:"宿醉真难受。"

我说:"可不,宿醉就是把第二天的精力拿到头天晚上来用。"

她咯咯笑,笑声里似乎也有烟味。

我问:"你怎么不在家休息?"

她斩钉截铁:"因为今天是愚人节啊。"

我不明白:"所以呢?"

她看着我,说:"所以要好好过今天,因为今天说什么、做什么都不会有人当真。"

那原本是我生命中再平常不过的一个下午,但因为夏果的出现,这个下午在我人生的无数个下午中开始变得不同。

即便经过了这么久,我还是能轻易想起那个下午的光线与气味。

阳光透过蒙尘的玻璃照进来,赋予灰尘以光芒,她说话的时候许多可爱的小动作都在光照之中显得格外清晰,她就像显影在胶片上的女主角,偶尔和她眼神接触,轻易就能感觉到她眼神里的寒光慑人,我总是会想起科幻电影里吞噬一切的黑洞。

旧木桌、咖啡豆、她衣服上抖落的光阴碎片,还有手臂晃动之间向我飘散而来的香水味,我几乎可以辨认出里面的海风和盐。

我们有一搭没一搭地聊着毫无意义的话题,正是这些无意义把这个平凡的下午变得意义非凡。

大半个愚人节就在我们的交谈中过去了。

窗外夜色降临,车灯亮起来,建筑蒙上灯影,我们正处在一个话题刚刚结束的间隙里,她看着我,突然说:"不如我们谈一个晚上的恋爱。"

我愣了:"一个晚上?"

她说:"对啊,就一个晚上,敢不敢?"

每个人生命中或多或少都会有一些浪漫的时刻,这些浪漫时刻就是我们人生乐谱中的高音谱号。

在真正属于一对恋人的晚上,全世界都会为他们的浪漫助攻。只是这个时候,我并不知道我和她的故事,到底会是一种什么样的风格。

我们的手牵在一起,我们走在人群中,我听着她的高跟鞋踩在地上发出清脆悦耳的声响,风吹过她又吹过我,我突然很想就这样走下去,这条路最好永无尽头。

我们的肩膀碰在一起,我的手肘偶尔撞在她的胳膊上,在路边,我们看到有人卖花,她叫住卖花的小姑娘,挑了一枝,闻了闻,转过头问我:"为什么愚人节也有人卖花啊?"

我说:"也许愚人节是最适合表白的日子,就算被拒绝了,也可以推说是开玩笑。"

她看着我,说:"那你跟我表白吧。"

我愣住。

她说:"害怕?反正就到十二点而已。还有四个小时。"

我笑了,没说话,我有点不敢接招,甚至紧张起来。

我们又走出去一段距离,经过一群玩滑板的少年,他们尖啸着从我们身边掠过,带来一阵被搅乱的夜风,我和夏果都看过去,他们只把永远都不会老的背影留给了我们。

她突然说:"我给你讲个故事吧。"我正想从这种紧张里逃脱,听到她这么说,我如蒙大赦,赶紧说:"好,我喜欢听故事。"

她说,从前有一只猫,是个英短,长得特别好看,有柔软的皮毛和婴儿般的眼神,深得主人宠爱。这只英短爱上了一只流浪的花猫,花猫应该是个串儿,花猫说想带英短一起去流浪,因为外面的世界很大,到处都是猫爬架,猫爬架上有叶子,天空上有很多鸟,水里有很多鱼,到处都是吃的。英短果然动心了,趁着主人不在家,和花猫一起逃了出去。花猫带着它去了很多地方,它们住过下水道,住过树洞,住过电表箱,英短给花猫生了一窝小猫,小猫还没来得及长大,就因为一场大雨,都被淹死在窝里。英短很伤心,但花猫似乎不太在意,对花猫来说,还有很多角落等着它去探索。英短只能跟着花猫继续上路。直到一天,花猫没回来,英短循着气味到处去找,结果看到花猫住进了一户人家,成了别人的宠物猫。英短冲过去,隔着一层玻璃,对着花猫狂叫,但花猫只是看了它一眼,好像已经不认识它了。英短伤心离去,开始了独自流浪,中间它遇到了爱心人士,帮它做了绝育,这世上让它伤心的事情又少了一样。从此,它最喜欢的事情就是在愚人节扮演一只老虎,吓唬过路的人。

夏果说完这个故事,眼睛红了。

她说:"不好意思,我这个人有个毛病,泪点特别低,讲个故事都能把自己讲哭了。幸好,我不光泪点低,笑点也低,别人不笑的笑话我也能笑。你给我讲一个笑话好不好？我伤心的时候就喜欢听笑话。"

而我还沉浸在她关于猫的故事里，我说："好，不过我不常讲笑话，容我想想。"

她说："你慢慢想。"

过了一会儿，我说："想出来了。"

她满怀期待地看着我。

我说："从前有一条狗。"

我刚说完这句，她就已经笑了，笑弯了腰。我呆住，她果然笑点很低。

她笑着对我摆手，说："抱歉，你接着说。"

我接着说："这条狗是一条舔狗，遇到喜欢的小母狗总是主动去舔人家，完全不管别人让不让它舔。它最接近幸福的一次，是它一直舔的一只小母狗，终于在受伤之后，答应和它在一起，组成一个家，生一窝小奶狗，但前提是，必须先有一个'家'。它说的这个'家'，是一个必须被买下来的房子。可惜这条狗偏偏是一条流浪狗。故事到这里就结束了，小母狗没有再给它舔的机会，小母狗被一辆有着四个轮子的汽车接走了，住进了大别墅的狗窝里，听说狗窝比人的卧室都大。"

她听完，呆呆地看着我，她没笑，问我："后来呢？"

我说："后来这条流浪狗愤怒了很长一段时间，对每一辆经过它的四轮汽车狂吠。过了很长时间，它才学会了夹着尾巴做人，除非万不得已，否则它都不会再叫出声来。"

我说完，她看着我，好像又在加载想说的话。

一个卖发光气球的大爷经过我们，气球里的光像水一样，流进她眼睛里，使她的眼睛里看起来几乎闪着泪光。

我有点儿尴尬，说："不好意思，我这个笑话有点儿不好笑。"

她摇摇头，宽容地看着我，说："笑话分好多种的，有好笑的笑话，也有伤感的笑话，你刚才讲的，就是一个伤感的笑话。"

我笑了，觉得自己胸口很长时间以来的憋闷，在这一瞬间都轻松一些了，就好像坐在一辆运行时间长达半生的高铁上始终戴着口罩，现在终于途经一个小站，我可以下车去没有人的地方，做一个深呼吸。

我们都走累了，她看了看表，说："离十二点还有两个小时，所以现在还不能结束这一天。"

我点点头，问她："那你想怎么样？"

她说："我们交换秘密吧？一人说一个从来都不对别人提起的秘密。"

我说："可今天是愚人节，愚人节说出来的秘密，能当真吗？"

她说："真假重要吗？秘密最解脱的一刻，就是被说出来。秘密憋在心里会瘦掉的。我可以先说。"

我笑了，说："那好，那你先说。"

她想了想，说："我记得我睡过的每一个男孩的体温，虽然我可能记不住他们的名字，但我觉得体温比名字重要，毕竟女孩子的身体总是冷的，你知道吧？"

其实我不明白她在说什么，但为了面子，还是虚张声势地点点头。

她看着我，说："该你了。"

我有点为难，不知道什么样的秘密才能跟她的等价，我想了想，突然福至心灵，说："我上次在你家坐在马桶上撒过尿。"

她愣了愣，随即哈哈大笑，说："你怎么这么有意思啊。"

我说："也就一般吧。"

她问我："你打德州扑克吗？"

我说："打得不好。"

她说："当你起手就拿到烂牌的时候，你还敢往下看牌吗？"

我说："我的风格就是看到最后一张牌。"

她看着我，眼神里好像多了点儿欣赏，说："我再说一个我的秘密吧。"

我说："好。"

她："我很小的时候，我妈就丢下我跑了，我爸常挂在嘴边的一句话就是，女人都一样。他是觉得我迟早有一天也会像我妈一样走掉。那天他送我去上大学，给我交了一个学期的学费，他说：'以后你就长大了，女生外向，你长大了，就跟我没关系了，你以后都不能管我要钱了。我不能再做赔本的生意了。'

"晚上我们住的酒店,是一个标准间,半夜他爬到我床上,像小时候一样从背后抱住我,抱得很紧,像是要掐死我,我很害怕,我只能假装睡着。"

我听到这里,心里一紧。她却说得很轻松:"我这个人,连家都没有的,我就只有我自己。认识我这样的人,是不是有点儿难受?"

我说:"没有,人都不是他看上去的那样。人就像……千层饼,给别人看到的可能就只有一层。"

她笑了,说:"我喜欢千层饼这个形容。"

一直过了十二点,我们走得腿都软了,街上的人群渐渐稀少。

她说:"我要回家了。"

我点点头,说:"夜深了。"

她走出去几步,又转过头来跟我说:"我刚才说的话,都是开玩笑,你知道的吧?"

我说:"当然了,今天是愚人节。"

她笑了,笑出来一个完美的弧度。

就这样,我们度过了相识之初的第一个愚人节。

我回去跟我的室友说起这件事情,他专注在自己的游戏里,有一搭没一搭地应着我的话,我只好住了嘴,我不知道该跟谁分享,只能留在自己的梦里不断反刍。

从这天之后,夏果很久没有出现,我给她发过信息,她也没有回复,朋友圈也没有更新。我甚至有点儿怀疑,我到底有没有真正见过她。

我问了那天一起聚会的朋友,大家都对这个女孩没什么印象,似乎没有人知道她是谁带来的朋友。最后一致得出结论,可能就是个蹭野局的。

北京的确如此,许多人热爱蹭野局、蹦野迪。他们趁乱混入某一场氛围已经烧热到不分彼此的聚会里,或酒气袭人的饭店包厢,或群雄混战的KTV,冒着被人发现的风险,只为了凑一场原本不属于自己的热闹,仔细想想,这本身就是一种孤独。

这些特征令夏果显得更加扑朔迷离。

此后,我又去那家餐厅独自吃过几顿饭,也曾经试图在洗手间门口或者他人的包厢和夏果再次重逢,但都失败了。

我甚至想去她家里找她,但思前想后又觉得不妥,这只会让女孩感觉到被冒犯。

等我说服自己赶快忘记她之后,她的对话框跳出来,问我:"要不要去看动物?"

我在爬行动物的展馆再次见到了她,她好像变化不少,发型、妆容以及穿衣风格,都和上次显著不同。

她看见我,很自然地挽住了我的胳膊,给我介绍面前的一只变色龙。

她问我:"你说变色龙怎么就能那么神奇呢?到了个新环境,就能换一身新皮肤。看到什么好看的,立马就能穿在身上。作为一只变色龙,应该很开心吧。如果可以选,我想做一只变色龙。"

我听她这么说,有点词穷,正在搜肠刮肚,想从笔墨本来就不多的肚肠里搜刮出一点儿浪漫的说法。

想着想着,我已经跟她一起走到了狼蛛的展柜前。

她看着玻璃展柜里巨大的蜘蛛,眼睛睁得很大,她涂着睫毛膏的睫毛跳动着,说:"如果我的睫毛跟蜘蛛腿一样粗就好了。"

我愕然,她总能给出角度清奇的比喻。

她看着蜘蛛,情绪好像一下子又低落下来。她眼睛盯着蜘蛛,说:"我上次有没有跟你说过,我以前有个男朋友,后来变成了蜘蛛?"

我傻眼,摇头。她看上去很认真,不像开玩笑。

她说:"我那个男朋友运气不好,跟我在一起的第二年,就死掉了。他父母就这么一个儿子,他们恨我,说是我害死了他们唯一的儿子。要是不认识我,他们的儿子不可能大半夜还在外面晃荡。他以前可乖了。如果不是大半夜还在外面和我一起鬼混,他们的儿子也不会被车撞。如果我不出现,他们现在就还有儿子。"

她说得轻描淡写,好像是在复述一篇散文。

我一下子不知道该说什么。

她接着说:"我能理解他们,但我不理解他,他明明已经走了,为什么还要回来?他明明知道我以前最怕蜘蛛,可他就是非要变成蜘蛛来吓唬我,尤其是在我每次开始一段新感情的时候,他就会变成蜘蛛,出现在我的浴室里。"

我听到这里,开始担心夏果的精神状态。

她看着我,苦笑道:"我知道你不相信,除了我,没人相信。我好几次梦到他,他就站在那里,整个人已经跟蜘蛛很像了,几乎很难分辨出来哪一部分是人,哪一部分是蜘蛛。我问他:'怎么才肯放过我?'

"他说:'等你找到一个真正爱你的人,我就永远消失。但如果我觉得那个人不爱你,我就一定会出现。'我一开始也觉得是个梦,但慢慢地,我就发现他说的是真的,我每次和男朋友分手之前,都会在浴室里看到蜘蛛。或者说,我只要在浴室里看到蜘蛛,就知道要跟男朋友分手了。"

我说:"你就没想过去看看心理医生?"

她苦笑着摇摇头说:"我看过,心理医生说我是臆想症,我知道没人能帮得了我,除非,就像他说的,我能找到一个真正爱我的人。"

我说:"那祝你好运。"

她摇摇头:"我的运气向来不好。"

她看向我,说:"别说我了,说说你吧,你的生活是什么样的啊?肯定比我的精彩吧。你能带我过过你的生活吗?"

我带夏果回家,我室友也在。

吃饭的时候,她从书包里拿出一瓶红酒,说:"这瓶酒是刚和那个蜘蛛男朋友谈恋爱的时候买的,我一直舍不得喝。今天我想喝了它,要是喝了它,我肯定就得喝多,喝多了你们别见怪。"

她几乎凭借一己之力,把一整瓶红酒喝完了,喝到最后,她还抱着红酒瓶不肯松手。

我和室友一左一右扶着她往回走,她一会儿推开我,一会儿又推开室友,手里始终紧抱着红酒瓶,最后终于毫不意外地把红酒瓶摔碎在地上,碎了一地玻璃。

我去扶她的时候，脚踩在玻璃上，碎玻璃顺着我的鞋底扎进去，我疼得没站稳，摔在地上的时候，手又按在了另外一块碎玻璃上。

我室友有点蒙，我抬头看夏果，她歪歪扭扭地扑到花坛边上吐。

我心里有点儿烦了，这次她喝多全然没有上一次来得美好。

室友把我扶到路边坐下来，我从鞋底把碎玻璃拔下来，疼得直冒汗。

她吐完了，抬头看着我，跟我和室友道歉，说："对不起，给你们添麻烦了，我现在可以自己走了。"

我和室友正不知所措，她已经一头扎进车流。

我只能扑过去，一把拦住她，她顺势往我怀里倒。

折腾到凌晨两点，我们总算把她弄回我们租住的房子。

我已经筋疲力尽。我把自己的床铺收拾好，又抱了被子铺在客厅的沙发上，想让她睡在床上。

一回头，她已经倒在沙发上，瘫软成一团。

室友也累得够呛，跟我说："那我先睡了？"

我点点头。

室友回到了自己的卧室，我去扶夏果："你上床睡，我睡沙发。"

她挣扎，让我滚。

我手上和脚上的伤口都在疼，耐心终于在这一刻彻底耗尽，我给她盖好被子，自己回到卧室，倒下去就睡着了。

四点多我醒过来，又开始担心她。我走出卧室，客厅沙发上空空如也，被子掉落在地上，我满脑子睡意，还有点发蒙，恍惚间好像昨天发生的事情都是一场梦，我一抬头，发现室友的门虚掩着，我心里一紧，室友卧室的门打开，他光着脚匆匆跑出来，满脸都是慌张，好像不知道该怎么跟我开口，他说："她……她突然就……进了我的房间。"

我愣了几秒，这下睡意全无，我没看室友，冲进他的房间，看见夏果躺在被子里，我一把把她拽起来，拽到客厅，没理室友，直接把夏果拽回到我的房间，砰地关上门，我问她："你想干吗？"

她整个人站不住，盯着我看，突然扑过来，扑在我身上亲我，我彻底被激怒，猛地推开她，把她推倒在我的床上，我几乎是喊出来："你到底想干吗？"

她躺在床上，索性不起来了，她仰望着我，眼神里甚至满是挑衅，说："我就想知道你会不会是那个真正爱我的人。真正爱我的人，应该能接受我的一切吧？"

我被她的话噎住。

她就一直在笑，不知道是在嘲笑我，还是嘲笑她自己。

等她第二天酒醒了，又跟我道歉。

我说："你走吧。"

她不意外，走出去后又回头问我："我们就不能试试？"

我说："不能。"

她笑笑，最后说："我给你买了碘伏，你别忘了给伤口消炎。"

然后推门出去。

我站在那里没动，她好像把门直接关在了我心上，我心里有点儿闷。夏果的出现，成功地搞僵了我和室友的关系。我们从无话不谈的好朋友，变成了后来的表面客气，最终只能分别搬离那个房子。

人与人之间的关系总是这样，微妙又脆弱。

事情就这样告一段落。

大概过了几个月，夏果又打我电话，电话里，她一言不发，只是哭，我也没有打断她，我有点儿习惯她的神经质。

她哭到手机没电，电话就断了。我很清楚我心里喜欢夏果，可我更清楚她这样的女孩只会搞砸我身边所有的人际关系，我喜欢她，但更多的是害怕她，我觉得我永远也摸不透她。

我再一次见到夏果，是时隔半年之后，她主动约我吃饭。

席间，服务员递酒单，她说："我已经戒酒了。"

我有点儿意外。

她说："我要结婚了。"

我更意外了。

她笑着说:"我已经很久没在浴室见过蜘蛛了。"
我说:"那就太好了,我替你高兴。"
她说:"我很感激你,你见过我最糟糕的样子,以前的事情,对不起。"
我说:"本来也不是什么大事。"
她说:"以后我会去西藏生活,我会和他生一个宝宝。"
我点头。
她又说:"相信你也很快能遇到那个你爱的人。"
我说:"会的吧。"

我在地铁口和她告别,风一吹,就能发现她比之前瘦了很多,瘦得让人觉得分外陌生,和一个久别的人重逢好像总是会有这种感觉。她瘦掉的部分,就是我们失散的部分。

我目送她下了地铁口堪称深邃的楼梯,她一阶一阶地往下走,一步一步地远离我的生活,她穿着新鞋子的脚好像就踩在我的心坎上,我说不上来是闷还是疼。

地铁里的风吹来,带着无数声叹息,来自上班族或者在此分离的人。

风吹拂起她的头发,又吹向我,她的气味开始渐渐变淡。我目送她走下了楼梯,她停下来,回过头,看着我,奋力跟我挥手,搅乱了她头顶上的空气,在其间形成一个伤感的旋涡。

我站在地铁口,俯视着她,突然觉得,原来两个人可以如此接近,也可以如此遥远。

我也对她挥手,尽可能回应她。

天不可救药地黑下去,尽管城市里到处都有灯,但此刻无论我们怎么努力,都看不清对方的脸,黑暗正在我们周围融化。这个夜晚是液体的,像冰可乐。

我有强烈的预感,这是我最后一次见到她了。

她终究消失在地铁深处,我知道地铁会将她带向四面八方,去向许多未知,遇上许多人,发生许多事。但我们的故事,就到此为止了。

人都是这样吧,未必能预料到开始,但对结局总有预感。

后来的几年，我也遇到过很多女孩，其间分分合合，兜兜转转，最终也没能找到那个可以一直在一起的人。

我只是偶尔会想起当年那个愚人节，觉得那个愚人节确实很快乐。

如果没有之后的那些糟心事，或许我和夏果的相遇，还挺值得时常拿出来回忆一番的。

可正因为有了后来，我才不敢经常想起。

我把这个故事变成了我的秘密，就像夏果说的，我能感觉到这个秘密正在我心底消瘦下去，我怕再不讲出来，它真的会消失。

当然，我也渐渐明白，生活毕竟没有如果，人也是复杂的，就像千层饼，我们永远只能认识彼此的一两层。

许多人都止步于此。

生活本质上或许就是乏善可陈的，所谓精彩的瞬间、斑斓的奇遇、热切的相爱和近乎残忍的伤害，这些并不会经常出现，也幸好不会经常出现。

平静的生活，让我们活得久一点。

又是一年愚人节，很巧，我又在一个酒局上。虽然很不愿意承认，但混局已经成为我工作的一部分，或者说也成了我生活的一部分。

我有了固定的酒友，也不停地认识陌生的朋友，在任何一张酒桌上的方寸之间，世界就是我们的。

那天酒局上，我又遇到了一个喝多的女孩。

她坐在我的对角线，按照酒桌上的规矩，我们自然而然地推杯换盏，最后发展为"拎壶冲"。

喝到动情处，她看着我笑，我也看着她笑。

微醺后的世界，一切都很顺眼。

我从洗手间回来，迎面遇上她，她迷离地看着我，眼神中带一点挑衅，我想躲开她，她移动身子挡住我的去路，眼神里发着烫，嘴唇上残存口红，我读懂了她的意思，我捧起她的脸，亲吻她，她咬破我的嘴唇。

我说："我们换个地方吧。"

她说:"好。"

出租车上,她整个人已经"流淌"在我身上,司机饶有兴致地透过后视镜瞄我们。这一幕是如此熟悉,以至于我更加恍惚,几乎要从女孩脸上看出夏果的样子。

借着酒劲儿,我有点儿想哭,在一个人面前想起另一个人,这对三个人似乎都是一种伤害。

女孩屋子里很整洁,她搂着我,我们两个人倒在床上,几乎是扑通一声,听起来就像是有什么东西轰然坠地。

她床上的四件套是粉红色的,刚洗过,有一股洗衣凝珠的香味。

我们亲吻,她脱自己的衣服,她的头发淹没我的脸,她抱住我,问我:"套有吗?"

我慌张地开始翻口袋,却只翻出一条口香糖,我有点儿尴尬。

她随手一指,迷迷糊糊地说:"我抽屉里有。"

我翻身下床,开始在陌生的房间里翻箱倒柜,抽屉里什么都有,可就是没有套套。

床上的女孩明显焦躁起来,困意和酒劲儿一起上涌,她不耐烦地问:"找到没有?"

我说:"你到底放哪儿了?"

她有点儿气急败坏,说:"算了,我大姨妈昨天刚走。"

我愣了愣,手里却没停,发狠似的想找到那个不知道存不存在的套套。

不等我找到东西,她在我身后打了个哈欠说:"我好困。"然后就响起了均匀的呼吸声。

我躺在她身边,觉得周遭一切的气味都陌生起来,我感觉眼睛发酸。

这一刻,我是如此想念夏果。

后来,我就这么睡着了,除了酒后的鼻塞,一夜无梦。

清晨,我当先醒来,女孩还没起。

我找到新牙刷,刷了牙,从她冰箱里找出鸡蛋和面包,还有一个西红柿,做了两份三明治。

我在客厅里吃三明治的时候，听到女孩卧室里的手机一直在振动，振了好一会儿又停掉，然后又振动起来。

女孩始终没接，我能感觉到她也在侧耳听我的动静，似乎不知道在清晨该怎么面对昨夜认识的夜行动物。

我没出声，默默地把另一个三明治也吃完，然后起身把碗洗干净。我收拾好自己，女孩还没下床，我对着卧室说："我走了。"

女孩赶紧说："那我不送你了。"

我轻轻掩上门，能听见女孩轻轻松了一口气。

清晨，一切都很好，小区里也没那么容易迷路，我很顺利地找到了出口。

我看看手机，推送里告诉我，今天又是愚人节，我戴上耳机，耳机里传来《春夏秋冬》的歌声：

"冬天该很好，你若尚在场，天空多灰，我们亦放亮。"

我很想跟不知道已经身在何方的夏果说上一句，愚人节快乐。

大苏的故事讲完，火锅还在冒着热气。大苏的眼睛有点儿红，他说："今天的火锅也太辣了。"

芥末赶紧说："可不是吗，今天辣椒把底料可能放多了。"

辣椒说："那今天免单，好故事还能不值一顿火锅吗？"

我们都附和。酒杯碰在一起，大家又快乐起来。

大苏说，谨以这个故事，献给每一个正在生活中过愚人节的陌生人。

愚人节快乐，那些说着真心玩笑话的你、我、他。

下雪我们就重新相认

我理解你,特别理解。每个人心里都在堆积木,堆得高高的,刚开始你丢了一块,你觉得没关系,总能找到更合适的,你就接着堆,眼看着就要堆完了,就剩下缺少的那块,然后你就到处找啊找啊,可找到的就是不如原来丢的那块合适。缺了这一块,整个积木建筑就摇摇欲坠,你得承认,那块丢掉的积木永远都找不回来了,你就得永远这么摇摇欲坠地活下去。

"要是北京下雪,不要去故宫,要去颐和园。"她这么说。

我和她躺在一张床上,外面下着雨,雨水敲打在玻璃上,发出充满节奏的清脆声响,雨水的气味透过一丝缝隙渗进来,屋子像船一样正在漂浮。

"颐和园比故宫好看,雪一盖,你看出去,眼里心里就都是雪,我看过好几次,每次看都忍不住想哭,女孩子哭有时候不因为什么,就是单纯地想哭。我有一次做梦,梦到自己到处找厕所,怎么也找不到,最后一转头,我就在颐和园了,雪很大,到处都白茫茫的。"

我"嗯"了一声,其实不太确定她说的这些话是什么意思,对我来说,她有点文艺过了头,文艺过了头就有点神经质,但不得不承认,神经质到了一定程度,也可能成为一种吸引人的魅力,人类的审美总是很奇怪。

她在交友软件上叫鹿尾巴,肯定不是真名,女孩的昵称千奇百怪,和头像一样令人捉摸不透。她说:"你可以叫我鹿,也可以叫我尾巴,叫什么都行,我真名不好听,你叫我真名我不一定能反应过来。"

我们在一个古怪的交友软件上认识的,上面鱼龙混杂,刨去打着恋爱名义卖虚拟道具的,就是层出不穷的骗子。骗虚拟礼物的,骗赞的,上来就直接骗钱的。总之年纪轻轻的用户,就有把人的寂寞和欲望做成生意和骗局的能力。

我和她有一搭没一搭地闲聊,聊得不太好,她的话我接不住,我没读过那么多书,对她老提起的卡尔维诺和波拉尼奥也闻所未闻。我知道这种线上的虚拟缘分极度脆弱,说错一两句话就可能随时破灭,然后以互删了事,大家清空记忆,迅速投入下一段聊天。

聊了三四个月,有天晚上她发了条状态,说生病好难受。

我点了个赞,跟她私聊,问她哪儿不舒服。

很久她才回复,说发烧。

我说:"我给你送药吧。"

她回复:"下雨了,不麻烦了吧?"

我说:"没事,我打车。"

我拿到她的地址,一查,她住得离我挺远,跨了个区,外面还在下雨,看样子会越下越大。

我从家里翻出药,看了看都没过期,又冒着雨跑到楼下买了几个橙子,打了个车,往她那儿赶。

有时候男女见面就需要个理由,一个好的理由比缘分本身还重要。

她住的小区挺旧,让我找五号楼。

可我进去之后,怎么也找不到五号楼。雨下得挺大,我撑着伞还是被淋湿了裤子,好容易看到一个巡夜的保安,一问才知道,他们小区前些年响应居委会的号召,改了楼号,改得一团糟,现在三号楼也是五号楼。我有点莫名其妙。

保安说:"进去吧,不光你糊涂,来的人都糊涂,瞎搞。"

我进了电梯,电梯里的小屏幕上反复播放一段广告,好像是卖羊毛大衣的,老板带着两个模特亲自出镜,土得很九十年代。

她给我开了门,头发还在滴水,脸上看起来有病容,我说:"发低烧不能洗头。"

她闪身让我进去,说:"没事儿,见人总得洗个头。"

她的房子不大,老式一居室,一进门,左边上俩台阶是厕所,门开着,我瞥了一眼，还是个蹲便。靠墙摆满了她的鞋子，运动鞋、高跟鞋、拖鞋，乱七八糟，应有尽有，似乎昭示着她去过不少地方。右边进去是个小厨房，有推拉门那种，狭小、陈旧，但实用，里面有简单的锅碗瓢盆，老式煤气灶，水管和煤气管道像骨骼一样裸露在外面。

我跟着她往里走，里面是她的卧室，没沙发，地上铺着块地毯，有咖啡渍，靠窗户摆着一张床，床旁边有一张老式写字台，上面摆满了瓶瓶罐罐的化妆品，被子在床上蜷缩着，看起来还残留着她刚留下的体温。

她颓然地又缩回到床上，盖上被子，却把一双脚露出来，我看到她鲜红的脚指甲闪着光，像黑白动画里唯一鲜艳的亮色。

我多少有点尴尬，站在那里，想了想，就先从塑料袋里拿出体温计，给她量体温，顺便进厨房切了几个橙子，洗了一个盘子盛着。

她从腋下把体温计给我，我一看37.6℃，不算高，应该是着了凉。我在她的指挥下，找到饮水机，倒了杯水，让她吃了一颗感冒药。

我把橙子放在写字台上，说："你吃点儿。"

她说吃不下。

我说："发烧就得补维生素，感冒了吃橙子就能吃好。"

她没反应，不知道在想什么。

我索性直接喂给她，她有点意外，但还是张了嘴，吃下去，差点儿咬到我的手指。

我站在她床前，有点不知所措，没地方可以坐，她把橙子咽下去，往里挪了挪，说："不好意思，家里没地方坐，要不你坐床上吧。"

我一愣，低头看自己的裤子，湿了一片，说："我坐地上吧。"

她说："别啊。"

然后从床上捞出一条她的粉色睡裤，扔给我："你穿我这条。"

我背对着她，脱了自己的湿裤子，穿上她的粉色睡裤，好在还算宽松。我把自己的裤子搭在她挂满衣服的衣架上，上了床，和她躺在了一起。她把被子往我这里扯了扯，我能感觉到被窝里她的体温还在升高，热气腾腾的。

她问我："北京怎么还不下雪？"

我说:"这才秋天,下雪还早着呢。"
她说:"要是北京下雪,不要去故宫,要去颐和园。"

她说完那段关于做梦梦到雪的话,歇了一会儿,我竟然也有点困,看看表,十一点了,外面还在下雨,一时间不知道该怎么办,是赶紧走,还是再待一会儿。

她说:"你要是不急着走,就再待会儿,我这药劲儿还没上来。"

我说:"不急。"

外面已经暴雨如注,雨水砸下来的声音挺好听,如果仔细听,甚至能听出音阶来。

她往我身上靠了靠,头搭在我肩膀上,湿漉漉的头发很快洇湿我的衣服,我身子绷起来,没敢动。

她问我:"你说,为什么人一生病了,就挺脆弱,想身边有个人。"

我说:"我也这样,平时吆五喝六,生病了就想喊妈,想有人照顾。"

她笑笑,说:"挺谢谢你的。大半夜冒着雨给我送药。"

我说:"嗨,不用谢,我也有企图,想乘虚而入,男人有时候脑子里就那点儿事。"

她说:"你倒挺坦诚。"

我说:"丑话要说,好事也要做。"

她又笑了笑:"雨下得还挺大。"

我说:"可不是吗,地上都是水,北京这个排水系统太差劲,养鱼都行,现在回去都不好打车。"

她说:"你没车吗?"

我实话实说:"没有,想买,但挂不上牌啊。租吧,一年一万多,挺贵。"

她说:"他有车。"

我一愣:"谁?"

她说:"他有一辆北京吉普,喜欢大半夜开车带我去溜达。"

我恍然,她应该是想起了前男友。人都是这样,脆弱的时候总想怀念过去。

透过衣服，我胸口的皮肤已经能感觉到她头发上的水渗进来的湿意，好像外面的暴雨一点儿一点儿下在我身上，雨在包围着我们。

她眼睛里折射着吸顶灯暖黄的光，似乎正在浸入回忆的液体里，我没忍心打断她。

她说："他这人就这样，自己喜欢的，也想让我喜欢，我也尽量顺着他的喜欢喜欢，谈恋爱是任性，但相处是妥协。夜里，我们开车出门，挑大路，车灯往外一照，就跟照妖镜似的，树木，石头，流浪猫，骑行的，偷情的，个个都无处遁形，车大灯很亮，像长矛，能把一切都给穿透。我们经常能看到平时看不到的景象，有一次，照到一个女的，穿个小皮衣，手里牵个绳，我们还以为是遛狗的，现在人都忙，后半夜遛狗也挺正常，再一照，发现女的身边有个男的趴在地上，戴个头套，看起来狗非狗。见到我们也不躲，反而盯着我们的车看，对着我们学狗叫，学得可像了，把我们给吓跑了。人真复杂是吧？当够了人，就想当动物。"

我听得有点儿出神，说："这挺有意思，以后有了车，我也想试试，半夜拿车灯往外照，像放电影似的，什么电影都能看到。"

她说："他就这样，总有稀奇古怪的想法，我跟他说，你这属于变态。他却说，这叫诗意，常态是生活，变态就是诗。十步杀一人，千里不留行，变态不变态？"

我说："这么说，倒也没毛病。"

可能是药劲儿上来了，她眼神有点迷离，接着说："有一回，我们后半夜开车去一条公路上，那条路上车少，路又宽，远光灯一照，照得特别远。那天，路上一辆车也没有，车灯照出去的地方，只有灰尘起伏。他把车灯关了，又把车里的座椅都放平，盯着我看，我被他看得有点害怕。他也不说话，就这么看着我，把自己的T恤脱了。我紧张了，说：'这不行吧？'他说：'你看哪有人？这个半球都睡着了，就咱俩还醒着，醒着的人就应该在别人都睡着的时候找点乐子。'我没说话，心跳得厉害。

"车里的空间按理说不算逼仄，但要是动作幅度一大，就左支右绌，他脑袋撞在车顶，一听就很痛。我腰硌在座椅边缘，惨叫了一声，他捂我的嘴。我感觉到周围都很安静，隐隐有汽车经过的声响从很远的地方传来,这声音反而让人觉得安全。他身上冒出汗,我死死抱住他,咬他肩膀,他没躲,在我耳边问:'好不好?'我说:'你压到我的头发了。'

"我们还在彼此寻找角度,一束光突兀地杀进来,我们都吓了一跳,手忙脚乱地开始穿衣服。有人敲车窗玻璃,我吓得不敢看,他把自己的T恤盖在我身上,起身拉开车门,下了车。我赶紧穿上他的衣服,这才敢往外看,他光着上身,和面前的交警赔笑,交警手里拎着一个照明灯,像拎着一束光。

"交警跟他说了什么,我听不清,我坐在椅子上,心跳得太厉害,感觉身体都在发抖。交警绕开他,拎着灯照进车里,照亮了我的脸,我想我脸上的妆一定花了。交警看着我,我吓了一跳,察觉到他脸上的情绪有点不对,他似乎认出了我,脸上的表情开始变化。

"我有些莫名其妙,我确信我不认识他,但他仍旧看着我,脸上的愤恨、不解和委屈同时燃烧,我一动也动不了。那束光终于离开了我,好像有什么东西瞬间熄灭了,我看到交警给我们开了张罚单,然后挥手让我们离开。他上了车,松了口气,回头看了我一眼,脸上露出我熟悉的笑,问我:'刺激不刺激?'我脑子里还是刚才交警表情复杂的脸,心里有点儿惊疑不定,没回答。他发动引擎,一脚油门,带我离开了。"

她说完,靠我靠得更近一点,我感受到她的体温,胆子也大了点儿,贴近她。

她问我:"你说那个交警看到我为啥哭呢?我又不认识他。"

我说:"可能他认错人了吧?又或者,你让他想起了谁。人嘛,有时候记忆会乱套,脑子里就跟乱码了一样,张冠李戴了。"

她问我:"你乱过吗?"

我说:"有时候也会。"

她说:"不知道为什么,我最近老想起那个交警。"

我说:"可能是那个交警锚定了你某段记忆。人吧,回忆的时候,都需要个锚,脑子里的回忆就跟大海一样,浩瀚,缥缈,杂乱,所以就需要一个锚,让你一下子就能对某段记忆精准定位。"

她说:"你这个说法,挺有意思。"

外面雨水敲打玻璃，玻璃上的水珠滑出痕迹，几如泪痕。被窝里的温度渐渐升高，我甚至有点儿热，我把脚伸出来，她的脚很自然地搭在我脚上，脚心冰凉，指甲介于坚硬和柔软之间，像暗器一样，划在我的脚背上，我的心跳也跟着快起来。

我问她："你们挺合拍的，后来咋分了？"

她侧了侧身子，抱住我的一条胳膊，好像我们早已相处了多年。

她说："故事总是容易走向狗血，大概生活就很狗血。我们本来打算结婚的，我回老家住了一段时间，都跟我爸妈说了我们要结婚的事儿，我妈可高兴了，说我终于嫁出去了。等我回去之后，好巧不巧，在我们住的房子厕所里，我发现了一片卫生巾，拆开的，没用，就放在我镜前柜里。他肯定以为是我的，所以才没注意，但我从来不用那个牌子。我把卫生巾摔在他面前，问他是谁的。他死犟，刚开始说不知道，架不住我问，又改口，说可能是他妈的，他妈来过。我都气笑了，说：'你妈都五十多了。'他愣了愣，说：'反正我就是不知道。'但我还是忍了。他有时候鬼鬼祟祟地回信息，我就冷眼看着他，我感觉他在我心里正在死去。几个月之后，我收到一盒快递，一个陌生的地址，具体到门牌号，寄方的署名是何小姐，一看就不是卖家，我打开看，是一盒套套，不是我和他常用的牌子。

"我没多说，直接跟他提了分手。他了解我，我越平静事情就越没余地。他自己承认了，是跟个女的有了一腿，她是姓何，但他已经要跟她断掉了，只是她不愿意，才出阴招。他说，他能断，他可以保证，可以发毒誓，让我再信他一次。我只是看着他。他看我没反应，就像小孩一样躺在地上，哭，叫，撒泼打滚，要跳楼自杀。我就冷冷地看着他表演。

"他终于意识到事情已经无可挽回，他不闹了，转而盯着我，骂我，说：'我知道你这是借题发挥，你就是想跟我分开，你心里还想着那个人。你不是经常提起他吗？你爱了他七八年，可他呢？他不回应，他不爱你，他拿你当玩具，可你还是要犯贱，还是不肯忘了他，你就是受虐狂，我就是走不进你心里！'

"他开始砸东西，把家里能砸的全砸了，用拳头去砸玻璃，手上全是血,扎着玻璃碴儿。我用镊子给他拔出来,消毒,包扎,他又看着我,跪在我面前,哭着跟我道歉,求我别这样,别离开,他什么都能改,他也能接受我心里还有个人,谁心里还没个别人呢。只要我别离开。但我就是要离开。趁着他上班,我自己搬走了,就一个包,我不想见他,连同他从小长大的那个城市,我都有点儿讨厌了,然后我就来了北京。"

她说完,好像耗尽了力气,身子软下来,我摸她的额头,已经不是很烫了。

她喃喃:"他其实说得没错,我喜欢他,但我不够爱他,我心里有个地方,确实被占了,他走不进来,别人也走不进来,连我自己都没办法腾空那个地方。那个人就在那儿阴魂不散,鬼一样,我不知道怎么办,我试过很多办法,但那个人只要一找我,我就全乱了,我也觉得我自己有病,我求那个人别找我,结果那个人就真不找我了,跟死了一样,可我又很痛苦,觉得我在那个人心里就这么不重要吗?"

她说着,眼眶有点儿红。

我听着有点儿乱,但我说:"我理解你,特别理解。每个人心里都在堆积木,堆得高高的,刚开始你丢了一块,你觉得没关系,总能找到更合适的,你就接着堆,眼看着就要堆完了,就剩下缺少的那块,然后你就到处找啊找啊,可找到的就是不如原来丢的那块合适。缺了这一块,整个积木建筑就摇摇欲坠,你得承认,那块丢掉的积木永远都找不回来了,你就得永远这么摇摇欲坠地活下去。"

她看着我,一滴眼泪流下来,又迅速擦掉,说:"你挺悲观啊。"

我说:"悲观到一定程度其实就是一种乐观。"

她问:"你那块丢了的积木呢?咋丢的?"

我没说话。

她说:"你别这么小气,我也想代入到你的故事里伤心一下。"

我笑了,说:"你这是啥毛病?变态了吧?"

她说:"自己的伤心是别人的甜品,别人的伤心就是自己的甜品,聊天不就是请对方吃甜品吗?"

我竟然没法反驳。

我告诉她，我的故事可没她的精彩，可能还有点儿无聊。

她说："爱情故事，精彩的又不是故事本身，是藏在里面的情绪，一谈恋爱，情绪就像万花筒。"

我说："这倒是。"

我想了想，有点儿不知道从何说起，我告诉她，分开以后我又找过她一回，像临终见面似的。

我坐高铁赶过去，在她家附近的商场见面，叫什么长街，我给忘了。我先到的，在门口等她，看着她远远向我走来，经历了那次彻底地吵翻，她走向我，身影飘忽，在我眼里，她整个人介于熟悉和陌生之间，似乎处于一种不稳定态。

我求她再见一面，说是想跟她再吃顿饭，好好告个别，其实心里还是想看看有没有挽回的余地。

吃着吃着饭，上次那场架没吵完的部分就又续上了。

人一辈子会听到很多脏话、狠话、风凉话、侮辱人的话，大部分未必会往心里去，但如果这些话从你喜欢的人嘴里说出来呢？杀伤力是不是就增强了？就跟叠 buff（叠加效果）似的。

我记得那次吵架，我跟她突然就变成了陌生人，但又熟悉对方的软肋，我骂她自私、狭隘、庸俗、拜金，拿刻薄当有趣。

她骂我活该，活该事业上不成功，活该被最好的朋友背叛，活该到现在还混不出来。她骂我抠抠搜搜，小气，舍不得给她买包，她说当时要是买了那个包，现在都升值了。要我买一克拉的戒指，我非得计较那几万块钱，买七十分的，要是买了一克拉的，我们说不定都结婚了。

那场架吵得我们都筋疲力尽，很多主题仍旧没有吵透，但我们都已经不想再说话，我眼里的她，刻薄、陌生、歇斯底里。她眼里的我，失控、抓狂、无能。

我记得那天吃的是火锅，我们把上次吵架浅尝辄止的主题，车轱辘话似的又吵了一遍，吵到再也没有胃口，我们安静下来，火锅还在冒热气，服务员凑过来，说："今天店里搞活动，情侣可以送一个果盘，一会儿结账还能打八折。"

我突然想，以后我也享受不了第二杯半价的待遇了。

吃完饭，我想这次分开之后，我们就会永远失散。

我盘算着告别的话，想尽可能郑重其事一点。

她却突然说："咱俩去迪士尼看烟花吧。"

我挺意外。

到了迪士尼，已经快四点了，可人还是不少，我们简单玩了几个项目，我们也大笑，也尖叫。

我们的手还是像以前一样牵在一起，她还是会很自然地挽着我的胳膊，看起来和那些热恋中的情侣并没有什么不同。

晚上，我们吃汉堡，等城堡放烟花。

可那天不巧，就像现在一样，突然阴了天，开始下雨，雨越下越大。

我们被困在汉堡店里，吃薯条。

我问她："下这么大雨，还放烟花吗？"

她也拿不准，说："应该放吧？"

我说："那我们再等等。"

雨没停，眼看着到点了，我们披着雨衣赶到城堡前，那里没有什么人，好像全世界就剩我们两个。我们呆呆地站在那里，等着烟花在我们面前炸开，我们听到有匆匆路过的人说："走吧走吧，下雨天是不会有烟花的。"

可我们都充耳不闻，依然站在雨中，盯着城堡上方阴沉的天空，看乌云凝结，雨水完全不讲道理地洒下来，我们各自穿着透明雨衣，在雨中紧紧靠在一起，像两只躲雨的小鸟，任何一点儿危险都能轻易伤害到我们。

我说："要不我给你放个烟花吧。"

她愣了，看着我。

我想着烟花的响声，尽可能地模仿烟花炸裂的动静，我看进她的眼睛里，她的眼睛还是那么好看，闪亮，深邃，里面似乎藏着我刚刚点燃的一朵又一朵烟花。

我们从迪士尼出来，雨还渐渐沥沥地下着，我们在路边等车，她靠在我身上，以我为重心，好像人间的重力让她一个人站不稳。

我也不知道该说什么，就这样充当她的重心。

她问我："你还记得咱俩第一次住的那个酒店吗？"

我说当然记得。

她说："咱俩还是去那儿住吧，从哪儿开始的，就在哪儿结束，句号其实就是个圆圈。"

我心里挺疼，但还是开玩笑道："你想画句号，但我想画个问号。"

她只是笑。

酒店很旧，邻近地铁口，在两条路的交会处，混在老旧的民宅里，招牌闪着光，雨水一冲刷，好像也能焕然一新。

楼下有个麦当劳，我们第一次见面还在里面喝了杯热饮，沿着酒店前那条路再往前走，有个沙县小吃，老板是一对夫妻。还有一家老上海的面馆，浇头挺多。如果不介意多走一段路，拐进去，就到了一条小吃街，里面的炭火烤肉和串串香堪称一绝。

我们又站在酒店楼下，想起以前，我们见面是个冬天，天很冷，冷得内外兼修，她身体发抖，我搂着她，她贴住我，好像早已经是我身体的一部分，我配合她一起抖。

我们一抬头，雨停了，但风好像变得更冷，天空中开始飘着那么一丁点儿雪花。我恍惚了，我记得刚才在迪士尼看我放烟花时，明明还是秋天。

但现在，路过的人们呵出热气，人群行色匆匆，都添了冬衣。

我还在怀疑自己，她已经拉着我的手往酒店里走，她看起来热情而害羞。她的手很凉，身子也在发抖，她说我们都这样，冬天就靠发抖取暖，绝不肯多穿一件衣服的。

我觉得这段对话格外熟悉，好像不久前刚刚发生过。

她看起来整个人都是崭新的，一如初见，她就站在我们故事的开头，而我却感觉自己已经是结尾里的旧人了。

我们选了个有阳台的房间，我们站在阳台上分享一根烟，她的唇印印在烟蒂上，给这根烟赋予了神性，我接过来，吐出烟雾，我可以尝到她嘴唇的味道。

我问她："这是我们第一次见面，还是最后一次？"

她很疑惑，莫名其妙地看着我："你傻了？"

我望着她，烟雾中，我看不清她的脸，她的一部分融进了夜色里。

已过了十二点，她说她饿了，我们出去觅食。

我们在一家便利店旁边，找到一家午夜才出摊的猪油炒饭。

炒饭的是个阿姨，动作麻利，对自己的炒饭极度自信，火焰翻飞，饭粒在她的锅里跳跃。她告诉我们，不管天气好不好，她都会准时出摊。

我们相拥着站在路边，脑袋凑在一起，你一口我一口地吃这份猪油炒饭，偶尔抬头看看对方，给对方一个傻呵呵的笑容。

夜已经很深了，许多事物都沉沉睡去。

我们回到房间，空调开得热力十足，整个房间像一个南方的被窝，潮湿却又温暖。

她洗完澡出来，素着颜，看起来干净又年轻。

酒店房间里灯光昏暗，许多角落似乎永远也无法被照亮，外面的风雪都进不来，今晚这是独属于我们的。我们在被子里抱在一起，一点儿一点儿地温暖对方的身体。

我们长久无话，外面的风声在响，能听见里面包含的一点微雪，我们的心跳鼓荡，她很瘦，瘦骨伶仃，像月光下的某一块好看的石头，我不敢用力抱她，好像一用力就能把她揉碎。她紧贴着我，像是正在向我生长，我们渐渐共用一套器官。

我们就这样，像连体婴儿一样，沉沉睡去。

我不知道自己睡了多久，用她的话说，这叫"一觉困到苏州去"。

等我醒过来，她站在镜子前，两个她端详着我，看起来又变得冷峻、陌生、充满距离感，明明她就在我眼前，可我却觉得我和她之间隔着云雾。

她声音沉稳而又疲倦地说："其实爱情这东西，就跟人一样，都有生老病死，它也是有寿命的，有小时候，有壮年，也有暮年。现在它要死了,我觉得是寿终正寝。"

我看着她,分明感觉到我和她之间许多东西正在死去,或者早已经死去。

屋子里开始变得很冷,她远远地看着我,我和她之间开始出现一股相斥的阻力,像两块再也无法接近的同性磁铁。

"后来呢?"

她抱着我的胳膊,睁大眼睛问我。

我从记忆中苏醒过来,好像刚刚经历了一场麻醉。

我说:"第二天,我们分开了,我送她走,一直看着她消失,我心里希望她能回头再看看我,可她一次都没回头。那是我最后一次见到她。我总觉得我们之间还少了点儿什么,可我又不确定到底少了点儿什么。我又多住了一天,熬到午夜,想再去买猪油炒饭,可那个阿姨没有出摊,我问了旁边便利店的老板,他说:'阿拉从来没见过有卖猪油炒饭的。'"

她听完了,很长时间都没说话。

外面雨渐停,夜已经很深了,我们互相依偎在一起,共同撑起一个重心。

我摸了一下她的额头,已经完全不烫了。

她握住我的手,跟我说:"其实我们还挺像的。"

我笑笑:"是吗?"

她不再说话,只是轻轻抱住我,好像我是她在这里唯一认识的人。

我也抱住她。

她问我:"一会儿我可以喊他的名字吗?"

我说:"可以。"

她说:"你也可以把我当成她。"

屋子里一下子变得混沌起来,过去,现在,未来,他们,我们,开始,结束,都混杂在一起,像是被破壁机搅碎的各色水果,一切都浑浊且晦暗不明。我们之间升腾起一些热气、一些不甘,还有一些恨意,好像我们的身体都在分裂,我们感觉到出奇的快乐、由衷的悲伤,我们的一部分在现实之中,另一部分又在虚空之下。屋子里的鞋子、家具、锅碗瓢盆、瓶瓶罐罐的化妆品都失去了重力,飘浮起来,围绕着我们,飞鸟一样,游鱼一样。恍惚之间,我认出了它们,好像我已经在这里生活了多年。

我们终于筋疲力尽,缠绕在一起,睡意从脑海深处涌上来,我们一觉困到苏州去。

直到北京终于开始下雪。

雪下得很大,像是一层包装纸,把整个北京都包装成礼物。

我们几乎是同时跟对方开口:"下雪了,我们去颐和园吧。"

我们站在雪后颐和园的空荡中,和风雪交换着体温,我们把脚印认真地留在雪地上,像野兽,也像画家。

我心里有一股古怪的感觉,尽管她穿着白色羽绒服,可是看起来还是很瘦,瘦到特别适合就此消失。

我们互相拉扯着往前走,漫无目的,前面并没有什么在等,但我们还是加快了脚步,好像在赶路。

她脚下一滑,拉住我,我们摔了一跤,滚落在雪地里。我们爬起来,她看着我笑,我看到她睫毛上都有雪。

我捧起她的脸,把她睫毛上的雪吹掉。

她看着我,看得很仔细,我能看到她眼睛里我自己的样子。

她看我看了很久,眼睛里开始积蓄泪水,泪水使她的眼睛浑浊起来,我在她眼里的样子开始模糊,看起来好像是另外一个人,一个我完全陌生的人。

我被她看得定住,像是孙悟空刚对我念出了定身咒。

她轻声问我,声音和委屈一起向我倾泻:"八年前,我给你打电话哭,你为什么要跟我说对不起?你凭什么说对不起?我给你打电话,难道就想听你说一句对不起?"

我不知道该说什么。

她的眼泪终于掉下来,几乎是扑到我身上,挥舞着胳膊,想要击溃我,她带着哭腔说:"我来北京的酒店找你,你说你还没回房间。我在大堂等你等到半夜,最后还是服务员给我开了门,结果你明明就在房间里,你为什么不肯见我？你说话。"

她情绪激动地质问我、捶打我，我下意识地回答她："对不起。"

她更激动了，几乎是恶狠狠地说："不准说对不起。"

我只能闭了嘴。

她终于失了力，趴在我身上，歇斯底里地大哭不止，我只能抱住她。

我突然就明白了，我和她之间到底缺少了什么，现在我怀里的女孩，所给予我的，就是我和她之间缺少的。

一次崩溃。

直到最后，我们都太冷静了，像是给我们的感情来了一个平静的安乐死。

我心里亮起来，像是雪地的光折射进我心里，我抱着她，透过她遮盖我的头发，看她的脸，她看起来如此熟悉，我确信她就是我爱过的人，我恍惚了，我想我和她之间，也发生过这样的一幕，我们旁若无人地争吵、哭泣，惹来路人侧目，最终我们就这样在雪地里拥抱、挣扎，直至崩溃。

不知道抱了多久，我们撑着对方。

她跟我说："我记得我小时候就来过北京，来过颐和园，可我爸妈说，我们从来都没来过。可是如果没来过，我记忆里为什么会有呢？"

我说："大概是因为记忆被篡改了吧。"

她愣了愣，好像是在思考，然后想站起来，却失败了，她说："你扶我一把，我腿麻了。"

我扶她站起来，雪像烟花一样在我们头顶燃放，她看了我一眼，然后跑进风雪之中，白色羽绒服几乎和雪地融为一体，雪也下进我的眼睛里，一瞬间就融化了，像眼泪一样模糊了我的视线，我看不清她的位置，只能看到她呼出的一点热气。

她的声音响起来，喊我："一起啊。"

我看到她的一点残影，奋力跑过去，她跑得更快，我追不上她，但我没有放弃。雪越下越大，我们像是误入水墨画的两个顽童，追逐着跑向了风雪之中，渴望着重新相认。

后 记

玩命爱吧

我是在一个小旅馆里写下"玩命爱"系列第一个故事的。

我清楚地记得,那是一个下雨天。

我无所事事,心里有一些莫名其妙的伤感,想起我身边这些神奇的朋友,于是决定在文字里虐虐他们,给他们的平凡事迹著书立传。

我固执地认为,爱情故事也能写得调皮可爱而又饱含深情。

我有着崇高的理想,我要把我吹过的晚风、淋过的暴雨、饮过的烈酒、见过的妙人儿都写进故事里,随着故事里的人同悲同喜,在一个热闹散去突然就寂寞下来的深夜写一个,在一场终究无法避免的离别之后写一个,在不可救药地想念一个人的时候写一个。

写着写着我就成精了,写着写着就写湿了姑娘的眼眶,写疼了糙汉的心脏,写得让你觉得人生太短,现在不爱就是虚耗生命,小心遭天谴。写得少年也懂了风月,神仙也动了凡心。写得一对怨侣相爱相杀,虐起对方来真刀真枪,秀起恩爱来自己都怕。写得天也下雨了,地也潮湿了,吹过来的夜风都带着柔情蜜意了。写得民谣歌手唱起情歌,漂亮姑娘跳起艳舞。写得最害羞的人也说着情话,最坚硬的石头也开出野花。写着写着这些故事就成为我的晚风、暴雨、良药和烈酒,陪着我纵横四海,玩世不恭。陪着我至情至性,笑的时候纵情大笑,哭的时候号啕大哭。

写下这些故事,对我自己而言,意义重大。

我记录下这些真情实感,让几乎是每天都发生着的爱情故事,长了翅膀,飞到东,飞到西,飞到一颗一颗年轻而又敏感的心脏里。

世界上每一首歌都婉转动听,每一个人都多情好看,爱情来了的时候,就是我们最好的时候。

有人被逗笑，有人被虐哭，有人打开了一段尘封的回忆，有人想起了一些远去的故人，有人在床头点亮一盏孤独的灯，有人带着一丝酸涩入睡，有人转过身就狠狠抱住了所爱的人。

对这些故事而言，每一颗心都是最好的归宿。

对讲故事的人来说，听故事的人明天想要更爱一个人，就是最好的赞赏。

故事集写完，我很兴奋，陷入了自我陶醉的想象，我疯狂想象着都是谁、在什么地方、怀着怎样的心情读这些故事。

你正年轻着，怀着一腔热爱，就像是一朵迎风奔跑疯长的花朵，力比多、荷尔蒙、费洛蒙就是你的花粉，爱情就是你的甘霖，浇灌着，养育着，阳光照亮着你前行的路，脚下踩着松软的泥土，你正奋力地进行着光合作用呢。

也许你的窗外和我的窗外，此刻正下着同样的雨，下雨天容易矫情，容易伤感，容易恰到好处地想起一些有的没的。你翻着这本书里的某个故事，或唏嘘不已，或嗤之以鼻，或被戳中了心中的柔软，鼻子发酸，眼泪成诗，终于哭得泪水淋漓。

生活有时候也挺扯淡的，那就趁着这个时刻慢下来，静下来，且容自己矫情片刻，文艺一把，让伤感有个间隙来入梦，说不定还梦到一场草木生发、情人相遇的大好春天呢。

也许你刚刚结束了一天的工作，白天刚被老板骂得想拿垃圾桶扣他脑袋上。你回到家，洗了个澡，躺在床上，心里还带着一点儿不爽和愤懑，喝了口热牛奶，恰好读到了"芥末和辣椒比赛喝火锅底料"，笑意排山倒海一般泛上来，没收住，一口牛奶喷到了天花板上，打击到了正在谈恋爱的两只苍蝇。

也许你刚刚结束了一段长达数年的感情，失恋的苦痛就像上好的红酒，后劲十足，丰富多彩的情绪正一点一滴地弥漫上你的心坎儿。你和夜风一起走在路灯照耀的马路上，想了许多，懂了许多。等你回到家，点亮一盏灯，读了一个故事，发现有人比你惨，唏嘘了几分，咒骂了两句，心想，原来在一段感情里，当面说分手就是一种难得的圆满。如此说来，你这段不得不结束的感情也算是寿终正寝。

失恋之后，悲伤当然重要，但更重要的是，休整自己，换个发型，整装待发，去遇上新鲜的感情，去认识更相爱的男孩女孩。

也许你今天恰逢其时地接受了一个人的表白，准备开始一段轰轰烈烈的新生活，明天就是正式恋爱的第一天，你心里按捺不住热情，但是又想着明天见面的时候还是要矜持一点，实在不知道怎么办才好，叹息着今晚注定是个不眠之夜。

你躲在被窝里翻这本书，好像如有神助，你在世界上另外两个人的故事里找到了一些有趣的表达方式、一些实用的方法论，一些无伤大雅的小心机和小狡猾。这些都是感情生活里的调味剂，不妨试试看。

也许此刻正有两只手在一家安静的书店里同时拿起这本书，然后有了眼神接触，四目相对，电力十足，缘分这玩意儿变得肉眼可见，此刻正化成一团梦一样的迷雾笼罩了你们两个人，全世界似乎都在等待着这场相遇，每一个小细节都在配合马上就要发生的遇见。

所以还等什么？

赶紧找个地方坐下来，别害羞，自来熟，好像见到了多年的老朋友。分享一个平凡的日子，讨论一部刚上映的电影，讲一两个逗趣的段子，说说你们各自喜欢书中的哪个故事，人生难得一同好，武者以武会友，读书人因书相识。相见恨晚啊相见恨晚，心里都开始咒骂我，为什么不早一点儿把这本书写出来呢？

说不定明年，你们就成了我故事里的人。

你看，原本我们是陌生人，可是通过这些故事，我们有了一种奇妙的联系，成了没见过面的故友，心念相通，神交已久，谁敢说我们不是知己呢？

这种"奇妙的联系"也一个劲儿地鼓励着我，宋小君，别偷懒，去感受、去体验、去记录，去更多的地方，去讲更多的故事给懂的人听。

我有幸成为这些故事的记录者和讲述者，如果在古时候，我就是个说书人。打板而歌，唇枪舌剑，讲故事讲得王孙公子摇扇子，姑娘小姐缓缓归。

当然，我也是亲身经历者，这本书里也有我自己的故事。

我也存着私心。

记录着我迎风发育的美好青春，记录着我少年时光做过的那些荒唐但勇敢的坏事。

纪念着一段刻骨铭心但早已逝去的感情，纪念着在我生命中留下浓墨重彩又悄然离开的那个好看的姑娘。

我藏在这些故事里，就像混入海洋里的一条鱼。

作为一个写作者、一个讲故事的人，每写完一本书，都像生了一个孩子，整个过程也会像女人十月怀胎一样艰辛，也有妊娠反应，也老做梦梦见脐带绕颈，也要经历分娩之痛，但更多的还是满心期待。

期待孩子盛装打扮，去见识这个世界，去被更多的人喜欢、夸奖。期待孩子茁壮成长，长成一个帅哥、一个美妞，长成世间众多美景的一部分。期待一切美好的事情陆陆续续地发生。

这是一部爱情故事集，所以最后，让我们一起给世间所有的爱情以祝愿：

愿每一天都有天生一对相遇，愿每一晚都有爱情结成美丽水晶，愿久别的都重逢，愿有情的都相爱，愿孤独的不必再孤独。

愿无论外面怎么热闹，我们都能第一眼就在人群中认出对方，然后飞一般地冲过去，劈头盖脸地亲吻她，不吝任何溢美之词地赞美她，用尽全身力气地狠狠抱住她。

时间正好，爱情来了，玩命爱吧。

愿久别的都重逢
愿有情的都相爱
愿孤独的不必再孤独